JIAN KANG
SHI ZHE

健康使者

广州市中西医结合医院对口帮扶的生动事例和真实故事

刘瑞华　主编

团结出版社
UNITY PRESS

图书在版编目（CIP）数据

健康使者 / 刘瑞华主编 . -- 北京：团结出版社，
2022.3
ISBN 978-7-5126-9325-8

Ⅰ . ①健… Ⅱ . ①刘… Ⅲ . ①纪实文学－中国－当代
Ⅳ . ① I25

中国版本图书馆 CIP 数据核字 (2022) 第 030629 号

出　　版：团结出版社
　　　　　（北京东城区东皇城根南街 84 号　邮编：100006）
电　　话：（010）65228880　65244790
网　　址：http://www.tjpress.com
E-mail：65244790@163.com
经　　销：全国新华书店
印　　刷：成都蓉军广告印务有限责任公司
装　　订：成都蓉军广告印务有限责任公司

开　　本：170mm×240mm　16 开
印　　张：18
字　　数：270 千
版　　次：2022 年 3 月第 1 版
印　　次：2022 年 3 月第 1 次印刷

书　　号：978-7-5126-9325-8
定　　价：89.00 元

前　言

脱贫攻坚守初心·对口帮扶践使命

　　2020年是决胜全面建成小康社会、决战脱贫攻坚任务的关键年，广州市中西医结合医院收集、整理多年来医院对口帮扶工作的举措、成效和感人故事，通过"系列报道文章＋扶贫干部援建感悟"创新结构方式，多角度、立体化地记录了多个典型人物（团队）一线帮扶的生动事例和真实故事，他们用实际行动传递出了对口帮扶中的责任与担当。

　　自2014年以来，广州市中西医结合医院按照党中央国务院决策部署，对口帮扶对象含4省（区、市）6个地州市的8个县（市、区）医疗集团。共派

出 117 名援外干部人才，到对口帮扶地区去任实职、担使命，发扬钉子精神，坚持真抓实干、久久为功，一棒接一棒跑好脱贫攻坚"接力赛"，从根本上助力受援医院勾画建设蓝图和发展规划，切实关注帮扶对象发展当下业务和长远规划。特别是党的十九大以来，援外干部人才深入学习贯彻习近平总书记关于扶贫工作的重要论述精神，全面落实中央脱贫攻坚部署要求，坚持精准扶贫、精准脱贫基本方略，模拟中医望、闻、问、切四诊法，摸清受援医院发展优劣势、立足现有条件、整合资源、选准突破口，采取以点带面、点面结合的办法推动医院发展，扶贫工作中既输血也造血，确保帮扶对象脱贫后不返贫，从此迈步在小康生活的康庄大道上。援外干部人才作为脱贫攻坚责任和使命的具体推进者、实践者，牢记使命、着眼大局，以高度的政治责任感不折不扣地做好对口帮扶各项工作。

文以载道，踏石留印。回首广州市中西医结合医院扎实开展对口帮扶走过的路，每一个脚印都是那么清晰可见。用文字记录帮扶干部开展工作时的感人事迹；收集媒体刊载对口帮扶的先进典型；归纳总结帮扶前后的成长与收获。将对口帮扶路上的点点滴滴汇聚成书，不仅是对过去在受援单位挥洒汗水的帮扶干部工作的肯定，更是为未来更好地开展对口帮扶工作提供宝贵的经验。

不忘初心方能行稳致远，传承创新才可不辱帮扶使命。

目 录
Contents

2014—2016　精准扶贫

2017—2020　脱贫攻坚

阶段总结

年度帮扶报告

公益性指标

活动报道

2021　乡村振兴

媒体报道

活动报道

帮扶专家感言与故事

媒体报道

精准扶贫，从实出发

——广州市中西医结合医院开展对口支援医疗帮扶工作纪实

广州市中西医结合医院没有援外、援疆、援藏等"高大上"的经历，有的只是以实际行动在对口支援医疗帮扶路上尽着自己的绵薄之力。广州市中西医结合医院位于广东省广州市花都区，是一家集临床、科研、教学、培训于一体的国家三级甲等中西医结合医院。为响应党中央和国务院健康扶贫号召，落实《三级中西医结合医院评审标准实施细则》要求，坚持公立医院公益性，该院长期以来坚持开展对口支援医疗扶贫工作。除了对区内乡镇卫生院、社区卫生服务中心在开展中医药业务及中医适宜技术应用上进行传帮带外，还配合花都区对口帮扶广东省雷州市、清远市、阳山县及贵州省瓮安县等地。用"实扛"担起对口帮扶责任。广州市中西医结合医院前身为原花县新华镇卫生院，该院1984年创立时仅有职工65人，业务用户面积1050平方米，年门诊量12万人次，年收入41万元，业务范围仅限于一般性中医医疗以及预防、保健项目。医院从一座寂寂无闻的县级规模中医院，发展成目前在省内中医系统中具有举足轻重地位的"广东省中医名院"还是近十来年的事。在广州市中西医结合医院"身上"闪耀着一道道亮丽光环，但在光鲜背后，与目前一些受援医院一样，他们在发展中也曾遭遇过资不抵债，面临被拍卖的困境。对口支援医疗扶贫将是一个良好的翻身契机，"尽管我们自身还不够强大，但也不能眼看着自己过去所受的煎熬和痛苦再发生在兄弟医院身上。"广州市中西医结合医院院长刘瑞华如是说，也带领大家如是做。早些年，广州市中西医结合医院认真落实卫生主管部门要求，全面指导本地区中医建设。作为全国农村中医工作示范单位，对区内乡镇卫生院、社区卫生服务中心在开展中医药业务及中医适宜技术应用上进行传帮带，先后派出超过20人次对口支援花都区炭步镇中心卫生院及花侨镇卫生院，免费接收花都区卫生院近20名医护人员进修学习。广州市中西医结合医院积极执行地方政府指令，配合完成广州市花都区政府对口帮扶任务。2014年4月，派1名干部赴广东省雷州市进行技术指导和帮扶。2014年7月，派1名医生赴贵州瓮安县中医医院挂职副院长进行技术指导和帮扶。2015年4~5月，各派一名副院长分别牵头清远阳山县七拱镇中心卫生院及清远清新区禾云镇卫生院，与受援医院签署对口帮扶协议、交流对口帮扶计划、开展专家义诊、赠送自有制剂及药方等。2014年7月，广州市中西医结合医院启动城市卫生支援基层卫生工作，向广东省梅州市平远县中医医院派出五批共计10人次医生开展驻点对口帮扶工作。2016年1月，派4名医生赴新增对口帮扶医院梅州兴宁市中医院开展工作。2016年3月，向清远市佛冈县中医医院派1名医生开展对口帮扶工作。

以"实谋"贯穿对口帮扶全过程

开展对口支援医疗扶贫工作是党中央国务院做出的重大战略部署，也是作为三级医院必须承担的责任，但要开展好此项工作，就要做到全程谋划。

（一）谋班子思想统一

开展对口支援医疗扶贫工作不是新鲜事，班子成员有人认为，农村及欠发达地区缺医少药的状况难以根本性改变，技术帮扶长远上治标不治本，专家一走，回到原状，帮扶医院浪费人力、物力、财力。也有人认为，以技术帮扶为主的对口支援对某些科室有促进作用，但要改变受援医院生态、科室管理，促进健康发展，根本上还是要靠政府、靠政策、靠受援单位提升自身能力。还有人认为，自己医院才刚刚好起来，对口帮扶大都要派出业务技术骨干，势必对自身医院以及科室业务开展造成影响，不如搞上有政策下有对策。班子意见如此不同，对口帮扶怎么开展？院长在班子会上除了反复强调对口帮扶工作的重大意义，还掷出一句颇具分量的话，"不开展好对口帮扶工作，就配不上做三级医院"，这也是统一班子认识最起作用的一句话。

（二）谋员工参与驻点

对口帮扶不能单看签一纸协议、搞几个座谈、搞几场义诊，必须派人驻点开展工作。根据对口帮扶相关文件要求，结合受援医院需求，广州市中西医结合医院动员要求拟晋升副高职称人员报名参与开展区外驻点帮扶工作，没想到不仅没人报名，而且还有人称宁愿放弃晋升也不愿意远赴区外，这让医院领导既感到意外和头疼，又觉得是情理之中的事。拟晋升副高职称人员大都是一些中青年骨干医师，成家时间不长，孩子不大，有的夫妻双方均在医疗岗位工作，上有老下有小，区内帮扶倒能应付，可远赴区外就成了大问题。为保证医师驻点，医院安排领导分头做工作，并陆续出台《关于驻点对口帮扶医师待遇的暂行规定》《关于对口帮扶工作激励措施》《关于增加驻点对口帮扶医师待遇的通知》等政策。通过做工作和激励政策双管齐下，驻点医师们克服诸多困难，安顿好身怀六甲的妻子，或者带着年幼的孩子踏上了帮扶路。医院还谋划大力开展驻点帮扶工作先进典型宣传，中国中医药报刊出《对口帮扶不辱使命手术台前大显身手》、南方日报刊出《广州市中西医结合医院医疗扶贫帮助平远医院填补数十项技术空白》，今日花都报刊出《带娃的白衣天使》（主人公白艳甫入选广州好人评选活动及花都区医疗卫生系统十大感人事迹），受援医院当地电视台、电台、报纸、微信公众号等新闻媒体也多次参与报道相关事迹。驻点医师荣誉感和成就感得以彰显，直接影响到后续驻点医师变被动为主动。

（三）谋对口帮扶突破口

通过中医望、闻、问、切四诊法，摸清受援医院发展优劣势、立足现有条件、整合资源、选准突破口，采取以点带面、点面结合的办法推动医院发展。比如了解到平远县中医医院针灸科虽被列为广东省"十二五"中医特色专科建设项目，也是平远县首个省级项目，但业务年年下滑，病人寥寥无几，能否通过将来评审令人担忧，便选定在该专业上予以重点帮扶。佛冈县中医医院采购了内镜，可买来两年只请人做了 3 台手术，医院专门派去一名副主任医师指导开展内镜业务，两个月就开展 30 余台手术，让业务成几何倍数增长。"不谋全局者，不足谋一域"，担负对口帮扶任务也源于真心实意，作为帮扶方，广州市中西医结合医院不仅全力谋划己方事务，还多次与受援医院班子、受援地政府就帮扶事宜方方面面进行磋商。

出"实招"破解对口帮扶难关

广州市中西医结合医院作为城市医院，共担负支援三家县级中医医院。其中兴宁市中医医院与当地人民医院及妇幼保健院隔街道相望距离均不足百米，因地域问题让政府觉得像"鸡肋"，扶之不得，弃之不能，医院自身也因十多年来业务长期停步不前而信心全无。平远、佛冈两家中医医院则一度面临被托管，医院建设和发展陷入困境。

（一）让受援医院班子重拾信心是当前的首要任务

广州市中西医结合医院由一家乡镇卫生院已发展成为国家三级甲等及重点中西医结合医院、国家及广东省首批中医住院医师规范化培训基地、广东省中医名院——2015 年实现总诊疗人数 111.27 万人次，出院病人 2.37 万人次，业务收入 5.4 亿元。在与受援地领导及受援医院交流中，广州市中西医结合医院院长刘瑞华经常如数家珍般地介绍自己医院，以自身的发展经历勉励他们。按他的话说，就是要多"刺激"受援地及受援医院领导，让他们觉得只要努力，医院发展就有希望。刘瑞华还在双方签约仪式上承诺，做到真心帮扶，互相促进。他要求驻点医师使出"看家本领"，毫无保留地传授技术和管理经验，也希望受援医院无须避讳地提出自己的想法，彼此真心相待。

（二）积极争取政府支持

两家医院开展大型活动，常常商量"拉着"卫计局领导甚至县区领导出马。2016 年 7 月 8 日，平远县中医医院举行三个传统中医特色科室挂牌揭幕仪式暨省名中医义诊活动，县委副书记、县长刘许川，广州市花都区卫计局党委书记、局长曹扬，梅州市卫计局副局长刘水，县委常委、统战部部长肖桂华等领导出席挂牌揭幕仪式，据说这是该院有史以来最高规格的活动。近年，平远县政府还着手为中医医院投资迁建新院区。

（三）要引导受援医院班子解放思想

有的受援医院因政府不给钱不敢引进人才，不敢买设备，医院建设发展止步不前，领导班子看米下锅存在思想僵化、理念陈旧等靠要思想占主流等问题。必须通过交流扩大视野，让他们明白人才、技术和设备就是生产力，要鼓起干劲，对于看准的东西舍得投入。另外，注重双方沟通交流。广州市中西医结合医院每批驻点医生赴任均安排院领导带队，增进管理层交流。该院更新换下一台 GE 全数字化 B 超及一批中医诊疗设备是平远中医医院所需要的，领导一碰头，便无偿捐赠给平远。广州市中西医结合医院开发新适宜技术、研制的驱蚊防感冒香囊适时向受援医院推介。该院多次组织专家赴受援医院开展义诊，免费派发自有制剂骨伤贴膏及妇洁灵洗剂，价值 2 万余元。接收平远县中医医院免费进修医护人员 10 人次，短期培训 6 人次。

以"实干"打好对口帮扶主场赛

广州市中西医结合医院派出大量技术干部开展对口支援工作，即使受援医院得到实惠，又使本单位公益性和影响力得以彰显，也使自身骨干队伍得到锻炼和发挥。

克服困难，扎根帮扶点

白艳甫、姜殷是广州市中西医结合的年轻主治医师，本可安心留在大医院里尽情施展医术，但他们却选择参与医院对口帮扶工作。为了安心完成帮扶任务，他们毅然带上年幼的孩子前往帮扶点开展工作。水土不服扛着，孩子发烧惭愧着。没有食堂，帮扶医生们到点上班，没有病人就下班轮流做饭，遇上停电，吃方便面解决了事。除了上班时间，只要患者及科室需要，不管是周末还是节假日，他们都能随时回到科室，协助同事服务患者，从无怨言，深得患者信赖。

发挥专长，造福患者

一位由平远嫁往揭阳的脑中风出血患者，一边肢体瘫痪一个月，在揭阳四处求医均不见疗效。在得知娘家有来自广州的康复治疗专家后，便赶回平远寻医找到白艳甫。白艳甫运用自己的技术优势为她精心治疗，经过仅一周一个疗程的治疗，该患者就明显好转，通过后期加固康复治疗，逐渐恢复了生活自理能力，患者兴奋地称白艳甫为"再生恩人"。一位颅脑外伤的患者池某，在梅州市人民医院施行开颅手术后，曾在多家医院接受康复治疗，康复进程缓慢。当家人从平远县电视台"生活汇"栏目中看到关于白艳甫的相关报道后，带着患者慕名前来就诊，几个疗程的中西医结合治疗下来，患者康复明显加快，肢体僵硬、疼痛等症状有效缓解，患者及家属感激地送上"神针奇术、造福百姓"锦旗。积极参与科室日常医疗救治工作，参与科室门诊、查房、病例讨论和会诊，每天对住院患者进行查房，每日查房约10至20人，下班时间也做到随时待命，随叫随到。对待每位患者都认真耐心，对每个患者都认真询问病史，帮助制定合理的诊疗方案。对内科住院病人进行会诊工作，积极制定治疗方案，协助内科医生对患者进行合理治疗。在支援期间，诊治的疾病多种多样，包括脑血管意外、糖尿病、冠心病、高血压病、肝硬化、慢性阻塞性肺病、肿瘤等常见病，也有肾淀粉样变、上腔静脉综合征等少见病；并充分利用科室现有的条件，对多种疾病进行诊治，并发挥我院医疗技术的优势，针对基层医生技术方面的不足给予指导，并利用自身所学优势，帮助他们开展一些新的诊疗技术项目及业务学习，如良性发作性位置性眩晕的手法复位、头颅CT的阅片、糖尿病及脑卒中的相关指南学习、电除颤、呼吸机的使用等；手法复位的疗效立竿见影，得到科室医生及患者的一致好评。

授人以渔，做好传帮带

重点落实带教，将本院医疗规范、服务理念、管理经验、成熟做法通过帮扶干部毫无保留地传授给受援医院，让他们在人才队伍建设、中医诊疗水平、医疗技术、服务管理上全方位得到提升。兴宁驻点医师刘天福通过对典型病例分析将国内新技术、新理念带到基层医院，并为科室医生讲课，学习糖尿病及脑卒中最新的指南，提高内科医生的业务水平。帮助年轻医生建立临床诊断思维，提高他们的诊疗认识，指导他们形成规范的治疗方法，提高他们的临床操作技术，进一步提升新时期基层卫生服务能力。同时，强化健康宣教意识，开展镇卫生院健康教育讲座，向广大农民群众及医务人员进行宣教，传授健康教育新理念，努力提高农民群众的健康水平，提高他们的防病治病和自我保健的知识和能力。白艳甫利用短短半年时间相继组织开展了穴位埋线、火针、浮针、水针等多个针灸治疗项目，取得良好的治疗效果，受到患者和家属热烈好评，许多群众来院咨询、诊治，针灸康复科一时成了医院的明星科室，2016年上半年的门诊量大幅比增108%。"在帮扶期间，条件虽然艰苦，但真正地锻炼了我们的毅力，也将自己医疗技术毫无保留地发挥出来，提升了自己的人生价值。"每天面对最基层的病患者，驻点医师们深刻地感受到边区群众对好医生好医术的强烈渴求，他们希望尽自己所能，将自己所学医术全部奉献给当地群众。用白艳甫的话说，"医生多一分无私奉献精神，病人就少一分生命危险。"

用"实效"检验对口帮扶成败

院长刘瑞华对对口支援医疗扶贫有着深刻的认识。他认为，理念帮扶胜于技术帮扶，虽然以技术帮扶为主的对口支援对某些科室有促进作用，但要改变医院生态、科室管理，促进健康发展，根本上还是要靠政府主导、政策支撑以及受援单位领导班子的集体智慧。在这些受援医院中，平远县中医医院接受帮扶最早。该院曾一度面临被托管的局面，是对口帮扶政策的及时实施让它们有了"生"的希望，才从被托管的边缘脱离险境。通过帮扶，平远县中医院业务逐年提升，2016年上半年业务量比增达18%，经济收入也有了较快增长。该院发展还带动了全县中医工作的推进，政府对中医工作有了新的认识，将中医建设发展纳入县域医疗重点扶持项目，并着手申报全国农村中医工作先进县。该县中医工作相关经验在2016年广东省中医工作会议上进行了交流。广州市中西医结合医院派出的对口支援医师先后为平远县中医院带去诸多新技术、新理念，骨科医师刘显信填补该县多例手术空白，包括足部大面积皮肤缺损伤修复大腿取皮植皮术、跟腱断裂切开探查修复术、髋韧带断裂探查锚钉固定修复术、少儿踝间骨折。切开复位内固定术、手指指神经断裂探查吻合术、踝管内胫后神经鞘瘤分离切除术、少儿指端缺损皮瓣修复术及儿童外踝骨折手法闭合复位外固定等；多次为该院外科医生授课，带教血管显微吻合技术，使该院外科诊治水平大幅提升。针灸康复专业主治中医师白艳甫使科室业务量由最初的每天十多人迅速上升至五六十人。医院新成立老中医诊室、养生保健体检中心和中医特色康复治疗区三个传统中医特色科室。科研项目实现新突破:1个项目获平远县 2015 年度科技奖，7 个项目获省、市中医药科技立项。佛冈中医医院也发来喜报说，在短短三个月里，陈元岩教授将一流的管理理念传授给我们，帮我们理清了思路，明确了专科发展方向、办院方向。外科急危重症收治率和抢救成功率明显上升，住院人数大幅增长，医疗纠纷和药品比例明显下降。病历质量、诊查用药更加规范。2016 年 3 月 28 日至 7 月 11 日外科业务收入 152 万元，较去年同期比增长 124%；出院 247 人次，较去年同期比增长72%；手术 157 台，较去年同期比增长 84%；药比较去年同期下降到 21%。陈教授利用业余时间为全县医务人员开展医疗业务讲座 6 次，开展义诊 3 次。实现了经济效益和社会效益双丰收。

（通讯员：朱勇武，2016 年 8 月 16 日刊载于《健康报》）

广东省广州市中西医结合医院坚持公立医院公益性扎实开展对口支援健康扶贫工作

今年 2 月 22 日，国务院印发了《中医药发展战略规划纲要（2016—2030年）》；8 月 26 日，中共中央政治局召开会议，审议通过"健康中国 2030"规划纲要，这是贯彻落实党的十八届五中全会精神、保障人民健康的重大举措，对全面建成小康社会、实现中华民族伟大复兴中国梦具有重大意义。长期以来，作为国家三级甲等中西医结合医院、国家重点中西医结合医院，广州市中西医结合医院积极履行社会责任，身体力行纲要精神，坚持公立医院公益性，尤其是在对口支援医疗帮扶基层中医院方面辛勤耕耘、久久为功，做出了突出贡献。

广州市中西医结合医院把对口支援医疗帮扶提升到像援外、援疆、援藏一样的政治高度，以实际行动在支援帮扶路上尽着自己的绵薄之力。

广州市中西医结合医院位于广东省广州市花都区，它集临床、科研、教学、培训于一体，是国家三级甲等中西医结合医院、国家重点中西医结合医院、国家及广东省首批中医住院医师规范化培训基地、广东省中医名院。为响应党中央和国务院健康扶贫号召，落实《三级中西医结合医院评审标准实施细则》要求，坚持公立医院公益性，该院长期以来坚持开展对口支援医疗扶贫工作。

用"实扛"担起对口帮扶责任

早些年，广州市中西医结合医院认真落实卫生主管部门要求，全面指导本地区中医建设。作为全国农村中医工作示范单位，对区内乡镇卫生院、社区卫生服务中心在开展中医药业务及中医适宜技术应用上进行传帮带。先后派出超20人次对口支援花都区炭步镇中心卫生院及花侨镇卫生院，免费接收镇属各卫生院近20名医护人员进修学习。

广州市中西医结合医院积极执行地方政府指令，配合完成广州市花都区政府对口帮扶任务。2014年4月，派1名干部赴广东省湛江市雷州市进行技术指导和帮扶。2014年7月，派1名医生赴贵州省黔南州瓮安县中医医院挂职副院长进行技术指导和帮扶。2015年4月至5月，各派一名副院长分别牵头广东省清远市阳山县七拱镇中心卫生院及清远市清新区禾云卫生院，与受援医院签署对口帮扶协议，交流对口帮扶大计，开展专家义诊，赠送自有制剂及药方等。

2014年7月，广州市中西医结合医院启动城市卫生支援基层卫生工作，向广东省梅州市平远县中医医院派出五批共计10人次医生开展驻点对口帮扶工作。2016年1月，派4名医生赴新增对口帮扶医院梅州市兴宁市中医院开展工作。2016年3月，向清远市佛冈县中医院派1名医生开展对口帮扶工作。

出"实招"破解对口帮扶难关

广州市中西医结合医院作为城市医院，共担负支援三家县级中医医院。其中，兴宁市中医医院与当地人民医院及妇幼保健院隔街道相望距离均不足百米，因地域问题让政府在投入上举棋不定；医院自身也因十多年来业务长期停步不前而信心全无。平远、佛冈两家中医医院则一度面临被托管，院领导几乎无心于医院建设发展。

让受援医院班子重拾信心

广州市中西医结合医院院长刘瑞华经常以自身医院的发展经历"刺激"受援地及受援医院领导，让他们觉得只要努力，医院发展就有希望。刘瑞华还在双方签约仪式上承诺，做到真心帮扶，互相促进。他要求驻点医师使出"看家本领"、毫无保留地传授技术和管理经验，也希望受援医院无须避讳地提出自己的想法，彼此真心相待。

积极争取政府支持

两家医院开展大型活动，常常商量"拉着"卫计局领导甚至县区领导出马。2016年7月8日，平远县中医医院举行三个传统中医特色科室挂牌揭幕仪式暨省名中医义诊活动，县委副书记、县长刘许川，广州市花都区卫计局党委书记、局长曹扬，梅州市卫计局副局长刘水，县委常委、统战部部长肖桂华等领导出席挂牌揭幕仪式。据说这是该院有史以来最高规格的活动。近年，平远县政府还着手为中医医院投资迁建新院区。

引导受援医院班子解放思想

有的受援医院因政府不给钱不敢引进人才，不敢买设备，医院建设发展止步不前，领导班子看米下锅存在思想僵化、理念陈旧、等靠要思想占主流等问题。必须通过交流扩大视野，让他们明白人才、技术和设备就是生产力，要鼓起干劲，对于看准的东西舍得投入。

注重双方沟通交流

广州市中西医结合医院每批驻点医生赴任均安排院领导带队，增进管理层交流。该院更新换下一台 GE 全数字化 B 超及一批中医诊疗设备是平远中医医院所需要的，领导一碰头，便无偿捐赠给平远。广州市中西医结合医院开发新适宜技术、研制的驱蚊防感冒香囊适时向受援医院推介。该院多次组织专家赴受援医院开展义诊，免费派发自有制剂骨伤贴膏及妇洁灵洗剂，价值 2 万余元。接收平远县中医医院免费进修医护人员 10 人次，短期培训 6 人次。

以"实干"打好对口帮扶主场赛

广州市中西医结合医院派出大量技术干部开展对口支援工作，既使受援医院得到实惠，又使本单位公益性和影响力得以彰显，也使自身骨干队伍得到锻炼和发挥。

克服困难，扎根帮扶点

白艳甫、姜殷是广州市中西医结合医院的年轻主治医师，本可安心留在大医院里尽情施展医术，但他们却选择参与医院对口帮扶工作。为了安心完成帮扶任务，他们毅然带上年幼的孩子前往帮扶点开展工作。除了上班时间，只要患者及科室需要，不管是周末还是节假日，他们都能随时回到科室，协助同事服务患者，从无怨言，深得患者信赖。

发挥专长，造福患者

一位由平远嫁往揭阳的脑中风出血患者，一边肢体瘫痪一个月，在揭阳四处求医均不见疗效。在回平远寻医找到白艳甫。白艳甫运用自己的技术优势为她精心治疗，经过仅一周一个疗程的治疗，该患者就明显好转，后来通过后期加固康复治疗，逐渐恢复了生活自理能力，患者兴奋地称白艳甫为"再生恩人"。一位颅脑外伤的患者池某，在梅州市人民医院施行开颅手术后，曾在多家医院接受康复治疗，康复进程缓慢。在白艳甫几个疗程的中西医结合治疗下来，患者康复明显加快，肢体僵硬、疼痛等症状有效缓解。患者及家属感激地送上"神针奇术、造福百姓"锦旗。在支援期间，驻点医师除诊治脑血管意外、糖尿病、冠心病、高血压病、肝硬化、慢性阻塞性肺病、肿瘤等常见病外，也诊治肾淀粉样变、上腔静脉综合征等少见病，得到科室医生及患者的一致好评。

授人以渔，做好传帮带

重点落实带教，将本院医疗规范、服务理念、管理经验、成熟做法通过帮扶干部毫无保留地传授给受援医院，让他们在人才队伍建设、中医诊疗水平、医疗技术、服务管理上全方位得到提升。兴宁驻点医师刘天福通过对典型病例分析将国内新技术、新理念带到基层医院，并为科室医生讲课，学习糖尿病及脑卒中最新的指南，提高内科医生的业务水平。白艳甫利用短短半年时间相继组织开展了穴位埋线、火针、浮针、水针等多个针灸治疗项目，取得良好的治疗效果，受到患者和家属热烈好评，许多群众来院咨询、诊治，针灸康复科一时成了医院的明星科室，2016年上半年的门诊量大幅比增108%。

用"实效"检验对口帮扶成败

平远县中医医院接受帮扶最早。通过帮扶，平远县中医院业务逐年提升，2016年上半年业务量比增达18%，经济收入也有了较快增长。该院发展还带动了全县中医工作的推进，政府对中医工作有了新的认识，将中医建设发展纳入县域医疗重点扶持项目，并着手申报全国农村中医工作先进县，该县中医工作相关经验在2016年广东省中医工作会议上进行了交流。

广州市中西医结合医院派出的对口支援医师先后为平远县中医院带去诸多新技术、新理念，骨科医师刘显信填补该县多例手术空白，多次为该院外科医生授课，带教血管显微吻合技术，使该院外科诊治水平大幅提升。针灸康复专业主治中医师白艳甫使科室业务量由最初的每天十多人迅速上升至五六十人。医院新成立老中医诊室、养生保健体检中心和中医特色康复治疗区三个传统中医特色科室。科研项目实现新突破:1个项目获平远县2015年度科技奖，7个项目获省、市中医药科技立项。

佛冈县中医院也发来喜报说，在陈元岩教授帮扶指导下，外科急危重症收治率和抢救成功率明显上升，住院人数大幅增长，医疗纠纷和药品比例明显下降。病历质量、诊查用药更加规范。外科业务收入较去年同期比增124%，出院人次较去年同期比增72%，手术量较去年同期比增84%，实现了经济效益和社会效益双丰收。

（通讯员：朱勇武，发表于经济日报主办《经济杂志》）

精准扶贫就是要"对症下药"

广州市中西医结合医院是国家三级甲等中西医结合医院、第三批全国重点中西医结合医院、国家及广东省首批中医住院医师规范化培训基地、广东省"中医名院"。医院位于广东省广州市花都区，占地面积5.3万平方米，业务用房面积5.6万平方米；实际开放床位580张；新住院大楼建成后医院建筑面积将增至10.2万平方米，病床规模可达1100张。近年来，医院始终坚持公益性导向，以《三级中西医结合医院评审标准》为建设和管理蓝本，以发展重点学科建设为引擎，以住院医师规范化培训为支撑，推进中医药传承创新，突出中西医结合特色优势，努力实现"让老百姓看上病、看好病、有体面地看好病"目标。2015年实现门诊量111.27万人次，出院量2.37万人次，业务收入5.4亿元。

为响应党中央和国务院健康扶贫号召，落实《三级中西医结合医院评审标准实施细则》要求，坚持公立医院公益性，广州市中西医结合医院长期以来坚持开展对口支援医疗扶贫工作。

一、基本情况

（一）落实卫生主管部门要求，全面指导本地区中医建设

作为全国农村中医工作示范单位，对区内乡镇卫生院、社区卫生服务中心

在开展中医药业务及中医适宜技术应用上进行传帮带。

近五年，先后派出超二十人次对口支援花都炭步镇中心卫生院及花侨镇卫生院；免费接收花都区雅瑶卫生院近十名医护人员进修学习。

（二）执行地方政府指令，配合广州市花都区对口帮扶广东省雷州市、贵州省瓮安县、阳江等地对口支援扶贫工作

2014 年 4 月派 1 名干部赴广东省雷州市，进行技术指导、帮扶。

2014 年 7 月派 1 名医生赴贵州瓮安县中医医院挂职副院长，进行技术指导、帮扶，免费接收该院医护人员进修 7 人次。

（三）贯彻省中医药局精神，开展城市卫生支援基层卫生工作

2014 年 7 月起，按照城市卫生支援基层卫生工作实施细则要求，向广东省梅州市平远县中医医院派 10 名医生开展驻点对口帮扶工作，院领导十多人次赴平远进行实地考察、指导、交流、慰问及赠送药品，免费接收广东平远县中医院 3 人来院进修，医院另外还派多批次各科专家近五十人次赴平远县义诊、讲学等。

2016 年 1 月，派 2 名医生赴新增对口帮扶医院梅州兴宁市中医院开展工作。

2016 年 3 月清远市佛冈县中医医院各派 2 名医生开展对口帮扶工作。

二、帮扶成效（以平远县中医院为例）

（一）受援医院

1. 顺利脱险

我们帮扶的三家县级中医医院，其中兴宁市中医医院因地域问题让政府觉得扶之不得，弃之不能。而平远、佛冈两家中医医院一度面临被托管，是对口帮扶政策的及时出现才让它们有了"生"的希望，对口帮扶果然不负众望，让它们从被托管的边缘脱离了险境。县中医院的业务有了明显提升，经济收入也有较快的增长，县中医院的发展也带动了全县中医工作的推进，政府对中医工作有了重新的认识，重视中医，已着手申报全国农村中医工作先进县，其县中医工作等相关经验还在 2016 年广东省中医工作会议上得到书面交流。

2. 开展帮扶工作以来，我院连年向平远县中医医院派出骨伤、针灸康

复、普外、ICU 等专业骨干轮番实施帮扶，取得喜人成效。上半年业务量比增 108%，医院整体业务量比增 18%。

3. 服务能力迅速提升

广州市中西医结合医院对口支援的医师先后为平远县中医院带去了诸多的新技术、新理念，先后填补了该院数十项技术空白，骨科医师刘显信平远帮扶期间多次为该院外科医生授课，带教血管显微吻合技术，使该院外科诊治水平大幅提升。针灸康复专业主治中医师白艳甫帮扶期间，使科室业务量由最初每天十多人迅速上升至五六十人。

4. 平远县中医院顺利通过省中医药局的二级甲等中医院的评审，针灸康复科也顺利通过省中医药局重点建设项目的验收。

5. 平远县中医院鼓励医务人员积极参与科研立项，2015 年度获县科技奖，七个项目获省、市中医药科技立项。实现了新的突破。

6. 医院的管理水平也有了明显的提升，通过科学规划，大胆实践，提出了医院发展的新思路，医院还成立了老中医诊室、养生保健体检中心和中医特色康复治疗区三个传统中医特色科室。

（二）帮扶医生得到锻炼

广州市中西医结合医院通过派出大量的技术干部对口支援，也使自己的队伍得到了发展和锻炼，涌现许多感人的事迹，医院也发现了不少可造就的人才。在城市大医院中由于人才层级分明，许多青年医师的才能难以得到发挥，在这个新的舞台展现了他们的才干，当然，医院的影响力、美誉度也得到了彰显。如医院的骨伤科刘显信填补平远县多例手术空白，包括足部大面积皮肤缺损伤修复大腿取皮植皮术、跟腱断裂切开探查修复术、髌韧带断裂探查锚钉固定修复术、少儿髁间骨折切开复位内固定术、手指指神经断裂探查吻合术、踝管内胫后神经鞘瘤分离切除术、少儿指端缺损皮瓣修复术及儿童外髁骨折手法闭合复位外固定等。白艳甫指导成立中医特色康复治疗区。

（三）地方政府十分给力

2016 年 7 月 8 日，平远县中医院举行三个传统中医特色科室挂牌揭幕仪式暨省名中医义诊活动，县委副书记、县长刘许川，广州市花都区卫计局党委书记、局长曹扬，梅州市卫计局副局长刘水，县委常委、统战部部长肖桂华等领导出席挂牌揭幕仪式。据说这是该院有史以来最高规格的活动，近年政府也投资为中医医院迁建新院区。

三、帮扶体会

（一）理念帮扶胜过技术帮扶

1.提供帮扶的医院首先要高度重视此项工作，对口扶贫工作是一项长期性的工作，其所面临的困难很多，城市三级公立医院就从高角度认识此项工作的重要性，也是体现医院公益性的重要表现。班子须统一思想，二是医院须克服自身建设存在的问题，要舍得使出"看家本领"，三是一把手重视此项工作，精心规划、精确分工。

2.积极动员优秀员工加入对口支援队伍，由于城市医院自身条件好，员工不太愿意下乡，既往的做法往往在做表面功夫，存在观望情绪；医院进行全面动员，讲明公立城市医院的性质使其工作人员必须履行职责，当然医院在边实施、边弘扬正气、边实践、边总结经验、边调整扶持政策。

3.积极动员双方的主管部门领导参与，重视对口支援工作，使双方的地方政府领导对中医工作有很好的沟通、交流及重视中医药工作。中医药工作的开展不仅是国策，也是弘扬中国传统文化的基石之一，医疗体制改革，不但要重视对县医院的改革，更要重视对中医院的改革，我们常用"两只狼的竞争比一只狮存在"要强许多来比喻。

4.对口帮扶就是"一个愿打一个愿挨"，特别是双方领导班子，要能碰出共同的火花来。通常情况下受援医院因为政府不给钱不敢引进人才，不敢买设备，医院建设发展止步不前，领导班子看米下锅或多或少存在思想僵化、理念陈旧、面对问题无计可施、等靠要思想作祟等问题。这也确与当地政府重西轻中，考虑产出及效益，宁肯多投西医也不愿投入中医以至于人民医院独大有关。

领导理念不对路一切白搭，给受援医院班子"洗脑"，苦苦等靠要，不如借鸡又借蛋呼吁当地政府襄助，"培养两只狼"求人不如求己的拼搏精神。

（二）瞄准路子才好策马扬鞭

通过中医望、闻、问、切四诊法，摸清受援医院发展优劣势，协助他们选准突破口，采取以点带面，点面结合的办法推动医院发展。

通过了解，平远县中医院针灸科，虽被列为广东省"十二五"中医特色专科建设项目，也是平远县首个省级项目，可业务量年年下滑，病人寥寥无几，医生无精打采，这就告诉我们在针灸专业予以重点帮扶。佛冈县中医医院采购了内镜，可半年只做了三台手术，了解到他们技术不成熟，我们专门为他们派去一名副主任医师，一个星期就指导他们开展了4台手术，超过半年业务量。

（三）真心实干方能结出硕果

1. 解驻点者之忧。认真落实驻点医师的衣、食、住、行等现实问题，因地制宜，适度增加对口支援人员的待遇，使他们下乡后，待遇有所增加。

2. 坚持授人以渔。通过帮扶受援医院在人才队伍建设、中医诊疗水平、医疗技术、医院管理等全方位得到了提升，平远县中医院骨伤科、针灸康复科诊疗水平有了极大的改善，门诊量及住院量较过去有了大幅增长。

对口帮扶团队中也涌现了一批优秀人才。"带娃的白衣天使"白艳甫医生、"垃圾筐里捡起来的手指也能接活"刘显信医生、罗水浓医生、罗志恩医生等等我院对口支援平远的团队，深受当地老百姓喜爱，多次赠送锦旗感谢，中国中医药报、当地电视台、媒体多次报道他们的事迹。

3. 增进领导沟通。医院无偿捐献了一台ＧＥ全数字化B超及一批价值20万元的中医诊疗设备。

4. 广泛开展交流。我院先后组织专家开展了2次义诊服务，义诊活动中免费派发了疗效、群众口碑较佳的院内自有制剂骨伤贴膏及妇洁灵洗剂，价值20000余元。接收平远县中医医院免费进修医护人员10人次，累计42人月数，短期培训6人次。

5. 通过思想、思念的帮扶，医院开展了以注重宣传，开展了以微信为主的宣传媒介，拓展医院的影响力。

四、几点思考

1. 周期短，初显成效即戛然而止

平远县政府、当地卫生行政主管部门、受援医院医护人员已多次在不同场合提出三年的帮扶周期太短、能否延长支援周期？平远当地老百姓也在发动平远籍在广东省内具有相当知名度、影响力的医疗界同道，出面表达希望我院能延长支援周期的强烈意愿……

2. 点多面广，难以平衡疲于应付，省中医药局任务多，我院是一对三的帮扶任务，帮扶三家县中医医院，还有地方政府的对口支援任务及其他政治任务等。

3. 医院部分设备无法转让，如放射科的设备。

4. 由于帮扶的医院即使在省内但路途也遥远，消耗了大量的人力、物力，且随时随地支援的可能性小，使帮扶效果打折扣。

（刘瑞华院长 2016 年 7 月 28 日在全国对口支援医疗扶贫座谈会上的发言）

硕果累累医院获国家"医疗扶贫贡献奖"

12 月 24 日下午，由国家卫生计生委医政医管局指导，健康报社主办的"医疗扶贫与爱同行"——对口支援医疗扶贫交流颁奖会在北京举行。国家卫生计生委医政医管局局长张宗久与 200 余家支援医院和受援医院代表齐聚一堂，就支援经验进行交流，广州市中西医结合医院刘瑞华院长受邀参加本次活动。

为将典型医院的示范作用发挥到最大，国家卫生计生委依托健康报社开展"医疗扶贫与爱同行"表彰活动。此次对口支援医疗扶贫交流颁奖会正是对全国在医疗扶贫工作中表现突出的医院和岗位给予表彰和奖励，创造良好的舆论环境。自 2014 年 7 月起，广州市中西医结合医院根据对口支援医院的需求共派出心血管内科、肿瘤科、骨伤科、针灸康复科等专业 6 批次 49 名医生开展支援工作。帮扶期间我院先后组织专家开展了 4 次义诊服务，免费派发院内自有制剂价值 20000 余元，捐献价值 20 万元的中医诊疗设备，使受援医院在人才队伍建设、中医诊疗水平、医疗技术、医院管理等全方位得到了提升，实现当地群众在自家门口就能享受到了省城专家的医疗服务。医院对口帮扶工作多次被电视台、国家级刊物报道，获大会颁发的"医疗扶贫贡献奖"，医院刘瑞华院长对对口支援医疗扶贫有着深刻的认识，开展对口帮扶工作不遗余力，获大会颁发的"扶贫榜样奖"。

刘瑞华院长表示，健康扶贫工作是落实党中央国务院推进新时期扶贫攻坚重要战略的重要举措，关系到广大人民群众的健康福祉。对口帮扶工作任重道远，要想改变受援单位现状理念帮扶胜于技术帮扶，虽然以技术帮扶为主的对口支援对某些科室有促进作用，但要改变医院生态、科室管理，促进健康发展，根本上还是要靠政府主导、政策支撑以及受援单位领导班子的集体智慧。

（通讯员：黄力君）

公益性指标

2014年度对口帮扶公益性指标

　　2014年医院投入10多万元组织多人次奔赴瓮安、雷州、阳山、清新及本区花东镇珠湖村等地开展扶贫工作，派1名员工长驻雷州对口扶贫，为对口扶贫村干部免费体检8人次。

　　2014年8月雷州遭遇特大台风，医院派出14名医务人员前往灾区开展义诊、捐赠药品暨扶贫活动。

　　医院投入近32万元，长期安排医务人员对口支援省内外二家二级中医院。

2014 年，安排至广东平远县中医院 12 个月、贵州瓮安县中医院 6 个月，另外院领导多次赴平远和贵州进行实地考察、指导、慰问及赠送药品。

免费接收贵州瓮安县中医院 1 人、广东平远县中医院 3 人来院进修。

2015 年度对口帮扶公益性指标

2015 年医院投入约 4 万元组织多人次奔赴平远、雷州、梅州等地开展扶贫交流工作，医院安排 4 人次至广东平远县中医院对口支援总计 24 人月数，另外院领导多次赴平远进行实地考察、指导、慰问及赠送药品价值近 7000 元。

免费接收广东平远县中医院 5 人次来院进修，总计 18 人月数。

医院派出 13 人对口支援花都炭步镇中心卫生院及花侨镇卫生院，免费接收花都区花侨镇卫生院 2 名超声科进修学习。

医院派出多批次专家到清远市阳山县七拱镇卫生院、清远市清新区禾云镇卫生院进行查房、义诊等对口帮扶。

医院派出 13 人对口支援花都炭步镇中心卫生院及花侨镇卫生院，免费接收对口支援单位 8 名医务人员进修学习，全年共支出 77 万元用于员工外出进修培训。

2016 年度对口帮扶公益性指标

医院继续向梅州市平远县中医院、兴宁市中医院、清远市佛冈中医院等对口帮扶单位派出业务骨干 6 批次共 49 名医生开展帮扶支援工作，合计 294 人月。诊治门诊患者约 3.6 万人次、住院患者 3000 余人次、开展手术 100 余台次，接收免费进修医护人员 23 人次，累计 85 人月。

　　帮扶期间组织专家在受援地开展 4 次义诊服务，免费派发了疗效好、群众口碑较佳的院内自有制剂骨伤贴膏及妇洁灵洗剂，价值 20000 余元，医院无偿捐献了一台ＧＥ全数字化Ｂ超及一批价值 20 万元的中医诊疗设备。

　　2016 年医院派出 15 人次对口支援花都炭步镇中心卫生院及花侨镇卫生院。医院派出博士团等多批次专家到清远市阳山县七拱镇卫生院、清远市清新区禾云镇卫生院进行查房、义诊等对口帮扶。

　　医院外派医务人员进修 114 人月数。全年共支出 112 万元用于员工外出进修培训。免费接收花都区新华卫生院 2 名，梅州市兴宁中医院 5 名，其他医院 2 名护理人员进修学习。

活动报道

刘瑞华院长出席全国对口支援医疗扶贫座谈会

2016年7月28日，刘瑞华院长赴北京参加由健康报主办的对口支援医疗扶贫座谈会，与国家卫生计生委医政医管局、健康报社领导以及来自全国各大三级医院院长们共襄对口支援医疗扶贫大计。

当日上午，代表们做客人民网，现场录制"医疗扶贫——我们的责任对话会"节目。下午，代表们出席座谈会，相互交流帮扶进展，分享帮扶成果，商讨下一步对策，它既是一次总结的大会，也是一次再动员的大会。

为积极响应党中央和国务院健康扶贫号召，广州市中西医结合医院长期以来坚持开展对口支援医疗扶贫工作。除了对区内乡镇卫生院、社区卫生服务中心在开展中医药业务及中医适宜技术应用上进行传帮带外，还配合花都区对口帮扶广东省雷州市、清远市、阳山县及贵州省瓮安县等地。特别是2014年7月向广东省梅州市平远县中医医院派出五批共计10人次医生开展驻点对口帮扶工作，为平远县中医院带去诸多新技术、新理念，填补了该院数十项技术空白，骨科医师刘显信多次为该院外科医生授课，带教血管显微吻合技术，使该院外科诊治水平大幅提升。针灸康复专业主治中医师白艳甫使科室业务量由最初的每天十多人迅速上升至五六十人。

对口帮扶，大家共同的责任。我院在对口帮扶医疗扶贫工作上取得突出成效，今后还将继续着力此项工作。

（通讯员：朱勇武）

刘瑞华一行赴佛冈县中医院开展对口支援工作

为发挥广州市中西医结合医院资源优势，推动优质医疗资源向基层流动，提高基层医疗卫生服务能力和水平。根据广东省中医药局相关文件精神，广州市中西医结合医院将对口支援佛冈县中医院。

2016年3月28日，医院刘瑞华院长、刘树华副院长赴广东省佛冈县中医院与佛冈县中医院领导举行签约仪式，佛冈县副县长黄丽、县卫计局局长温秀梅出席了本次活动。

仪式上，双方院长签订了《对口支援县中医医院工作协议书》，确定了对口支援的相关事项，明确了双方职责与义务。根据佛冈县中医院的需求，医院选派普外科业务骨干陈元岩副主任医师到该院开展对口支援工作，将由他作为外科学科带头人，协助佛冈县中医院打造腹腔手术专业医疗团队。力争在对口帮扶期间，使佛冈县中医院外科医疗水平迈上新台阶，让当地群众就近得到优质的医疗服务，切实推动基层医疗卫生服务水平的提升。

（通讯员：陈珂）

开展对口支援工作提升基层医疗水平

为了贯彻广东省中医药局《关于进一步开展对口支援县中医医院工作实施方案》文件指示精神，2016 年 3 月 11 日广州市中西医结合医院黄华副院长、刘树华副院长及医务科、部分临床科室负责人一行前往兴宁市中医院与该院签署对口支援协议。

签约仪式在当天下午 3：00 举行，兴宁市政协副主席（卫计局副局长）郑华及该院领导班子参加了签约仪式。广州市中西医结合医院黄华副院长受刘瑞华院长的委托与兴宁市中医院院长申雨强签署了对口支援协议。与该院签署对口帮扶协议，是综合实力及诊疗水平的又一次检验。签约仪式后双方领导进行工作交流，兴宁市中医院领导希望在帮扶周期内在我院在人才培养、中医诊疗水平、医疗技术、医院管理等全方位的帮扶，特别提到要在我院的帮扶周期内将重症医学科发展起来建成有一定规模并能为各学科发展起到提供保驾护航作用。应受援医院的要求，重症医学科、脑病科克服医生严重不足的困难各选派一名业务骨干到该院开展对口帮扶工作。医院领导结合我院重症医学科发展历程给该院重症医学科的发展提出了切实可行的建议，希望通过对口交流能为兄弟单位兴宁市中医医院的建设与发展略尽我们的绵薄之力。

　　3月12日黄华、刘树华一行人冒雨来到另一家对口支援单位平远县中医院开展交流，该县卫计局赵启华副书记、院领导及科室负责人参加了座谈会。

　　会上平远县卫计局领导及该院院长张学良充分肯定了对口帮扶的工作成绩，同时高度赞誉了选派支援的专家。广州市中西医结合医院于2014年7月启动了对该院的对口支援工作，先后委派4批8人次中医骨干到梅州市平远县中医医院开展对口工作锻炼半年，通过有计划的对口帮扶，平远县中医医院骨伤科、针灸康复科、超声科等科室的业务能力及医疗质量有了较大的提升，该县干部群众不出县城，即可享受到三级甲等医院医生高水平的诊疗服务。对口支援医生也在当地老百姓中也留下了较好的口碑。广州市中西医结合医院一行与平远县中医院进行深入了工作交流外，还无偿捐献了一台ＧＥ全数字化Ｂ超给该院，为该院医疗事业的发展添砖加瓦。

　　开展对口支援，有利于医院间的技术合作与交流，实现资源共享、合作共赢，共同提升诊疗、科研、教学水平，造福广大患者，是落实党的群众路线教育实践活动的有力体现。

（通讯员：陈小平）

媒体报道

精准施策，决胜黔粤扶贫攻坚收官战！

——记广州市中西医结合医院医疗集团对口扶贫工作

2020 年是全面建成小康社会目标实现之年，也是脱贫攻坚的收官之年，扶贫攻坚工作是党中央、国务院做出的重大战略部署。为落实国家中医药管理局《关于请支持贵州省中医院对口帮扶工作的函》、广东省中医药管理局《关于印发进一步开展对口支援县中医医院工作实施方案的通知》精神，充分发挥医疗集团的资源优势，实施医疗卫生对口支援，帮助基层医院调整管理架构、实行持续质量改进、提高综合服务能力、满足群众就近就医需求、切实解决群众看病难的问题，广州市中西医结合医院医疗集团自 2017 年起，成立了由理事长刘瑞华担任组长的对口帮扶领导小组，完善《广州市中西医结合医院医疗集团对口帮扶基层医院工作方案》，确立帮扶对象、明确帮扶任务、制定帮扶目标。省内帮扶对象包括梅州市平远县中医院，兴宁市中医院，清远市佛冈县中医院、清远市阳山县七拱镇中心卫生院、清新区禾云镇卫生院；省外帮扶对象包括贵州织金县中医院、瓮安县中医院、黔西县中医院及西藏自治区林芝市人民医院、新疆喀什疏扶县吾库萨克镇卫生院等。

所谓授之以鱼不如授之以渔！在脱贫攻坚工作中，如果只输血不造血，这些专业技术人员一经撤退，对口帮扶单位又会出现返贫现象，为了解决这个问题，广州市中西医结合医院医疗集团在多年的扶贫工作中，慎终如始、坚持不懈地从造血层面做好技术帮扶工作，不断派出精兵强将、齐心戮力执行技术扶贫工作，从医院顶层设计、综合管理、医疗服务领域拓展、重点学科发展、人才梯队建设等全方位对扶贫单位进行了造血式帮扶，使各对口扶贫医院综合实力大大提升。

广州市中西医结合医院医疗集团在过去的三年多里，共派出驻院帮扶管理人员及专科医师近 70 人次，每位医师驻院帮扶时间均在 6 个月以上；免费接收来院进修医护药人员 80 余人次，为进修人员免去进修费用及发放伙食补贴约 110 余万元；组织了组团式帮扶 10 余次。通过优秀管理人员挂职院长助理、副院长或科主任等职位，传授先进的管理理念和经验；通过座谈交流、手术示范、理论讲课、教学查房、疑难重症病例分析及义诊等活动，提升了医务人员的专业技术水平，惠及当地更多的老百姓。经过 3 年多的长期奋战，各被帮扶对象均获得不同程度的长足发展，其中织金县中医院脱颖而出，交出一张亮眼的成绩单。

为确保帮扶质量和检验帮扶成效，集团扶贫组组长、广州市中西医结合医院刘瑞华院长，以身作则，先后十余次组团式到各定点扶贫单位进行工作指导，单单到访贵州就高达 6 次。贵州织金县中医院被确定为 2020 年广东省东西部扶贫协作 "5+2" 组团式帮扶的重点对象，是广东省 12 家医院里唯一的中医医院，集团在 3 年间共选派出 23 名优秀管理及医疗专业人才进驻帮扶，免费接收了 32 名医务人员来院进修，是广东省目前唯一率先按规范完成了 "5+2" 组团式帮扶任务的中医医院。织金县中医院的门诊人次从 2017 年到 2020 年增长率为 52.30%，住院病人从 2017 年到 2020 年增长率 69.10%，医疗业务收入从 2017 年到 2020 年增长率为 186.10%，预计 2020 年业务可达 1.5 亿元，目前该院已被当地政府部门确定为三甲中医院创建单位。

为积极推动中医药事业的蓬勃发展，除了选拔优秀的中医针灸康复人才到院驻点帮扶、手把手教会当地医务人员中医适宜技术外，广州市中西医结合医院还不定期到对口帮扶单位通过组团式帮扶的形式，开展中医适宜技术培训班，用小讲课、现场中医操作示范、教学查房及义诊等方式，不断提升当地的中医诊疗技术水平，使中医适宜技术在当地得到积极的推广，为当地人民群众提供质优价廉的中医治疗服务。同时为了解决基层医院缺少设备药物等问题，广州市中西医结合医院向部分对口帮扶单位无偿捐献了 GE 全数字化 B 超及一批价值 30 万余元的中医诊疗设备、自主研发的中药制剂等，积极推动中医诊疗技术在当地发展。

在帮扶工作期间涌现出众多优秀的共产党员及感人事迹，毕学志在主持贵州帮扶工作期间表现出色，荣获贵州毕节市 2020 年优秀共产党员称号。援助医生刘显信、白艳甫等深受平远县百姓喜爱，曾获当地电视台、媒体多次报道他们的先进事迹，获花都区十佳医护事迹荣誉称号。刘礼胜医生、曾月玲和黄靖晖护士援藏期间利用个人休息时间，积极参加公益活动，曾月玲护士获得了"优秀志愿者"称号。

刘瑞华理事长表示一定会认真落实中央的指导精神，在脱贫攻坚路上要保持政策的总体稳定，建立防止返贫监测和帮扶机制，采取有效举措巩固脱贫攻坚成果，避免脱贫后又返贫的现象；从攻坚期的超常规举措向常态帮扶转变，使扶贫措施和效果都具有可持续性，积极探索建立解决贫困长效机制才是我们的最终目标。目前取得的成绩，主要有赖于政府政策的支持、集团员工的配合及对口帮扶单位的努力；但我们的目标绝不会止步于前，下一步我们将仍会继续按照国家、省、市的扶贫工作思路，为对口扶持单位实现同质化医疗水平做更进一步的努力。

（通讯员：熊妙华，2020 年 11 月 13 日刊载于《中国中医药报》）

广州市中西医结合医院援黔实纪

——薪火相传援黔专家携手筑造稚嫩生命的港湾

"我们不单只要完成对口帮扶任务，还要为受援医院培养一支带不走的团队。"广州市中西医结合医院刘瑞华院长在与织金县中医院签订帮扶协议时说到。根据受援医院的实际情况，广州市中西医结合医院派出岳慧雅和李吉平医师，帮助受援医院先后筹建儿科和新生儿科，为当地居民筑造守护稚嫩生命的港湾。

从零开始，整章建制打造人才队伍

2018 年 09 月，广州市中西医结合医院儿科岳慧雅主治中医师来到了织金县中医院并被任命为儿科主任，协助受援医院筹建儿科和新生儿科。面对受援单位儿科和新生儿科接近空白的科室现状，岳医生先到当地兄弟单位实地调查该地区儿科和新生儿科发病情况。结合医院现有医疗水平、设施，岳医生制定了儿科和新生儿科岗位职责、工作制度以及诊疗常规、临床路径，并结合自身经验制定了 8 项儿科中医操作技术规范。科室从无到有不但需要建章立制，更需要医院内外的配合和认同。岳医生多次和院领导到科室实地现场考察，提出改建新生儿探视通道、医护通道、配奶室、洗浴室及儿科中药熏洗室、中医综合治疗室等多项意见并被采纳投入使用。通过与各科室反复沟通，岳医生落实了儿科和新生儿科常用药物、配套设备和检查项目。

新科室的建立关键在于人才队伍的建设，岳医生重点培养 2 名年轻执业医师并让其参与到科室管理中，指导 7 名轮转医生、6 名实习同学儿科理论与临床学习；结合自身多年工作经验指导年轻中医师辨证施药，开展小儿推拿、耳穴等中医疗法；对 30 余名产儿科医护人员开展系统培训，令儿科团队能基本掌握儿科常见病、多发病及急危重症的诊治。另一方面，岳医生安排护士到当地兄弟单位学习儿科和新生儿科护理，使护士能更好地胜任临床值班工作。经过 3 个多月的前期准备，织金县中医院儿科于 2018 年 12 月 27 日正式开科，在岳医生的带领下科室平稳运作得到当地广大患儿家长的一致好评。

薪火相传，用过硬素质守护稚嫩生命

2 月 13 日，泪别刚出生 22 天的儿子和还在坐月子的妻子，李吉平医生踏上征程，接过岳慧雅医生手中的重任，挂职织金县中医院新生儿科主任，着手筹建该院新生儿科。李医生刚来医院时，新生儿科除了几间空房什么的没有。由于人员短缺，医院临时从其他科室调来医师 3 名（只有一位新生儿科临床工作经验）及护士 4 名（均无新生儿科临床工作经验）组建新生儿科医疗团队。在岳医生的筹建基础上，他积极与该院领导沟通，规划新生儿科病房建设，申请购买新生儿相关设备，编制新生儿科相关规章制度，开展常态化的临床专业知识及核心制度培训。经过三个月的努力，2019 年 6 月 1 日，织金县中医院新生儿科正式开科运营。

新生儿科又被称为"哑科"，儿童患者不会和医生交流，给诊疗过程带来不少难题。在李医生看来，作为一个新生儿科医师不但要具备过硬的专业素质和学习能力，还要有人文素质基础及沟通能力，最重要的是要有爱心及奉献精神。李医生抵黔至今从未休息一天，有任何特殊情况随叫随到。在他的带领下，织金县中医院新生儿科开科以来，抢救十余例重度新生儿窒息无一例死亡。另一方面，李医生落实"造血"援黔，积极组织专业知识培训，为当地医护人员送去先进专业技术和管理经验。对口帮扶工作得到受援地区高度好评，为使李医生专心工作，当地县委出面与当地最好的幼儿园沟通安排解决李医生大儿子就读问题，并为其一家四口安排住宿，尽最大努力为李医生安心工作创造条件。

"造血"援黔，打造一支带不走的医疗团队

目前，织金县中医院儿科和新生儿科均已平稳运作，经过岳慧雅和李吉平医生的系统培训，逐步培养出一批能胜任科室工作的业务骨干。目前科室已成功开展了新生儿窒息复苏新技术、PS 的应用防治 NRDS 技术、新生儿全胃肠道外静脉营养技术、重症肺炎呼吸衰竭的抢救、新生儿溶血病等先进治

疗诊疗技术，成功抢救了新生儿重度窒息十余例。在胎粪吸入性肺炎、重度高胆红素血症、肺透明膜病、坏死性小肠结肠炎、早产儿、呼吸循环衰竭等疾病治疗中均无死亡及致残病例。岳慧雅、李吉平医生奉献了自己对家庭儿女和父母的照顾时间，克服饮食的不适应和交通、气候的特殊等困难，为受援单位带去先进的诊疗技术和管理手段，从零开始携手构筑稚嫩生命的港湾，为当地儿童患者打造一支带不走的医疗团队，同时也为粤黔两地医务人员搭建起友谊的桥梁。

（通讯员：黄力君，2020 年 3 月 19 日刊载于《健康报》）

贵州省政府感谢广州对口帮扶单位

日前，贵州省人民政府向广州市中西医结合医院等广东省内的 6 家医院发来《感谢信》，向其对口帮扶工作致谢。

来信指出，在开展医疗卫生对口帮扶工作方面，广州市中西医结合医院"发扬扶危济困的高尚品格，积极参与并大力支持，从政策指导、人员培养、技术提升和物资捐赠等方面给予无私帮助，把爱心播撒在黔山秀水之间，把温暖送到贫困群众心间，值得称道，令人感佩"。

据了解，按照国家中医药管理局关于三级中医院对口帮扶西部贫困县县级中医院的有关部署，广州市中西医结合医院于 2017 年对贵州省瓮安县、织金县及黔西县等 3 家中医医院，采取派骨干专家驻点、义诊、教学查房、组织疑难病例讨论、接受进修学习等方式进行对口帮扶，取得明显成效。受援医院管理水平和医疗卫生服务能力显著提升，周边群众健康水平明显改善，获得感日益增强。

（通讯员：朱勇武，2018 年 3 月 22 日刊载于《健康报》）

为当地人民群众提供便捷质优医疗卫生服务

今日花都讯健康扶贫，是国家"精准扶贫"战略的重要一环。近年来，区人民医院医疗集团和广州市中西医结合医院医疗集团开展了"组团式"医疗帮扶工作，对黔西县钟山镇卫生院和织金县中医院进行对口帮扶，全面做好援黔卫生帮扶工作，完善对口支援形式，进一步集聚支援力量。

建立对口帮扶关系以来，我区医疗专家真帮实干、勤勉务实，用先进的管理理念、经验推进当地医共体建设，用医疗理念、精湛的医疗技术帮助受援医院开展诊疗新技术、新项目。针对黔西县东片区医共体刚刚成立，工作处在初步摸索阶段的实际情况，区人民医院医疗集团把我区医联体创建的成功经验带到黔西县钟山镇卫生院，助推当地区域医疗机构提升服务能力，并派出专家组到黔西县钟山镇卫生院开展帮扶活动，完善相关管理制度，提升当地医疗技术水平。广州市中西医结合医院帮扶专家卓蕴雄医生是泌尿外科领域的专家，帮扶期间，织金县中医院入住了一位膀胱多发结石及前列腺增生的病人，为给患者提供更优质的医疗服务，减轻痛苦，同时也为提升受援医院卫生专业技术人员适宜技术运用及实践操作能力，卓蕴雄决定运用新技术为病人做手术。在他的带领下，该院医护团队顺利完成当地首例"经尿道膀胱结石锹激光碎石取石术"，实现了全县医疗水平在相关领域的跨越性突破。

秉持"人走技术留"的理念，专家组把为受援医院培训一批技术过硬的专业人才队伍作为对口扶贫的重要内容。花都区人民医院内分泌科蒋玲君医生、呼吸内科蒋兰茂医生，在帮扶贵州省金县人民医院期间分别挂职对应科室副主任，每天在病房指导科室临床、教学查房，并就当地医疗不足之处主动对科室医务人员进行针对性的专业培训，逐步达到规范诊疗行为。广州市中西医结合医院专家组在织金县中医院开展了"李氏虎符铜砭刮痧基础知识""儿童社区获得性肺炎诊疗规范解读""全球急性心肌梗死新定义"等专题讲座，并参与了科室查房，了解患者病情和诊疗过程，对存在问题及注意事项做了细致的分析，提出治疗意见和建议，有效提升医院的规范化诊疗水平。

目前，援黔卫生帮扶工作还在紧张有序地推进中，区卫生健康系统将继续坚持精准扶贫精准脱贫基本方略，以深度贫困地区脱贫攻坚为重点，不断提升受援医院医疗卫生技术服务能力，为当地人民群众提供便捷、质优、价廉、安全的医疗卫生服务，保障人民群众的身体健康。

（通讯员：方阳亲，2019年5月29日刊载于《今日花都》）

我区医疗卫生对口帮扶工作成绩突出

日前，我区卫计局收到贵州省人民政府发来的《感谢信》，对广州市中西医结合医院开展对口帮扶工作给予肯定并致谢。信中提及，在开展医疗卫生对口帮扶工作上，广州市中西医结合医院"发扬扶危济困的高尚品格，积极参与并大力支持，从政策指导、人才培养、技术提升和物资捐赠等方面给予了无私帮助，把爱心播撒在黔山秀水之间，把温暖送到贫困群众心间，值得称道、令人感佩"。

去年9月份，广州市中西医结合医院派出援黔专家团远赴贵州省织金县、黔西县、瓮安县，马不停蹄地开展巡回医疗、学术讲座、临床教学等帮扶活动。尽管正值当地雨季，义诊现场仍被慕名而来的患者重重围住，专家团克服语言不通、患者依从性差等客观条件，无偿耐心地解答患者的提问，为患者提供合理的诊断和治疗。

自2017年接受帮扶任务以来，我区卫计系统紧紧围绕党的十九大精神，全面落实区委区政府对口帮扶贵州省毕节市织金、黔西县的部署和要求，实施健康扶贫工程，多次组织医疗专家深入到贵州省毕节市织金县和黔西县开展对口帮扶调研。期间，与织金县、黔西县卫计局签署了结对帮扶框架协议，确定了区人民医院、市中西医结合医院、区妇幼保健院、疾病预防控制中心及卫生监督所开展一对一结对帮扶具体任务，全力助推织金县、黔西县卫生事业发展。

补齐短板专家组团传经送宝

针对当地专业人才匮乏、医疗技术总体水平有待提高这一突出问题，花都卫计系统形成合力，整合辖区优质资源，创新"组团式"结对帮扶，选派花都区医学专家到毕节市织金县、黔西县开展医疗卫生技术帮扶，通过义诊、技术培训、教学查房、手术示教、疑难病例和死亡病例讨论等方式，提高当地对常见病、多发病和重大疾病的诊疗能力，为织金县、黔西县医疗卫生服务补齐短板。

去年，区卫计局先后组织区人民医院、市中西医结合医院、胡忠医院等30多名专家，到织金县中医院、织金县妇幼保健院、黔西县中医院、黔西县幼保健院、瓮安中医院开展专家义诊、教学查房及业务讲课等活动，接诊当地群众1200多人，教学查房20余次，开展讲座15次，共有2000多人收听讲座，送出药品约4箱，金额约为8000元。切切实实帮扶临床技术，提升基层医院医疗卫生服务质量和管理水平，深受当地患者及医院临床医务人员的欢迎。

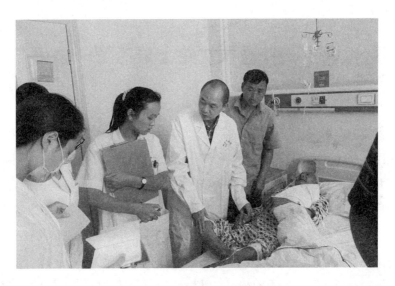

此外，从基层医疗机构选拔出年轻有为的基层干部，常驻对口帮扶单位，建立健全各项医疗服务规章制度和操作规范。从卫生系统中选派6名医疗专家到织金县医院挂职中层以上干部，其中一名专家挂任县人民医院副院长，指导实施临床实用技术、新技术，拓展医疗卫生服务范围，从而推进织金县卫计整体服务能力。

"造血"援黔传道授业培养人才

在派驻医务人员、送出技术的同时，区卫计局以帮助培养卫计人才等"造血援黔"为重点，以"授人以渔"为帮扶理念，全面提高受援单位人才队伍建设，着力培养本土人才，为当地留下一支"不走的医疗队"，增强了贵州省织金县、黔西县医疗卫生事业的造血功能。截至目前，组织了织金县到我区对口支援医疗单位现场学习交流，接收了织金县卫生系统 14 名人员来我区进修学习，还接受了黔西县人民医院急诊科副主任到我区人民医院挂职急诊科副主任，进修学习关节镜专科技术，以填补该县的技术空白，为今后提高黔西县人民医院学科诊断与治疗水平打下坚实的基础。

（通讯员：方阳亲，2018 年 3 月 19 日刊载于《今日花都》）

黔粤联手，打通扶贫路上最后"一公里"

为积极响应中央关于坚决打赢扶贫攻坚战的号召，广东省广州市中西医结合医院医疗集团在花都区卫健局的领导下，始终牢记习近平总书记的指示，坚决打赢脱贫攻坚战，集团的龙头单位广州市中西医结合医院，勇担社会责任，先后担负了国家、省、市、区的对口帮扶任务，对贵州省三家县中医院（织金、黔西、瓮安）、广东省（平远、兴仁、佛冈）三个县中医院进行帮扶，在扶贫工作中得到各级政府的表扬，曾获全国医疗扶贫贡献奖。

根据对口帮扶单位的不同情况，从医院顶层设计到推动技术发展等全方位出谋划策，为打好扶贫攻坚战提供了强大的推动力，助力地方如期完成脱贫攻坚任务。在近三年的扶贫路上，对接单位中收获最大、成绩最佳的，要数贵州省毕节市织金县中医院，广州市中西医结合医院医疗集团（含下属 6 家基层医疗单位）自 2017 年起至今，先后派出六批专家共 14 名医师，进驻织金县中医院进行技术帮扶工作。

除了人员驻点帮扶外，期间广州市中西医结合医疗集团还多次派出优秀专家团队和技术骨干到对口帮扶单位通过教学查房、手术演示、专业授课及义诊等多种形式开展对口扶贫工作，这种真抓实干的作风，获得医院及当地民众的一致好评。

在双方政府的政策扶持和医疗单位人员的共同努力下，织金县中医院的急诊科、骨伤科、针灸科、普外科、麻醉科等临床科室，在科室规范化管理、医疗技术服务、人才建设方面均得到了迅速发展，得到质和量的全面提升；由广州市中西医结合医院医疗集团帮扶专家挂职科主任，新建立了儿科、新生儿科、重症医学科等科室，帮扶专家对学科建设、人才培养等工作提出了很多有益的建议；织金县中医院近年来不断投入资金，引进先进仪器设备开拓新业务，在帮扶专家的引领和指导下，共开展了二十余项新技术，为进一步提升业务水平打下扎实的基础，旨在为当地人民提供更优质的医疗服务。

为夯实医疗技术力量，织金县中医院于 2017 年至 2019 年共派出 21 名优秀的医务人员和业务骨干，到广州市中西医结合医院骨科、外科、儿科、针灸康复科等科室免费进修学习，通过学科人才培养，有效提高了综合服务能力。

在帮扶对接单位脱贫攻坚的过程中，涌现出大量先进的优秀共产党员，他们团结奋进、拼搏创新、攻坚克难、锐意进取，充分展示了共产党员不怕苦不怕累、冲锋在前的先锋模范作用，织金县中医院在脱贫攻坚工作中成绩耀眼，

2020 年织金县中医院党支部获得了毕节市脱贫攻坚先进党组织称号,毕学志获毕节市脱贫攻坚优秀共产党员称号。

广州市中西医结合医院医疗集团下属花都区新华社区卫生服务中心医务科科长、副主任医师毕学志,受广州市花都区卫健局委派,于 2019 年 8 月 15 日起到贵州省毕节市织金县中医院开展医疗对口帮扶工作,挂职织金县中医院院长助理,担任广东省第一扶贫小组毕节市织金县工作队医疗队负责人。

到织金县后,他尽快融入了织金县的帮扶工作节奏,积极参与织金县中医院管理决策,带领广州市中西医结合医院医疗集团派出的帮扶团队,帮助织金县中医院以及下属医共体成员单位,在完善医院管理制度的基础上,建立新的医疗管理体系、开设新科室、发展特色专科、传帮带专业技术人才,积极开展新技术新业务,在他的带领下,整个帮扶团队团结协作、全力以赴,扶贫工作取得新突破和较大的成绩。

随着帮扶工作进展,织金县中医院的管理制度逐步完善、医疗质量与安全得到大幅提升、就医环境明显改善、人才梯队渐趋合理,医务人员从 2017 年的 320 人增加到 530 人,门诊人次从 2017 年到 2019 年增长率为 50%,住院病人从 2017 年到 2019 年增长率为 70%,医疗业务收入在从 2017 年 5057.42 万元到 2019 年 1.06 亿,业务增长率 109.6%。

为确保被帮扶单位织金县中医院继续巩固扶贫成果,脱贫不返贫,原计划到 2020 年 8 月结束帮扶任务的毕学志,申请延期至 2020 年 12 月,继续主持广州市中西医结合医院医疗集团对织金县中医院的扶贫工作,坚持完成整个帮扶任务,打通扶贫路上的"最后一公里"。

(通讯员:熊妙华,2020 年 7 月 15 日刊载于学习强国广州学习平台)

阶段总结

真情帮扶携手共建

根据《关于印发加强三级公立中医医院对口帮扶贫困县县级中医医院工作方案的通知》（国中医药医政发〔2019〕7号）有关文件精神及根据广东、贵州两省党政代表团对接工作任务要求，经广州市、黔南州、毕节市卫生健康行政部门协商制定了《东西部扶贫协作"5+2"模式组团式医疗帮扶实施方案》。为进一步落实具体帮扶工作，促进织金中医院学科建设和人才培养等方面发展，现具体工作成效如下：

（一）签订帮扶协议，通过会议集体讨论，精心选派帮扶专家

广州市中西医结合医院于2017年6月20日与织金中医院签订《花都区人民政府织金县人民政府东西部扶贫协作和对口帮扶合作协议（2016—2020年）》，2019年8月17日签订《广州市中西医结合医院对口帮扶织金县中医院补充协议书》。2017年至2021年广州市中西医结合医院医疗集团先后通过院务会议集体讨论，精心筛选35-45岁年龄段具有丰富一线经验的中青年骨干专家，共24人入驻织金县中医院进行组团式帮扶工作。

（二）倾心帮扶，全力提升医疗服务水平

2017年第一批专家3人，其中谢志强同志挂职院医务科副科长兼骨伤科副主任，谢伟坚医师挂任急诊科副主任，刘小彪同志挂职麻醉科副主任；2018

年8月第二批专家4人到织金县中医院帮扶工作,其中刘小勇同志挂职副院长,蔡颖为二甲复评审办公室负责人,岳慧雅同志挂职儿科主任、饶芳同志挂职针灸科副主任;2019年2月第三批专家2人开展帮扶工作,李吉平挂职新生儿科主任、卓蕴雄普外科副主任;2019年8月第四批专家3人到织金县中医院开展帮扶工作,其中毕学志同志挂职副院长,陈仁山同志挂职重症医学科(ICU)主任,张小海同志挂职骨伤科副主任;2019年12月第五批专家高健建同志挂职骨伤科副主任;2020年3月第六批专家开展帮扶工作,其中唐东鸣同志挂职骨伤科副主任,高忠良同志挂职重症医学科(ICU)主任,邹志浩同志挂职儿科主任兼新生儿科主任;2020年6月第七批专家汤永南同志到开展帮扶工作,挂职骨伤科副主任;2020年6月中旬,杜敏同志到院开展科研立项及专科护理相关工作指导;2020年9月第八批专家秦丰伟、夏盛、王震奎3位同志分别入驻织金县中医院骨伤科、急诊科、重症医学科;2020年10月第九批专家王娜、钟钦、吴宝霞3位同志分别入驻针灸科、脑病科、普外科。2021年3月第十批援黔专家ICU吴玉靖主治医师及儿科朱琪琦主治医师分别进驻织金中医院重症医学科和儿科帮扶。

(三)帮扶成效

在花都各位帮扶专家倾心帮扶下,织金中医院的医疗技术水平不断提高,多个科室从无到有、从有到强,大力提升了织金中医的综合实力和在当地医疗领域中的影响力:

1. 儿科、新生儿科从无到有

广州市中西医结合医院医疗集团岳慧雅、李吉平、邹志浩3位专家入驻后,织金县中医院的新生儿科、儿科建设从无到有、从有到精,为当地人民群众解决了新生儿和儿童的住院问题,获得了患儿家属一致赞扬。岳慧雅于2018年9月入驻该院挂职儿科主任后,积极筹备儿科建设,建章立制、设立人才增减机制,培养出多名优秀的医护人员,能熟练处理儿科常见病、多发病,熟悉诊疗常规、护理规范、院感知识等,经过前期的充分准备工作后,于2019年2月成立儿科,在儿科成立后并未止步于此,继续加强医务人员培训,尤其是急危重患儿抢救等。目前织金县中医院儿科按照科室标准化建设,中医诊疗特色突出,在群众中认可度很高。为了进一步提高织金中医院的整体实力,顺利开设了儿科，儿科成立后成功抢救多例重度哮喘、腹泻病并休克等危重病例。

在此基础上，医院再派出新生儿科李吉平医师进行驻院帮扶，在他的带领下，成立了新生儿科。在新生儿科成立的前期，医院医护人员紧缺，且无临床经验。为提高新生儿科医疗质量，李吉平老师长期反复对医务人员进行理论培训及临床带教，在管理水平、专业素质、沟通能力等方面均得到显著提高。新生儿科自建科以来，未出现死亡及后遗症病例，未发生过医疗纠纷及严重不良医疗事件，并成功抢救多例重度窒息、呼吸窘迫综合征、胎粪吸入综合征、吸入性肺炎，坏死性小肠结肠炎、感染性休克等危重新生儿，使当地的危重患儿得到有效及时抢救并痊愈出院。

为了巩固这些来之不易的帮扶成绩，广州市中西医结合医院再接再厉，继续派出儿科邹志浩中医师对口帮扶，在帮扶期间他大力推广了针灸、皮肤针、脐穴贴药及中医药治疗儿科常见病等中医特色诊疗项目，减少打针输液给患儿带来的痛苦及带给家长的忧虑，同时继续加强儿科心肺复苏培训，提高该院儿科、新生儿科的急诊急救水平。

2. 重症监护病房从无到有，从有到强

广州市中西医结合医院医疗集团陈仁山、高忠良2位重症医学专家入驻后，织金县中医院重症医学科从无到有并逐步发展起来。陈仁山入驻后织金中医院后挂职重症医学科主任，立即着手积极筹备科室建设工作，建章立制、加强医务人员的专科知识技能培训如：动静脉穿刺插管、纤维支气管镜深部吸痰、心肺复苏、呼吸机使用等，在他的带领下于2019年10月18日重症医学科顺利开科，保障全院重危病人得到集中专业救治，作为医院顺利开展其他大型手术及重症患者救治的强大后盾。

为了使重症医学科持续发展，广州市中西医结合医院的高忠良于2020年3月入驻后挂职科主任，通过讲课、操作培训等方式不断提高医护人员的理论和实操水平。为了夯实医院的急救能力，帮扶期间负责织金县中医院全院心肺复苏考核工作，在提高医院心肺复苏能力及多科室协同抢救治疗做很大的贡献。在以上两位重症医学专家入驻帮扶后，织金中医院的重症患者及四级手术比例逐渐增加。

为了进一步确保医疗安全，保证织金中医院持续高质量发展，广州市中西

医结合医院再派出有十多年重症医学科工作经验的王震奎副主任中医师驻院挂职科主任帮扶，他于 2020 年 9 月入驻织金县中医院后，不断致力于解决织金中医院在重症医学科发展过程中遇到的瓶颈问题。通过积极开展培训《血气分析报告解读》《人工肝支持系统》、纤维支气管镜的应用等内容，通过教学查房提升各项日常 ICU 管理工作质量，使织金县中医院重症医学科诊疗水平迅速提升至另一个高水平建设阶段。在贵州帮扶期间，为了提高当地的重症患者诊疗水平，王震奎副主任中医师还利用周末及节假日等时间，到黔西县中医院指导重症患者的救治工作，有时遇到急危重患者需要抢救时，王震奎常常半夜从织金赶至黔西县中医院参与重症患者的紧急救治，在他的帮扶下，两院的重症医院科均迅速成长起来，挽救了当地很多垂危患者的生命。

3. 急救中心规范成长，逐渐成为区域急救医疗的龙头

在广州市中西医结合医院急诊科医师谢伟坚、夏盛入驻帮扶前，织金县中医院没有急诊科，由心内科代行急诊科职责，2017 年 10 月派驻院医师开展帮扶后，建立急诊科管理的规章制度，不断加强人员技能培训，在医务科配合下对全院医务人员进行心肺复苏技能培训，对急诊医师进行了中毒、多发伤、呼吸及心血管重症患者紧急救治的技能培训，提高急诊医师的急救理论和技术水平。在做好前期准备工作后，织金县中医院在广州市中西医结合医院的帮扶下，建立急诊科并逐渐形成规模。在帮扶下建成一个运营良好、危急重症诊治水平较高的急救中心，建立并完善了急诊中心诊疗常规及诊治流程。形成院前急救—院内急诊—（院级）重症监护室—急诊综合病房的连贯性一体化的急危重症管理体制，保障医疗安全。

4. 骨伤科逐步强大

织金县中医院前期的骨伤科建设还比较弱，在腰椎及关节等方面的疑难手术基本上是空白的，在广州市中西医结合医院医疗集团张小海、高健建、唐东鸣、汤永南、秦丰伟等医师入驻织金县中医院骨伤科后，着力协助科室多发病、常见病、疑难病症的诊疗，及时做好与手术室的沟通，简化流程，提高手术效率。例如在秦丰伟老师倾心帮扶下，织金中医院成功完成首例胸腰椎经皮穿刺椎体后凸成形术（PKP），经皮穿刺椎体后凸成形术（PKP）是目前治疗骨质疏松性椎体压缩性骨折最有效的手术方法，因为其创伤小、出血少、恢复快，

被越来越多的患者所接受。PKP 手术只需在局麻下就可以完成，手术切口仅有 0.5cm，术中出血约 2ml，术后第二天患者就可以下床行走，极大地缩短了患者住院及康复时间，减轻患者的病痛，更易让患者接受。为织金县中医院今后开展胸腰椎椎体压缩性骨折微创技术奠定了坚实的基础，同时也提高了织金县在脊柱疾病方面的诊疗水平。在焦锋主任医师等人的帮扶下，医院开展了全髋关节置换术，为织金县首例，填补了当地此技术的空白，现织金县中医院骨伤科手术范围逐步扩大，三四级手术逐年增加，2017 年上半年三四级手术约 50 余台，2020 年上半年三四级手术约 80 余台，同比增加 60%。

5. 针灸科发展趋于规范成熟

广州市中西医结合医院医疗集团饶芳、王娜入驻织金县中医院针灸科后，不断完善科室管理制度，多次举办中医针灸培训班，规范操作技术，提高诊疗水平。在她们的帮扶下，织金中医院新开展腹针疗法、平衡针、方氏头皮针、火龙罐等新技术，解决了腰肌劳损、颈椎病等多发病、常见杂症的诊疗，为患者提供更多可选择解决病痛的治疗途径，现该科室业务发展保持良好态势，多项中医诊疗技术深受当地老百姓的欢迎。

6. 脑病专科护理走向专业化，实现了护理科研课题的零突破

广州市中西医结合医院医疗集团护理部杜敏副主任，是广州市中西医结合医院脑病科的护理学科带头人，她结合织金县中医院脑病科的实际情况，制定适合学科发展的中医护理方案，与专科优势病种相融合，指导辨证施护方法，实践临床，对中医专科护士现场指导，指导开展院前筛查、院中宣教、院后随访等卒中防治护理工作，开展中医护理新技术、新项目等工作，通过护理手段提高患者自我照顾能力、降低致残率。在杜敏副主任的指导下，织金中医院护理部王蜀黔作为主要负责人，申请护理科研课题名为《火龙罐对颈肩综合征患者的干预及影响机制研究》的项目，首次成功立项为贵州省中医药管理局课题，获资助 2 万元，实现了护理科研课题的零突破。

（四）两地系统对接，补短板、强弱项，大力缩短两地医疗管理代际差距

在近三年的结对帮扶活动中，充分利用东西部协作的机制，织金县中医院管理制度逐步完善，医疗质量与安全得到提升，学科建设和人才梯队逐渐

趋于合理，织金县中医院医务人员从 2017 年 320 人增长到现在的 639 人，共计派送 30 余人次到广州市中西医结合医院进修学习，涉及多个临床科室。织金县中医院的门诊人次从 2017 年到 2020 年增长率为 52.30%，住院病人从 2017 年到 2020 年增长率 69.10%，医疗业务收入从 2017 年到 2020 年增长率为 186.10%，2020 年业务达 1.58 亿元；2021 年上半年医疗业务收入达 7900 余万元，增长率保持稳步递增。

儿科、新生儿科、重症医学科、急诊科等临床科室从无到有，其他临床科室从有到强。开科后至 2020 年期间新生儿科门诊人次、住院人次分别为 805 人、574 人，儿科门诊人次、住院人次 7252 人、1317 人，重症医学科住院人次 412 人，急诊科门诊人次上升到 14383 人，依靠驻点帮扶人员的传帮带，织金县中医院不断拓展新技术、新项目共计 28 项，例如：三踝骨折手术内固定、气压治疗、足部 Lisfranc 骨折手术内固定、腹内压监测、跟骨小切口微创手术内固定、新生儿封包（莱菔散）等。在广州市中西医结合医院的指导下，织金县中医院护理部、重症医学科各申报一个科研立项课题，其中护理部科研立项已通过省级立项。

2020 年是脱贫攻坚的决胜年，在广州市中西医结合医院医疗集团的倾心帮扶下，织金中医院无论是在医疗管理还是在业务技术方面都得到了长足的发展和精益的进步，是广东省内首家完成东西部扶贫协作"5+2"模式组团式医疗帮扶任务的中医医疗单位，是帮扶医疗单位中的优秀典范，下一步将继续严格按照卫健委关于东西部扶贫协作要求，落实 5+2 扶贫工作和其他对口帮扶工作，助力织金县中医院中医药事业的发展，不断提升织金县中医院的综合服务能力。

（五）建立长效机制，巩固扶贫成果

自 2017 年以来，在广州市中西医结合医院刘瑞华院长、焦锋副院长、蒋守涛副院长等院领导的带领下，由急诊科、骨伤科、重症医学科、口腔科、泌尿外科、颅脑外科、儿科、针灸康复科等临床科室主任或业务骨干，和医务科、护理部、质控科等部分职能科室组成的专家组，多次奔赴贵州织金、黔西、瓮安三地进行组团式帮扶。

通过这种组团式帮扶的形式为三地医院送去技术，在医院管理方面进行传经送宝。专家通过理论授课、技术培训、疑难手术展示、义诊及科室管理经验交流等方式，不断提高三地医院的管理和技术水平，每次义诊均获得当地大量

老百姓的好评，为当地人民群众解决了疑难杂症的诊治难题。

在 2020 年这个决战脱贫攻坚的收官之年，为了坚决打赢扶贫攻坚战，如期助力实现全面建成小康社会，解决当地民众看病难的问题，广州市中西医结合医院医疗集团理事长刘瑞华，带领团队对多年以来的精准帮扶成果进行检验，目前织金、黔西、瓮安三家中医院均圆满完成第一期帮扶任务，几家医疗单位的医疗技术水平得到飞跃，成为当地的中医系统龙头单位，治疗区域辐射至县城各镇村，基本上实现了村民小病不出村、大病不出县的目标。

据广州市中西医结合医院医疗集团理事长刘瑞华介绍，为了落实国家的扶贫政策，在 2020 年实现脱贫攻坚总目标、如期打好脱贫攻坚收官战，医疗集团一直坚持因地制宜、精准施策，根据对口帮扶单位的弱点难点制定帮扶策略，下足绣花功夫、压实扶贫责任，保证对口帮扶单位的医疗技术进步，达到三级医院同质水平，为当地老百姓解决看病难问题。

（六）扶贫成果实绩

目前织金中医院已按照东西部扶贫协作"5+2"模式帮扶要求，高质量、高标准完成了针灸科、儿科、新生儿科、骨外科、脑病专科护理、急救中心及重症监护科的建设，医院年业务量从援建初期增长三倍多，织金及瓮安中医院，现医疗业务量也近援建初期的三倍；黔西中医院的业务量也比援建前翻了一倍多。

对于取得这样瞩目的成绩，集团刘瑞华理事长表示，这是在各级省市政府部门和主管单位支持下、集团全体员工努力下达成的，今后如何巩固扶贫成果、确保脱贫后不返贫，从多维度建立长效帮扶机制，才是我们跨省支援的最终目标。

（七）帮扶期间获得的荣誉

在帮扶工作期间涌现出众多优秀的共产党员及感人事迹，毕学志在主持贵州帮扶工作期间表现出色，荣获贵州毕节市 2020 年优秀共产党员称号，2021年广州市中西医结合医院获贵州省优秀帮扶集体及先进个人称号。援助医生刘显信、白艳甫等深受平远县百姓喜爱，曾获当地电视台、媒体多次报道他们的先进事迹，获花都区十佳医护事迹荣誉称号。刘礼胜医生、曾月玲和黄靖晖护士援藏期间利用个人休息时间，积极参加公益活动，曾月玲护士获得了"优秀志愿者"称号。

1. 广州市中西医结合医院医疗集团毕学志获贵州毕节市优秀共产党员称号

在脱贫攻坚过程中，涌现出大量先进的优秀共产党员，他们团结奋进、拼搏创新、攻坚克难、锐意进取，充分展示了共产党员不怕苦不怕累、冲锋在前的先锋模范作用，织金县中医院在贵州脱贫攻坚工作中成绩耀眼，织金县中医院党支部获得了毕节市脱贫攻坚先进党组织称号，广州市中西医结合医院医疗集团毕学志获毕节市脱贫攻坚优秀共产党员称号。

毕学志（右一）

2019年8月15日，广州市中西医结合医院医疗集团花都区新华社区卫生服务中心医务科长、普内副主任医师毕学志同志受广州市花都区卫健局委派，到贵州省毕节市织金县中医院开展医疗对口帮扶工作，挂职织金县中医院院长助理，并担任广东省第一扶贫小组毕节组织金县工作队医疗队负责人，任期一年。

到织金县后，他尽快融入织金县的帮扶工作节奏，立即开展医疗队管理工作，积极参与织金县中医院管理决策，带领广州市中西医结合医院医疗集团派出的帮扶团队，帮助织金县中医院以及医共体成员单位完善医院管理制度、建立新的医疗管理体系、开设新科室、发展特色专科、传帮带人才，开展新技术新项目，对协议帮扶织金县卫生院进行医疗帮扶，在他的带领下整个帮扶工作取得新突破和较大成绩。

获奖后毕学志表示，自己只是全国扶贫攻坚工作中千万共产党员中的一名，获得称号是党对自己工作的肯定和认同，但这不会是自己扶贫工作的结束，今后将会对自己在扶贫工作中提出更高的标准和要求。2020年是精准扶贫的决胜之年，自己将会继续以身作则，以优秀共产党员的标准鞭策自己，带领医疗帮扶团队以更高干劲、更出色地完成帮扶任务！毕学志就是凭着这样的拼搏精神，负责织金医疗队扶贫工作直到2021年3月才结束扶贫工作，驻织金扶贫整整坚持了一年零九个月。

帮扶随笔

2020年6月9日，由广州市花都区卫生健康局牵头的东西部对口帮扶活动又拉开序幕，我院作为主办单位参加了此次活动，由我带队赴贵州毕节织金县，黔西县进行义诊、考察和交流活动，来回前后4天，分别在织金和黔西各进行活动一天。

此次先来到织金县，本来准备开展的义诊活动因下雨而停诊，使我们有更多的时间与织金县中医院的人交流。通过交流，使我们详细地了解到织金县中医院的发展情况。

织金县中医院在我们医院和帮助、指导下，业务能力得到跨越式的发展，我院先后组建了织金县中医院的儿科及新生儿科，泌尿外科，重症医学科、急诊科等学科填补了医院的空白，也使医院的业务能力和范围得到快速提升，医院2017年的总产值为4600多万元，2018年达到5800多万元，2019年更是创纪录地达到1.06亿，2020年1月至5月份业务总收入已超5000多万，预计全年将达到1.4个亿。

在交流会上，我也谈了几点感受。

一、自2017年以来，我院重点帮扶织金县中医院，每年都有专业技术人员和管理干部来到这里进行交流指导，针对织金县中医院的薄弱环节、空白技术以及管理水平进行精准的帮扶。通过建体系、培养留下队伍，使医院的学科建设趋于完善，业务得到飞跃式的发展。

二、由于织金县脱贫攻坚战，任务艰巨，织金县中医院三位院领导有两位下乡脱贫帮扶，仅有院长一人在管理医院，在这种情况下，医院的业务和管理仍然得到快速发展，这种创业、开拓的精神、战胜困难的勇气，给我们留下了深刻的印象，也是我们更加坚定信心，要一起织金县中医院、中医药事业有较大的发展。

三、我们针对织金县中医院的情况采用体系化建设的模式，首先对医院管理层和中层干部队伍进行强化培训，增强意识，转变工作作风，树立高目标，一起为医院的发展共同努力。

四、针对织金县中医院无急诊业务，我们采取建议和培训帮助建立急救服务体系，使医院服务能力和水平有了快速的提升。也使医院业务得到有效地拓展。

五、收获是对等的。通过东西部的对口帮扶，我院等年轻队伍在这里得到了培养和锻炼，我们院的专业技术人员能够充分发挥其专业技术特长，享受成果，分享成果，同时也让我们的干部到西部帮扶后对国家脱贫攻坚战的战略有了更深的理解，也是我们愿意建立长期的协作关系。

今后，我们也希望今后要加强交流，互相取长补短。

一、拓展更多的领域，欢迎多派相关人员到我院学习。

二、针对多发病、常见病的疑难病例，中医优势学科疾病进行有效的发展。

三、努力拓展病源，特别是充分发挥中医特色的急救功能。四、采取灵活多样的合作协同。

五、可以多种形式进行培养，如采取信息化远程医疗等项目就这样加强更深的合作。

六、强化中医的方面的合作。

七、希望更深入地开展科研教学等工作的延伸讲针对织金县中医院的专业特色开展如风湿病相关疾病的研究。

刘瑞华

2020 年 6 月 15 日

年度帮扶报告

广州市中西医结合医院
2017 年医疗卫生帮扶工作总结

　　开展医疗卫生对口支援、扶贫攻坚是党中央、国务院做出的重大战略部署。为落实国家中医药管理局《关于请支持贵州省中医院对口帮扶工作的函》、广东省中医药管理局《关于印发进一步开展对口支援县中医医院工作实施方案的通知》精神，发挥我院资源优势，帮助基层医院持续改进管理，提高服务能力，满足群众就近就医需求。我院成立了由院长任组长的对口帮扶工作领导小组，完善了《广州市中西医结合医院对口帮扶基层医院工作方案》，确立了帮扶对象，包括梅州市平远县中医院、兴宁市中医院、清远市佛冈县中医院以及贵州省瓮安县中医院、织金县中医院、黔西县中医院。

附表一：　　　　　　　　对口帮扶任务表

	受援地区	受援医院	备注
省外	贵州	瓮安县中医院	国家、省局
		织金县中医院	花都区
		黔西县中医院	花都区
	西藏	林芝市人民医院	省卫健委
	新疆	喀什疏扶县吾库萨克镇卫生院	花都区

省内	梅州	平远县中医院	省中医药局
		兴宁市中医院	省中医药局
	清远	佛冈县中医院	省中医药局

经我院领导实地考察，医务科等部门与受援医院对应部门反复沟通，针对受援医院业务管理、医疗服务、人员培训、技术推广等薄弱点，结合我院实际能力，我院分别与上述各受援医院签订了详细具体的对口帮扶协议，明确了需帮扶的科室、专业，通过选派经验丰富的医疗专家到受援医院开展义诊、手术示教、教学查房、技术指导、专题讲座、管理培训，免费接收受援医院医务人员来我院进修学习等形式达到预期帮扶目标。

附表二：开展对口支援工作情况（2014—2017）

项目		数量
选派人员当地工作	省外	14 个人月数
	省内	144 个人月数
	区内	45 人次
当地选派人员来穗进修（免费）	省外	36 个人月数
	省内	109 个人月数
	区内	60 个人月数
支持当地开展义诊、讲学、查房等	义诊	15 批次
	讲学、查房	25 批人次
医疗设备捐赠		20 多万元
医院药品捐赠		5 多万元

经过医院的努力，帮扶工作取得了显著的成效，我院对口帮扶工作取得的成效及涌现的集体、个人先进事迹进行了宣传报道，先后得到了健康报、中国中医药报、经济、南方日报、东方网等国家、省、市新闻媒体的十多次宣传报道。

2016 年 12 月 24 日，在北京举行的由国家卫生计生委医政医管局主办的全国对口支援医疗扶贫交流会上，广州市中西医结合医院获得颁发的"医疗扶贫贡献奖"，医院刘瑞华院长荣获大会颁发的"扶贫榜样奖"。

一、现将近年来特别是 2017 年我院对口帮扶工作进展情况总结如下

1. 对贵州省瓮安县中医院、织金县中医院、黔西县中医院的帮扶

2017 年 6 月 4 日，全国援黔中医医院对口帮扶启动大会在贵阳召开。我院刘瑞华院长应邀参会，并代表广州市中西医结合医院与瓮安县中医医院杨超院长签订了对口帮扶协议。根据瓮安县中医医院的现状和需求，我院计划在 5 年内，派出由副主任医师或高年资主治医师以上的医疗专家组，赴瓮安县中医医院，每年派 2 期，每期不少于 2 月，帮助完善各项管理制度，执行院科两级医疗质量安全管理，改进组织评价体系并有序实施，帮助完成相关科室门诊和医技科室的设置及人才队伍建设，提升医院急救能力、应对灾害与突发公共卫生事件的能力。帮扶瓮安县中医院进行三级医院等级评审，选派评审相关的临床、管理专家到瓮安县中医院开展调研，进行预审帮扶支持。按照医疗技术分类分级管理的规定，帮助瓮安县中医医院开展适宜技术和新技术、新业务，并结合实际拓展服务范围。以康复科、骨伤科为重点，开展临床教学查房、手术示教、危重病抢救、教学、专题讲座等形式的帮扶，力争使瓮安县中医医院门诊、住院、手术等业务量得到明显提升，进一步提高其医疗质量。另外，免费接收瓮安县中医医院的医务人员、管理人员进修学习。开通两院之间的远程医疗会诊。

2017 年 6 月我院与织金县中医院签订了帮扶协议，帮扶期限为三年，指导开展学科建设、人才引进、人才培养、医院文化建设等工作，使医院管理走向制度化、规范化和科学化的轨道。定期派出医疗专业技术骨干到乙方进行教学查房、手术及操作技术指导。每年免费接收该院至少二名医务人员进修培训（同时包住宿），每次进修，医生不少于 6 个月，护士或医技人员不少于 3 个月。进修内容包括预防保健、治未病、体检、中医皮肤科、中医护理、骨伤科、内科、外科、妇科、儿科、急诊科、放射科、B 超、心电图、检验等。2017 年 7 月 11 日下午，织金县中医院院长徐黎一行 5 人来到广州市中西医结合医院参观交流。

参照《广州市花都区卫计局与毕节市黔西县卫计局结对帮扶实施方案》相关文件精神。2017 年 9 月我院与毕节市黔西县中医院签订了结对帮扶协议，

在帮扶期内每年接收黔西县中医院派出的医务人员至少二名到我院进行学习培训，对派出的进修人员免收进修费和住宿费。我院在帮扶期内根据黔西县中医院需要派出临床、管理专家到毕节市黔西县中医院指导开展学科建设、人才引进、人才培养、医院文化建设等工作；定期派出医疗专业技术骨干到毕节市黔西县中医院进行教学查房、手术及操作技术指导。在帮扶期内通过各种形式帮助毕节市黔西县中医院提高医疗服务质量和科学管理水平，使医院管理走向制度化、规范化和科学化的轨道。我院所举办的国家级和省级继续教育项目，黔西县中医院可派 1 至 2 人参加，甲方免收学习费用及资料费用。

2017 年 9 月 19 日至 23 日，广州市中西医结合医院刘瑞华院长带领由骨伤科、心血管内科、脑病科、肿瘤科、针灸康复科、肾病科共 10 名专家组成的援黔专家团来到贵州省瓮安县中医院、织金县中医院、黔西县中医院开展义诊、讲课、查房和疑难病例讨论等帮扶工作。

刘瑞华院长《以公益文化为导向引领医院品牌创新》为题，为三家受援医院全体干部职工讲管理课。他提出，医院的发展壮大离不开品牌引领，将医院品牌建设纳入新医改的视野中考量和推进，是新医改应有之义，也是医院发展的客观需要。他从践行公益文化、厉行廉洁文化、推行创新文化、先行中医文化、重视员工文化、力行品牌创新等方面介绍了广州市中西医结合医院在开展公益文化上所取得的成果及医院管理的新理念和方法。刘院长讲课观点明确、内容新颖、论述精辟、丰富多彩，本次授课让三家受援医院全院职工对如何参与到医院公益文化建设、品牌创新有了更新、更深入的了解，从而对工作、对医院产生了积极的影响。

结合广州市中西医结合医院骨伤科是广州市"十二五"中医重点专科、胸痛中心为"国家级标准版胸痛中心"的优势，针对受援中医医院的现状及需求，我院专家团队还为他们送去了《重点专科建设的工作思路》《麦粒灸在临床中的应用》《胸痛的鉴别诊断及 ACS 的治疗》专题讲座，为受援医院重点专科建设提供了新思路，新方法。

我院专家开展的义诊活动受到当地群众的热烈欢迎，患者争相向专家咨询诊疗方案与建议。专家们耐心答疑解惑，并对相关疾病提出日常预防、保健及治疗建议。义诊让当地患者享受到了优质的医疗服务，受到了当地百姓的一致好评。

在各受援医院的查房和疑难病例讨论中，骨伤科、心血管内科、脑病科、肿瘤科、针灸康复科、肾病科各位专家从询问病史、诊断依据、后续治疗及药物选择等环节进行了细致的现场指导。各位专家对病房里的疑难病例一一进行分析讨论，为医护人员答疑解惑，对治疗方案给出了很多建设性的意见，解决了患者诊疗中的疑难问题，使患者在家门口就享受到了专家的优质诊疗服务。通过查房疑难病例讨论，不仅规范了受援医院查房制度，还提升了查房的深度及整体诊疗技术水平，使医院在疑难病例诊治水平不断拓展和提升，提高了患者的救治水平。

为了提高受援医疗服务水平，落实对口帮扶工作，2017年10月我院谢伟坚主治医师挂职织金县中医院急诊科副主任，对口帮扶半年。

2017年10月我院免费接收织金县中医院临床、药剂、护理人员9名进修学习3月至半年。2017年11月免费接受瓮安县中医医院1名心血管内科医生进修学习半年。

广州市中西医结合医院对口帮扶工作，取得积极成效，医院派出的对口支援专家为受援医院带去诸多新技术、新理念，填补该县多例空白。专家帮扶，为受援医院理清思路，明确了专科发展方向。医院急危重症收治率和抢救成功率明显上升，住院人数大幅增长，医疗纠纷和药品比例明显下降。病历质量、诊查用药更加规范，实现了经济效益和社会效益双丰收。

2. 援藏工作

我院积极响应国家卫健委对援藏工作的整体部署，于2017年7月派出ICU护士黄靖晖参加援藏工作，为期半年。

3. 援疆工作

按照广州援疆工作会议"一区结对帮扶一镇"要求，2017年5月10日，我院刘志军副院长赴喀什疏扶县吾库萨克镇卫生院考察了结对帮扶工作。通过人才培训、进修和远程培训、会诊等方面予以支持，为提高当地的医疗技术水平尽一分力量和责任。

4. 对梅州市平远县中医院的帮扶

2014年7月1日，我院启动对梅州平远县中医院的对口帮扶工作，刘瑞华院长亲自带队前往，双方签订了合作协议，并将首批援助人员重症医学科王帅主治医师和骨伤科廖志辉主治医师送到梅州平远县中医院，同时举办了专家讲座、义诊，送出我院高品质的妇洁灵洗剂、骨伤贴膏等总价万元的院内制剂。结合受援医院的需求，自 2015 年 1 月到目前，共向该院派出骨伤科、针灸康复科、重症医学科、超声专业 6 批次 12 名医生，每人为期半年。通过对口帮扶，平远县中医院骨伤科、针灸康复科、超声科建设大见成效，门诊量、住院量较过去有了大幅增长，针灸康复科业务量增长 108%，医院整体业务量比增18%。门诊量月破 3.6 万人次、年住院患者超 3000 余人次、年手术量 100 余台次，援助医生刘显信、罗水浓、白艳甫、罗志恩深受当地百姓喜爱，当地电视台、媒体多次报道他们的事迹。骨科医师刘显信填补该县多例手术空白，包括足部大面积皮肤缺损伤修复大腿取皮植皮术、跟腱断裂切开探查修复术、髌韧带断裂探查锚钉固定修复术、少儿髁间骨折切开复位内固定术、手指指神经断裂探查吻合术、踝管内胫后神经鞘瘤分离切除术、少儿指端缺损皮瓣修复术及儿童外髁骨折手法闭合复位外固定等，大幅提升了该院外科诊治水平。针灸康复专业主治中医师白艳甫使科室业务量由最初的每天十多人迅速上升至五六十人。

帮扶以来。我院先后组织专家前往该院开展了 4 次义诊服务，再次免费派发了二万余元的我院院内制剂。向该院无偿捐献了一台 GE 全数字化 B 超及一批价值 20 万元的中医诊疗设备，免费接收平远县中医医院进修医护人员 8 人次，累计 40 人月数。

5. 对兴宁市中医院的帮扶

自 2016 年 2 月至今，我院共向兴宁市中医医院肿瘤科、神经内科及内分泌专科派出对应专业的帮扶人员四批次 8 人，接收其进修医护人员 15 人次，累计 45 人月数。2017 年同 2016 年比较，该院门诊总人次、住院病人次均有大幅度提高。

6. 对清远市佛冈县中医院的帮扶

我院于 2016 年，启动了针对清远市佛冈县中医院的对口帮扶工作，前后共派出专家四批四人次：2016 年 4 月至 6 月，派出外科专家陈元岩副主任医师（从事普外科工作近 20 年，广州市腔镜外科学会委员，广东省医学会肝胆外科青年委员），对该院新购的腹腔镜设备进行手术实操指导，为其培养腔镜手术专业人才，两个月开展腔镜手术30余台，填补了该院此项技术空白。并将一流的管理理念带到该院，帮其理清了专科发展思路，外科急危重症收治率和抢救成功率明显上升，住院人数大幅增长，医疗纠纷和药品比例明显下降。病历质量、诊查用药更加规范。2016年3月28日至7月11日外科业务收入152万元，较去年同期比增长124%；出院247人次，较去年同期比增长72%；手术157台，较去年同期比增长84%；药比21%，较去年同期下降。他还利用业余时间为全县医务人员开展医疗业务讲座6次，开展义诊3次。

2016年7月至9月，派出外科专家郭雄图副主任医师，2016年10月至2017年3月底，派出外科专家李天翔主治医师，2017年5月至10月，派出骨科专家马艳辉主治医师（湖南中医药大学骨伤专业硕士研究生毕业，擅长四肢骨折、骨关节病、断指再植、创面修复的诊疗），对该院外科、骨伤科建设，起了巨大的帮扶作用。初步将该院普外科打造成为在当地有一定知名度的品牌科室。

广州市中西医结合医院

2018年6月11日

广州市中西医结合医院
2018年医疗卫生帮扶工作总结

开展医疗卫生对口支援、扶贫攻坚是党中央、国务院做出的重大战略部署。为落实国家中医药管理局《关于请支持贵州省中医院对口帮扶工作的函》、广东省中医药管理局《关于印发进一步开展对口支援县中医医院工作实施方案的通知》精神，发挥我院资源优势，帮助基层医院持续改进管理，提高服务能力，满足群众就近就医需求。我院成立了由院长任组长的对口帮扶工作领导小组，完善了《广州市中西医结合医院对口帮扶基层医院工作方案》，确立了帮扶对象，包括西藏自治区林芝市人民医院、贵州省瓮安县中医院、织金县中医院、黔西县中医院、梅州市平远县中医院、兴宁市中医院、清远市佛冈县中医院、清远市阳山县七拱镇中心卫生院及清远市清新区禾云镇卫生院。

对口帮扶任务表

	受援地区	受援医院	备注
省外	贵州	瓮安县中医院	国家、省局
		织金县中医院	花都区
		黔西县中医院	花都区
	西藏	林芝市人民医院	省卫健委
	新疆	喀什疏扶县吾库萨克镇卫生院	花都区
省内	梅州	平远县中医院	省中医药局
		兴宁市中医院	省中医药局
	清远	佛冈县中医院	省中医药局
		阳山县七拱镇中心卫生院	花都区
		清新区禾云镇卫生院	花都区

经我院领导实地考察，医务科等部门与受援医院对应部门反复沟通，针对受援医院业务管理、医疗服务、人员培训、技术推广等薄弱点，结合我院实际能力，我院分别与上述各受援医院签订了详细具体的对口帮扶协议，明确了需帮扶的科室、专业，通过选派经验丰富的医疗专家到受援医院开展义诊、手术示教、教学查房、技术指导、专题讲座、管理培训，免费接收受援医院医务人员来我院进修学习等形式达到预期帮扶目标。

2018 年开展对口支援工作情况

项目		数量
选派人员当地工作	省外	28 个人月数
	省内	58 个人月数
	区内	19 人月数

当地选派人员来穗进修（免费）	省外	77 个人月数
	省内	176 个人月数
	区内	170 个人月数
支持当地开展义诊、讲学、查房等	义诊	19 批次
	讲学、查房	256 次
医疗设备捐赠		约 9 万元

经过医院的努力，帮扶工作取得了显著的成效，我院对口帮扶工作取得的成效及涌现的集体、个人先进事迹进行了宣传报道，先后得到了健康报、中国中医药报、经济、南方日报、东方网等国家、省、市新闻媒体的多次宣传报道。现将广州市中西医结合医院 2018 年度对口扶贫工作总结如下：

一、主要工作开展情况

（一）援藏工作

为积极响应国家卫健委对援藏工作的整体部署，自广东省开展柔性援藏工作以来，我院在人员紧缺的情况下广泛动员，鼓励院内员工积极参与，先后有 2 批次 3 人次医护人员前往西藏自治区林芝市人民医院进行援藏工作。2018 年 5 月，我院麻醉科刘礼胜医生、急诊科曾月玲护士通过层层考核、筛选，最终在全省的众多报名者中脱颖而出，入选广东省第二批柔性援藏队队员赴林芝市人民医院开展对口支援工作。

帮扶期间，刘礼胜医生多次主持、参与老年患者骨折合并房颤、高龄妊高症孕妇合并重度贫血及心功能不全、肝脾破裂大出血等重大手术危重病人的抢救麻醉处理。协助内一科内镜室组团援藏干部单宏波教授完成林芝市首例胃镜下食道癌病灶切除术、首例胃镜超声 X 透视下假性胰腺囊肿穿刺引流术，手术过程中均生命体征平稳，术后安全舒适的返回病房，受到患者及家属好评。在麻醉科工作期间，刘礼胜医生在同事的帮助下通过培训与示教完善了麻醉操作技术规范和各项规章制度。在科研方面通过指导科室同事填写、申报自治区科研基金《脑电监测下靶控输注全静脉麻醉在高原环境的安全性和可行性研究》，总结临床问题撰写临床论文"肝包虫外囊次全切除术中严重支气管痉挛一例"，使科室的科教水平得到了很大提高。

半年来，通过定期的科室教学讲课，研讨麻醉新进展和工作心得，使带教的当地年轻麻醉医师已能熟练掌握了临床多病种手术的全身麻醉、椎管内麻醉、神经阻滞麻醉等麻醉操作。开展的全静脉麻醉靶控输注技术，超声引导下区域神经阻滞麻醉技术等新项目在临床麻醉工作中应用，使当地麻醉医生掌握麻醉新技能的同时提高了患者麻醉过程的安全性和舒适性。

半年来，刘礼胜医生一共完成了162例全身麻醉、48例椎管内麻醉、28例神经阻滞、152例无痛胃肠镜麻醉手术工作，无一例发生麻醉并发症。

曾月玲护士在帮扶期间扎身于林芝市人民医院临床一线工作，发挥所长，对院内医护人员进行心肺复苏培训及考核、呼吸球囊、吸痰机等的护理操作示范，培训效果显著；在急诊科内，负责新入职人员、实习生的带教工作、仪器和心肺复苏操作的培训及考核工作，并负责开展新技术的培训工作，使急诊科护士的抢救能力及应急能力得到一定的提高。

在援藏半年时间里，曾月玲护士与急诊科柔性援藏的队友，一起开展了POCT项目、狂犬疫苗接种项目和破伤风人免疫球蛋白注射项目，并负责培训科室人员相关操作、知识及注意事项和相关质控工作。POCT项目的开展，为胸痛病人的诊断缩短了时间，为心梗病人的抢救赢得了时间，使心梗病人的死亡率大大降低，狂犬疫苗的接种项目、破伤风免疫球蛋白注射项目的开展大大地方便了周边群众也为减少破伤风的感染率做出一定的贡献。

援藏期间，我院刘礼胜医生、曾月玲护士利用个人休息时间，参加公益活动、义诊及培训工作达13次，曾月玲护士在北京爱尔向日葵计划活动中因其优异的表现，还获得了"优秀志愿者"称号，为促进受援医院强三甲评审工作和受援医院急诊科的快速健康发展做出了一定贡献，同时也为粤藏两地医疗工作者搭建了友谊之桥，大力促进了汉藏民族团结与和谐。

（二）2018年对贵州省织金县中医院、黔西县中医院、瓮安县中医院的帮扶。

1. 对织金县中医院的帮扶

为全面贯彻落实《中共中央、国务院关于打赢脱贫攻坚战的决定》，做好东西部扶贫协作工作，根据《花都区和织金县对口帮扶人才培养合作协议》、织金县《关于派送医务人员进修和请求派出医务人员进行帮扶的函》的精神要求，我院 2017 年 10 月至 2018 年 4 月选派谢伟坚主治医师，2018 年 9 月至 12 月选派岳慧雅主治中医师及饶芳副主任中医师到织金县中医院开展帮扶工作。

帮扶期间，谢伟坚医师挂职织金县中医院急诊科副主任，首先帮助该院建立了会诊制度，尤其在急诊科患者病情复杂的情况下，通过落实会诊制度，动员全院各科技术力量，参与危重病人的抢救工作，成效巨大。2017 年 11 月初，妇科有一个宫外孕术后并发甲亢危象病人，出现心跳、呼吸停止，谢伟坚医师接到会诊通知后，立即予以心肺复苏、深静脉置管（该院第一例）等处理措施，迅速将患者病情稳定。谢伟坚医师多次参与抢救急性肺水肿、心衰、呼衰等病人。他积极指导并参与临床一线医师对围手术期的处理，降低手术风险。2017 年 12 月，会诊一个慢性硬膜下血肿出现昏迷的病人，在家属已准备放弃治疗的情况下，主动劝说家属同意手术，行钻孔引流术，术后患者恢复良好，此事得到家属和该院领导的认可和赞扬。

针对该地区腹股沟疝的发病率较高（大部分为重体力劳动人员及小儿）且成熟的无张力疝修补术尚未流行、成熟的状况，谢伟坚医师带领该院医师成功开展 10 余例无张力疝修补术，效果良好。

谢伟坚医师在该院领导的支持下，带头落实病例讨论制度，坚强每周 1 至 2 次的教学查房及危重疑难病例讨论。同时对该院一线医务人员进行"心肺复苏""气管插管""颅脑损伤""脑卒中"及各种危重症诊疗的培训，达 1500 余人次，大幅提升了该院的急救水平。

2018 年我院免费接收织金县中医院临床、护理人员 12 名进修学习 3 月至半年。

2. 对黔西县中医院的帮扶

2018 年 4 月 10 日，我院泌尿外科徐彦钢主治医师开始了为期三个月的对黔西县中医院的医疗帮扶工作。

他首先对该院外科科室管理、软硬件基础及业务开展情况进行了细致地摸查：有执业证的一线医护人员仅为少数，技术力量薄弱，断层明显，缺乏对年轻医生的培养机制，对外交流学习少；科室业务开展杂而不专，低水平重复；手术室管理混乱，无菌意识差，手术设备管理混乱。对此，他结合自身专业特长，制定了明确的帮扶计划和目标。

经过三个月的帮扶，黔西县中医院泌尿外科业务水平有了明显的提高，输尿管镜取石、经皮肾取石、经尿道前列腺电切等泌尿内镜手术例数大幅增加，年轻医生也获得了更多手术实践机会，提高了他们对泌尿外科专业的学习兴趣。原来基本停滞下来的经皮肾镜取石术又重新开展起来，而且清石率明显提高，术后出血、感染等并发症明显减少。原来前列腺电切术后的患者尿道狭窄发生率很高，经分析，考虑与镜体粗、电切袢漏电等因素相关，经过更换电切袢、术前尿道充分扩张、润滑，直视进镜减少盲目进镜对尿道黏膜损伤等细节改进后，术后尿道狭窄情况无再发生。同时规范前列腺电切手术操作，强调术中对尿道括约肌的保护，增生腺体的合理切除、术野的妥善止血，术后出血、尿失禁、下尿路刺激症状发生率明显下降。

通过传帮带，徐彦钢主治医师带领该院帮扶科室人员开展一项新技术：经尿道前列腺剜除术，现在所有前列腺电切手术的患者均可早期停膀胱冲洗（1至2天）及拔除尿管（3至5天），早期康复出院，尿流率改善明显。前期许多输尿管结石钬激光碎石术后出现了输尿管狭窄，经详细询问手术过程，明确与术中用钬激光烧灼输尿管管黏膜有关，有些本身存在输尿管狭窄的患者甚至用钬激光打断狭窄环，对输尿管黏膜的热损伤反而加重病情，经与科室医生共同探讨分析了上述原因，强调碎石过程中对输尿管黏膜的保护，同时采取细镜扩张、筋膜扩张器扩张等方法处理输尿管狭窄，有效预防了这种医源性输尿管狭窄的发生。科室内镜手术后并发症较既往明显减少，诊疗质量与患者满意度均明显提高，也吸引了更多的患者来医院就诊治疗。通过理论学习、手术演示带教、手术操作实践，使得科室的业务骨经具备了规范开展经皮肾取石术、输尿管取石内镜手术的能力。

手术室无菌意识方面明显加强，原来用酒精浸泡的内镜设备及手术耗材均改为用低温等离子消毒；光源摄像也用上了无菌器械套保护而不是简单用酒精擦拭；原来经常由于手术备物不齐造成手术的中断，降低了工作效率也影响了手术安全，目前已经建立起各种内镜手术的常规备物清单及手术备物制度，从而杜绝了这种情况的发生，经过反复的磨合，手术护理团队协作能力亦有所提高，手术中对患者、手术医生、设备等综合护理意识有所加强。

2018 年 3 至 6 月我院免费接收黔西县中医院检验、B 超、护理人员 3 名进修学习。

3. 对瓮安县中医院的帮扶

2018 年 3 月 14 日派往贵州瓮安县中医院的胡建芳医生，毕业于广州中医药大学，获临床博士学位，现为医院脑病科主任中医师。从事内科临床工作十余年，在内科常见病、多发病及急危重症等诊治方面积累了丰富的经验，尤其擅长脑血管疾病的诊治，参与多项国家级、省级及市级课题，发表专业论文 20 余篇。胡博士将在该院完成为期 3 个月的帮扶工作，体现了我院对受援单位在人力技术资源上的大力支持。

胡建芳到了瓮安中医院后，针对该院重点学科和专科的建设进行指导，定期临床教学查房、危重病抢救等技术诊疗活动以及专题讲座与技术培训等多种形式的教学活动，提高了当地医生的业务水平与临床技能，帮助年轻医生建立规范的临床诊断思维，指导他们形成规范的治疗方法，提高临床诊疗水平与操作技能，进一步提升基层医院卫生服务水平。同时，积极推进卒中绿色通道的建立，开展静脉溶栓治疗，大大提升了医院在急危重症的抢救和治疗能力。

2018 年，我院积极响应《广东省卫生计生委、广东省中医药局关于启动城市三甲公立医院优秀卫生技术人才下基层项目的通知》，在巩固 2017 年现有对口帮扶工作成效和持续改进的基础上，结合我院资源状况，制定 2018 年对口帮扶工作计划，在各科人员配置紧张的情况下，增加了下沉帮扶人员数量。根据帮扶的医院的需求，新增人员重点安排相关的临床、管理专家。通过派下去请上来、团队带团队和科室对科室等多种方式有计划地为帮扶医院培养学科带头人和管理人才。我院为每位下沉帮扶人员制定个性化的帮扶工作计划，将派出卫生技术人员在受援单位的工作时间和工作情况纳入医务人员年终考核和职称晋升考核的重要内容，并将卫生技术人员下基层的工作经历作为岗位聘任的必要条件。同时协助制定人才进修培养计划，接收受援医院一定数量的行政管理人员和卫生技术人员到我院进修学习。力争通过帮扶，不断提高受援医院的医疗服务质量和科学管理水平，使帮扶医院管理走向制度化、规范化和科学化的轨道，并因地制宜，充分发挥中医简便验廉的特点和优势，推广中医药适宜技术，提高受援医院的中医辨证论治水平和临床疗效。

2018年我院免费接收瓮安县中医院脑病科、骨伤科2名医生进修学习。

（三）对平远县中医院、兴宁市中医院、佛冈县中医院的帮扶。

1. 对平远县中医院的帮扶

自2014年7月份我院启动对梅州平远县中医院的对口帮扶工作以来，共向该院派出骨伤科、针灸康复科、重症医学科、超声专业8批次16名医生，每人为期半年。2018年1月到2018年6月医院选派骨伤科李常威主治医师、针灸康复科黄天开主治医师，2018年7月到2019年1月选派针灸康复科谢卓君主治中医师、骨伤科利国添主治中医师到平远县中医医院进行帮扶工作。

在对口支援期间，各位医师积极开展业务学习交流工作，不断提高对基层医院医疗卫生及救治工作的认识，并充分发挥我院医疗技术的优势，对各专科常见病、多发病和重大疾病医疗救治等方面给予帮助支持，起到了学、传、帮、扶作用。

在平远县中医院工作期间，他们积极参加科室日常医疗诊治工作。对病人进行查房，及时了解掌握病情，并协助完成会诊工作，讨论诊治及手术方案，促进病人快速康复。并通过典型病例的讨论分析将一些国内、外专科领域的新知识、新进展带到医院，通过查阅文献举办小讲课，将本专业的基础知识、新进展、新技术与科室同事共同学习进步。

新开展的中医骨伤科手法整复+小夹板外固定技术，诊治多次前臂单一骨折及双骨折患者，并采取小夹板固定法，使当地患者以极小代价可治愈常见闭合骨折。开展的中医正脊治疗技术，发挥中医特色，为平远县广大群众解决部分就医难题。针对受援医院总体情况，先后进了龙氏正脊手法的应用、脊椎病的康复治疗方法、脑卒中的康复治疗方法的培训，并将理论付诸实施。现在针灸康复科人员已熟练将龙氏正脊手法结合传统针灸推拿、现代拉伸手法等多种治疗方法应用到不同的疾病中，并取得了满意的临床效果。获得主管医院领导的肯定及患者的一致好评。

他们发挥城市专科医生业务专长和技术优势，主要从农村农民的常见病、多发病方面开展工作，在工作中不断强化本专业健康宣教意识，参加健康教育讲座，向广大农民群众进行宣教，传授健康教育新理念，推广一级预防，努力提高农民群众的健康水平，提高他们的防病治病和自我保健的知识和能力。

联合骨伤科、康复科，开展冲击波下乡推广义诊服务。用体外冲击波技术治疗骨科门诊常见痛症是目前比较前沿及新式的治疗技术，具有疗效确切，无创伤等多个优点，鉴于此设备比较昂贵，偏远基层医院尚未开始应用。通过我院科室安排，利用了一个周末时间，把我院冲击波仪器带到平远，为当地医院职工开展业务学习及开展义诊服务，使当地医院职工提高了专业知识宽度，当地群众亦体验了目前先进的治疗设备。

2018年我院援助医生年接诊患者达1171人次，年会诊量53次，开展手术80台次，协助开展现代康复技术、小针刀、火针疗法等中医特色新技术项目6项，完善硬件设施的同时提升其软件实力。通过援助医生的"传帮带"及双方医护人员的共同努力，该院诊疗科目不断增多，医疗设备充分利用，手院科室在规范管理、规范操作、规范诊疗等方面都有了明显的改善，医护人员的医疗技术水平、服务质量不断提高，门诊量、住院人次同比增长，该院针灸科于2018年度顺利通过广东省"十二五"中医特色专科项目验收，扩大了其中医特色专科的区域影响力。

2018年免费接收平远县中医医院妇科、针灸康复6名医务人员进修学习。

2. 对兴宁市中医院的帮扶

2018年，我院先后选派龙艳主治医生、张树涌主治医生、杨桥榕主治医生、石曦雯主治医生赴兴宁市中医院进行对口帮扶工作。

张树涌主治医生通过日常教学查房、将诊治流程、临床思维等灌输给临床医生，使其做到常见病诊疗规范化，疑难病思维合理化，危重病救治有效化。经过授课、模拟、实操等形式，对该院医务工作人员进行最新版心肺复苏指南培训，从理论及实操一步步讲授示范，切实提高了该院一线医务工作者的临床紧急情况应变急救能力。

龙艳主治医生充分利用发挥中医药优势，坚持辨证论治，对住院患者基本能做到100%的普及中药汤剂的口服。同时积极开展其他中医特色疗法，如中药膏方、中药封包、穴位注射、中药沐足、针灸理疗等。针对关节肿痛患者，将我院的特色疗法双柏散外敷关节予以推广至兴宁市中医医院，疗效显著，得到了患者的一致好评，也促进了该院中医特色疗法占比的提高。

自2016年2月至今，我院共向兴宁市中医医院肿瘤科、神经内科及内分泌专科派出对应专业的帮扶人员 6 批次 12 人，接收其进修医护人员 15 人次。该院门诊总人次、住院病人次均逐年提升。

3. 对佛冈县中医院的帮扶

我院于 2016 年启动了清远市佛冈县中医院的对口帮扶工作，前后共派出专家 7 批 7 人次。2018 年度，我院援助医生年接诊患者达 1560 人次，年会诊量 15 次，开展手术 163 台次，临床查房、培训带教活动 22 次，协助开展新技术项目 9 项。根据受援医院需求，针对佛冈县中医院五官科、麻醉科相对薄弱的现状，2018 年，我院分别安排五官科曾伟主治医师、麻醉科李仲文主治医师、妇科何冬华主治中医师至佛冈县中医院开展为期半年的对口支援帮扶工作。曾伟医生与帮扶的麻醉医生李仲文医生及佛冈中医院医护人员协同配合下，开展了佛冈中医院首例可视化支撑喉镜下声带息肉切除术，首例巨大双侧扁桃体切除术，首例颈部恶性肿瘤根治术等，为该医院五官科填补了区域手术技术空白。帮扶专家通过传帮带，把诸多先进理念和前沿技术引进到佛冈县中医院，使医院管理理念，人才梯队建设，人员专业平及效益得到了较快的提高，造福了佛冈县广大群众。

（四）与清远市阳山县七拱镇中心卫生院、清远市清新区禾云镇卫生院建立对口帮扶合作关系

按照广东省卫健委、广东省中医药局《广东城市卫生支援基层卫生实施方案（2013 年版）》《广州市花都区卫生局对口帮扶清远市阳山县医疗单位协议书》等工作方案，医院与清远市阳山县七拱镇中心卫生院、清远市清新区禾云镇卫生院建立对口帮扶合作关系。

我院与清远市清新区禾云镇卫生院于 2018 年 4 月份签订对口帮扶协议，共同组建成立"中医针灸康复联盟"医疗联合体。根据协议内容，医院将根据受援医院发展需求和所在地区疾病谱选派主治以上专业技术人员开展形式多样技术帮扶工作，协助受援医院完善医疗管理、医疗安全、医疗服务等方面的工作制度，进一步开展管理理念帮扶，切实提高其医疗服务能力及管理水平。

经前期的深入调研，了解了结对单位的基本情况、人员构成、工作模式及存在的困难与问题，针对七拱镇中心卫生院办公设备缺乏、工作条件艰苦的实际情况，医院于 6 月份为其送去电脑、打印机等一批办公设备，共计 30 套。

接下来，医院将逐步落实推进七拱镇中心卫生院、清远市清新区禾云镇卫生院的具体帮扶计划。一方面，医院发挥中医特色，调动针灸康复专业资源，将一些容易开展、效果明显的中医适宜技术带到当地，发挥中医药的特色作用。另一方面，根据当地靠近山林地的特点，急诊科副主任练志明为当地医护人员作了"抗蛇毒血清的应用策略"专题讲座，以蛇伤中心建设为出发点，深入浅出地讲解蛇伤治疗的新动向。医院也将免费接收帮扶单位的重点学科医师或医学专业技术人员来院进修学习。

二、下一步工作重点

（一）制定年度对口帮扶计划。持续响应《广东省卫生计生委、广东省中医药局关于启动城市三甲公立医院优秀卫生技术人才下基层项目的通知》，在巩固2018年现有对口帮扶工作成效和持续改进的基础上，结合我院资源状况，制定2019年对口帮扶工作计划。

（二）加强工作监督。加强对口扶贫工作督查，确保落实对口支援工作落到实处，取得实效。

（三）落实针对性帮扶。在各科人员配置紧张的情况下，继续增加下沉帮扶人员数量。根据帮扶医院的实际需求，新增人员重点安排相关的临床、管理专家。通过派下去请上来、团队带团队和科室对科室等多种方式有计划地为帮扶医院培养学科带头人和管理人才。

（四）加强帮扶工作计划的制定与执行管理。针对每位下沉帮扶人员制定个性化的帮扶工作计划，将派出卫生技术人员在受援单位的工作时间和工作情况纳入医务人员年终考核和职称晋升考核的重要内容，并将卫生技术人员下基层的工作经历作为岗位聘任的必要条件。

（五）实施双向帮扶。增加下沉帮扶人员的同时协助帮扶单位制定人才进修培养计划，接收受援医院一定数量的行政管理人员和卫生技术人员到我院进修学习。

（六）发挥中医药优势。因地制宜，充分发挥中医简便验廉的特点和优势，推广中医药适宜技术，提高受援医院的中医辨证论治水平和临床疗效。

（七）加大宣传力度。协助对口帮扶单位开展健康教育工作，定期到基层为群众开展常见病、多发病健康知识讲座，开展义诊、健康咨询等。

通过 2018 年对口帮扶工作的开展，切实提升了帮扶医院医疗服务的综合水平，在医疗质量管理、专业学科建设、医疗技术水平、医疗服务能力等方面均得到了显著提高。下一步，我院力争通过对口帮扶，不断总结经验、拓展思路、创新方法，加大力度，使帮扶医院的管理走向制度化、规范化和科学化的轨道，通过双工作人员的共同努力，促进对口帮扶工作的持续健康发展。

广州市中西医结合医院

2018 年 11 月 21 日

广州市中西医结合医院
2019 年医疗卫生帮扶工作总结

医院确立 6 家基层医疗机构帮扶对象。（详见附表 1）

附表 1：对口帮扶任务表

	受援地区	受援医院	备注
省外	贵州省	瓮安县中医院	国家、省局
		织金县中医院	花都区
		黔西县中医院	花都区
省内	清远市	佛冈县中医院	广州市
	梅州市	平远县中医院	省中医药局
		兴宁市中医院	省中医药局

经实地考察，反复沟通，针对受援医院业务管理、医疗服务、人员培训、技术推广等薄弱点，结合我院实际能力，分别与上述各受援医院签订了详细具体的对口帮扶协议，明确了需帮扶的科室、专业，通过选派经验丰富的医疗专家到受援医院开展义诊、手术示教、教学查房、技术指导、专题讲座、管理培训（详见附表2）及免费接收受援医院医务人员20人次来我院进修学习（详见附表3）等形式达到预期帮扶目标。

一、对瓮安县中医院的帮扶

（一）以点带面，全面提升医院医务管理水平

医务科副科长陈珂同志帮扶期间，积极协助完善、加强受援医院制度建设，制定统一化、标准化流程，参加科室早交班、三级查房，检查运行病历，发现质量管理中的问题并反馈，提出限期整改意见，按期复检。以提高规范胸痛、卒中患者的诊疗流程、畅通救治渠道为着点，积极协助整合医院内部现有人力物力资源，优化诊治流程，强化培训，提高治疗效率及效果，推动胸痛、卒中中心建设，大大缩短救治时间，降低胸痛、卒中患者的死亡率。组织全院医疗、护理、行政、后勤人员开展心肺复苏培训与考核，确保人人参与、人人熟练、人人达标，切实提高医院急救服务能力。

（二）扎根一线，切实加强临床医疗服务能力

曾笑寒医生到瓮安县中医院帮扶期间，参加每日晨会交班，对工作中发现的问题及科室发展提出改进建议，例如，如输液泵的护理、低氧病人的雾化吸入方式、痰液标本的留取送检流程，院感的防控等等，为科室建设建言献策。同时每周带领一位医师进行针对性查房，讨论病情，理清思路，强调诊疗规范，纠正不足之处，指导诊断及用药，提升临床医师的医疗服务能力。做专题讲课三次，切实解决受援单位科室的实际问题。曾笑寒医生多次下到猴场、珠藏、永和、岚关、小河山五个乡镇进行困难户慰问、义诊。参加该院胸痛中心演练、年度招聘活动。

急诊科简林养医生针对瓮安县中医院急诊科存在的一些问题，进行了一系列培训和实操。针对急诊四大操作相对薄弱的情况，进行了针对性的气管插管

术模型操作培训和气管插管考核。拟定并多次修改胸痛演练方案，于9月份进行了受援单位 ST 段抬高型胸痛的首次演练。针对急诊危重心电图快速识别进行了专题讲课，加深了医师们对急危患者的早期识别。针对心肺复苏、电除颤讲课及实操演练和脊柱损伤固定与搬运的讲课及模型实操等培训。开展定期教学查房20余次，成功救治重度有机磷中毒并割腕自杀患者，针对重型颅脑损伤，高处坠落伤的患者做了院前的规范处理。协助瓮安县中医院急诊科开展气管插管、电除颤和心肌三项检验等新技术项目。

骨伤科杨宏瀚医生在帮扶期间，担任骨伤科主任职务。负责带教查房、解决危重疑难病例诊疗上的问题、手足外伤手术带教、定期组织病例讨论、业务学习、临床教学等。将正骨技术带到瓮安县中医院，为当地二十余名上肢骨折患者治疗，疗效显著。其运用先进的医疗理念、精湛的医疗技术帮助瓮安县中医院开展诊疗新技术。规范外伤急诊手术的清创流程，同时带领骨伤科团队开展大量严重手足外伤高难度手术（三、四级手术），为瓮安县中医院带来了手足显微外科领域先进的理念。多次与瓮安县中医院医务人员深入山区乡镇开展义诊，让老百姓在家门口就能看好病。

（三）领导重视，专家团队实施精准帮扶

广州市中西医结合医院刘瑞华院长带队，一行12人赴瓮安县中医院开展新一轮对口帮扶工作。组织涵盖骨伤科、急诊科、内分泌科、中医护理、重症医学科等重点学科，通过开展专题义诊、学术讲座、疑难病例讨论、中医药适宜技术推广、教学查房、理论指导等活动，推进瓮安县中医院薄弱科室的建设。通过多年的精准帮扶，瓮安县中医院管理水平和专业技术能力都有了明显的提升。

二、对织金县中医院的帮扶

（一）开疆拓土，助力帮扶新科室新团队

岳慧雅医生挂职织金县中医院儿科主任，负责科室日常事务管理，每月进行一次疑难病历讨论，每周进行一次教学查房，负责住院部每日查房工作，承担儿科二线及全部抢救工作，承担全院儿科的会诊、抢救工作，近半年来会诊

20 余次，参与并主导全院 10 余次小儿惊厥、休克等的抢救工作。参与完善科室建设，督导合理使用抗生素，加强院内感染管理，强化临床路径管理，入径率达到 50% 以上；指导小儿重症肺炎、婴儿腹泻病伴重度脱水、休克、小儿惊厥等急危重症的诊治。注重加强团队培养学习和培养学科带头人，培养 1 名年轻儿科执业医师。开展儿科抽搐抢救流程和诊治、传染性单核细胞增多症、过敏性紫癜、川崎病、手足口病、儿科补液、儿童心肺复苏等讲座 10 余次，手把手教会小儿推拿、耳穴压豆、挑治、拔罐、中药灌肠等技术。指导 7 名轮转医生、6 名实习同学儿科理论与临床学习。

李吉平医生在担任新生儿科、儿科主任期间，24 小时负责新生儿科、产科高危儿、儿科危重病人抢救，组织新生儿科、儿科进行危重疑难病例讨论、业务学习、专业培训、临床教学及教学查房，每日定期进行儿科、新生儿科病房查房，指导医护人员临床工作，新生儿科每月住院病人数 30-50 人次。儿科每月住院病人数 70.100 人次。指导科室医护人员熟练掌握新生儿窒息复苏技术、无创呼吸机应用、气管插管、PS 应用技术、肠外静脉营养等技术；熟练处理 MODS、DIC、呼吸衰竭、新生儿呼吸窘迫综合征、胎粪吸入综合征、新生儿坏死性小肠结肠炎、新生儿感染性休克等危重新生儿疾病的抢救及诊疗；能独立处理新生儿窒息、新生儿肺炎、早产儿、低出生体重儿、新生儿败血症、新生儿腹泻、新生儿高胆红素血症、高危儿及危急值处理等诊疗工作。

陈仁山医生在帮扶期间挂职重症医学科主任职务。他与 ICU 的医生护士一起筹备科室的设备，药品，资料等，进行开科前人员培训，与院领导协调选派护士到县人民医院重症医学科进行短期培训，为开科做好准备。重症医学科开科当日，成功抢救突发呼吸心搏骤停患者 2 例，现 ICU 日均病人约 4 至 5 人，在科室开展气管插管、中心静脉穿刺、腰椎穿刺、呼吸机使用等示范操作，协调外科行床旁气管切开术，为该院首例。参与下乡帮扶活动，到以那镇卫生院，珠藏镇卫生院等多家乡镇医院进行授课。

（二）上岗下乡，扎扎实实推进帮扶工作

张小海医生挂职骨伤科副主任。积极参与门诊坐诊及手术治疗，同时做好教学查房，疑难病历讨论，授课等工作。共诊治病人 400 余人次，收治病人约 100 人次，手术 10 余台，教学查房 7 次，疑难病历讨论 3 次，全院授课 4 次，

科内授课 1 次。参与下乡帮扶活动，在以那镇卫生院，珠藏镇卫生院等多家乡镇医院进行调研及授课。

（三）对口帮扶，专家组团义诊到基层

广州市中西医结合医院刘院瑞华院长、焦锋副院长、儿科钟青主任、心血管内科蒋守涛主任、针灸康复科徐丽华副主任、护理部陈碧贤主任、医务科陈珂副科长等一行 7 人赴贵州省织金县中医院开展义诊、讲课、查房、慰问对口支援医务人员等交流活动，为当地群众提供了便捷优质高效的诊疗服务，通过健康宣讲提高了当地人民群众自我保健意识和健康水平。

三、对佛冈县中医院的帮扶

（一）授人以渔，提升基层专科服务能力

何冬华医生积极开展业务学习交流工作，不断提高对基层医院医疗卫生及救治工作的认识，对妇科常见病、多发病和疑难疾病医疗救治等方面给予支持，起到了学、传、帮、扶作用。尽力克服医院现有的条件差异带来的困难，对异常子宫出血、子宫黏膜下肌瘤、宫腔占位病变，不全流产等病人，通过耐心的解释和沟通，积极引导，开展宫腔镜检查，开展其他妇科手术，异位妊娠、宫颈冷刀锥切，囊肿剥除等等。组织妇科业务学习 2 次，通过特殊病例的分析将一些理念带到基层医院，提高基层同事的业务水平。

（二）"输血造血"，促进科室软硬实力提升

耳鼻喉科耿娟娟医生在佛冈县中医院期间，积极参与科室日常医疗救治工作，毫不保留地传授我院耳鼻咽喉科的技术优势，针对基层医生技术方面的不足给予指导，并利用自身所学优势，帮助他们开展多个新的诊疗技术项目，如可视内镜下声带息肉切除术，眩晕的诊断及治疗，纤维内镜下中耳炎的诊断、治疗及耳道异物取出术，副耳切除术，扁桃体切除术等。多次开展"眩晕的诊断与治疗"等学术沙龙，尤其对"良性阵发性位置性眩晕的诊断及治疗"进行全院授课及推广，并针对神经内科医生进行专题讲座。耿娟娟建议购买部分新设备，使得中等难度的手术，不出县即可完成。

四、对平远县中医院的帮扶

2019 年，我院先后选派骨伤科及针灸康复科 4 名专家分两批次赴平远县中医院开展医疗下乡支援工作。

（一）发挥所长，提升基层学术科研能力

骨伤科陈帅医生在平远县中医院支援期间多次在科室进行骨伤科先进技术及理念的讲课，让科室同事了解国际先进骨科治疗理念，并通过典型病例分析将一些国内的新技术、新康复理念带到科室，多次在治疗过程中对科室的基层医生进行讲课，开阔他们临床诊断思维，提高诊疗技术，特别是新技术操作技巧的言传身教，提高基层医生的业务水平。积极参与下乡镇送医送药义诊活动。

秦丰伟医生以骨伤科为主，同时配合针灸康复科开展日常门诊和病房工作。成功开展椎体成形术新技术 2 例，填补了平远县中医院在该领域的空白。在科研方面，帮助年轻医生建立科研思维，在临床工作中寻找科研点，鼓励并指导他们多书写专业学术论文和课题标书，目前已完成一项国家实用新型专利的申请。

（二）按需帮扶，精准提升基层中医诊疗能力

邓眉敏医生充分利用科室现有的条件，帮助科室开展多个新的诊疗技术项目，如浮针、压灸等治疗。运用浮针对肌肉引发痛症的快速止痛疗效，火针治疗带状疱疹后遗神经痛及各类疑难杂症，各种针法与灸法结合调理失眠、呃逆等内科疾病，隔姜灸治疗顽固性面瘫，隔盐灸治疗虚寒性疾病等等在临床实践中都取得了确切的疗效。

五、对兴宁市中医院的帮扶

（一）全面分析，开展针对性帮扶工作

检验科石曦文医生围绕推广科学基础管理、新项目的推广和开展质控、院感、医疗安全培训及指导等三个方面开展针对性的帮扶工作。以十八项医疗核心制度的落实为基础，通过具体病例及日常工作中相关问题进行探讨交流的形

式，加强科室管理流程的优化和改进，建立科学的医疗质量管理体系，全面提升了受援医院的科室管理水平。规范了实验室室内质量控制，对免疫、生化、血液、尿液等项目做校准，使检验结果更加准确；并积极推广落实院感检测工作，特别是 HIV 检测和梅毒螺旋体血清检测中的个人防护，普及宫颈癌筛查。

（二）兢兢业业，专注提升基层专科医疗服务能力

杨桥榕医生在兴宁市中医院期间，积极参与科室日常医疗救治工作，共完成日常查房 300 余人次，教学查房近 40 人次，开展疑难病例讨论 10 余人次，抢救危重病人 5 人次，指导年轻医生进行胸腔穿刺，腹腔穿刺、骨髓穿刺、深静脉置管术等内科常见操作；诊治的疾病多种多样，包括糖尿病肾病、肾病综合征、慢性肾脏病（非透析）、慢性肾脏病 5 期、肺部感染、慢性阻塞性肺疾病、脑梗塞等疾病的诊疗；帮助年轻医生建立临床诊断思维，提高他们的临床诊治能力，提高他们的临床操作技术。

六、下一步工作计划

（一）制定年度对口帮扶计划。在巩固 2019 年现有对口帮扶工作成效和持续改进的基础上，结合我院资源状况，制定 2020 年对口帮扶工作计划。

（二）加强工作监督。间断性的加强对口扶贫工作督查，确保落实对口支援工作落到实处，取得实效。

（三）落实针对性帮扶。在各科人员配置紧张的情况下，继续保持基层医疗机构的下沉帮扶人员数量。根据受援医疗机构提出的实际需求，派出对口专科人员针对性点对点帮扶。通过派下去请上来、团队带团队、科室对科室等多种方式有计划地为帮扶医院培养学科带头人和管理人才。

（四）加强帮扶工作计划的制定与执行管理。针对每位下沉帮扶人员制定个性化的帮扶工作计划，将派出卫生技术人员在受援单位的工作时间和工作情况纳入医务人员年终考核和职称晋升考核的重要内容，并将卫生技术人员下基层的工作经历作为岗位聘任的必要条件。

（五）实施双向帮扶。增加下沉帮扶人员的同时协助帮扶单位制定人才进修培养计划，接收受援医院一定数量的行政管理人员和卫生技术人员到我院进

修学习。

（六）发挥中医药优势。因地制宜，充分发挥中医简便验廉的特点和优势，推广中医药适宜技术，提高受援医院的中医辨证论治水平和临床疗效。

（七）加强远程医疗合作力度。建立远程医疗平台，实现诊疗信息互联互通，加速提升受援医院水平。

广州市中西医结合医院
2020 年医疗卫生帮扶工作总结

医院确立 6 家基层医疗机构帮扶对象。（详见附表 1）

附表 1：对口帮扶任务表

	受援地区	受援医院	备注
省外	贵州省	瓮安县中医院	国家、省局
		织金县中医院	花都区
		黔西县中医院	花都区
省内	清远市	佛冈县中医院	广州市
	梅州市	平远县中医院	省中医药局
		兴宁市中医院	省中医药局

经实地考察，反复沟通，针对受援医院业务管理、医疗服务、人员培训、技术推广等薄弱点，结合我院实际能力，分别与上述各受援医院签订了详细具体的对口帮扶协议，明确了需帮扶的科室、专业，通过选派经验丰富的医疗专家到受援医院开展义诊、手术示教、教学查房、技术指导、专题讲座、管理培训（详见附表 2）及免费接收受援医院医务人员 20 人次来我院进修学习（详见附表 3）等形式达到预期帮扶目标。

一、广州市中西医结合医院对口帮扶总体概况

按照《加强三级医院对口帮扶贫困县县级医院工作方案的通知》（国卫医发〔2016〕7号）和《加强三级中医医院对口帮扶贫困县县级中医医院工作方案的通知》（国中医药医政发〔2019〕7号）、国家中医药管理局《关于请支持贵州省中医院对口帮扶工作的函》、广东省中医药管理局《关于印发进一步开展对口支援县中医医院工作实施方案的通知》、广州市卫生健康委贵州省黔南州卫生健康局毕节市卫生健康局《东西部扶贫协作"5+2"模式组团式医疗帮扶实施方案》《花都区人民政府织金县人民政府东西部扶贫协作和对口帮扶合作框架协议（2016—2020）》等文件精神，医院2014年以来承担了对口帮扶贵州省毕节市织金县中医院、瓮安县中医院等省内外6所县级中医院的任务。为有序开展帮扶工作，医院成立了由院长任组长的对口帮扶工作领导小组，完善了《广州市中西医结合医院对口帮扶基层医院工作方案》，依托我院资源优势，全力帮助受援医院。在前期实地考察的基础上，医院与各受援医院签订了对口帮扶协议。2020年，我院在巩固2019年对口帮扶工作成效的基础上，在各科人员配置紧张的情况下，克服疫情影响，仍然保持下沉帮扶。期间医院多次由院领导组队前往贵州开展巡诊、讲课、查房、带教手术，同时不间断选派医疗骨干及免费接收受援医院医务人员进修等开展帮扶。在医院帮扶下，受援医院管理和业务水平都得到了长足进步。2020年，织金县中医院被纳入贵州省创建三级医院对象，是毕节市唯一纳入创建三级医院的中医院。瓮安县中医院顺利完成二甲复审并经上级同意启动三级医院创建工作。

截至2019年底，医院已完成了对广东清远佛冈县中医院、梅州市兴宁市中医院、梅州市平远县中医院的帮扶工作。2020年，医院除继续帮扶瓮安县中医院、织金县中医院、黔西县中医院外，在梅州市平远县中医院的请求下，医院也主动安排骨干人员继续帮扶平远县中医院巩固帮扶成果。

二、2020年医院帮扶贵州省织金县中医院情况

2020年，医院安排10名骨干医师驻点帮扶织金县中医院累计达36人/月，

由院领导带队 13 人次前往织金县中医院开展医院管理讲座、指导查房、指导手术、义诊等活动，接收 11 名织金县中医院医护人员前来进修 32 人 / 月，接纳该院领导带领的四批次 92 人次前来学习。

2018 年 12 月，在广州市中西医结合医院帮扶下，织金县中医院儿科开科，随后在此基础上新生儿科开科。2020 年，医院持续安排人员挂职儿科主任兼新生儿科主任，帮助科室完善建设，落实十八项核心制度，强化临床路径管理，注重加强团队培养学习和培养学科带头人，重点培养年轻儿科执业医师。实现"造血"功能，打造一支带不走的队伍。科室医护人员经过长期反复理论培训及临床实践，在管理水平、专业素质、沟通能力等方面显著提高。目前儿科团队能基本掌握儿科常见病、多发病及急危重症的诊治，熟练掌握了新生儿窒息复苏技术、无创呼吸机应用、气管插管、PS 应用技术、肠外静脉营养等技术；能熟练处理 MODS、DIC、呼吸衰竭、新生儿呼吸窘迫综合征、胎粪吸入综合征、新生儿坏死性小肠结肠炎、新生儿感染性休克等危重新生儿疾病的抢救及诊疗。能独立处理新生儿窒息、新生儿肺炎、早产儿、低出生体重儿、新生儿败血症、新生儿腹泻、新生儿高胆红素血症、高危儿及危急值处理等。手把手教会小儿推拿、耳穴压豆、挑治、拔罐、中药灌肠等中医操作技术，使中医参与率达到 100%，在小儿腹泻、肺炎、发热等临床治疗过程中取得的显著疗效，得到当地广大患儿家长的一致好评。

新生儿科建科以来，成功抢救多例重度窒息患儿、新生儿呼吸窘迫综合征、胎粪吸入综合征，吸入性肺炎，坏死性小肠结肠炎、感染性休克等危重新生儿病例。建科以来未出现死亡及后遗症病例，未发生过医疗纠纷及严重不良医疗事件，得到了织金县广大人民认可。

在帮扶前，织金县中医院没有独立的急诊科，由心内科代行急诊科职责，我院医务人员开展帮扶并担任急诊科负责人后，帮扶期间，指导科室加强管理，规范科室规章制度，配合医务科对全院医务人员心肺复苏技能及高级生命支持培训，开展落实创伤绿色通道，提高急危重症患者救治率。通过培训班、授课、巡讲、现场演练方式培养规范的急救技术人员，提高了急诊急救水平，保障了医疗安全。也为今后开展胸痛中心和卒中中心的创建工作打下基础。目前织金县中医院急诊科已逐渐形成规模。在帮扶下建成一个运营良好、危急重症诊治水平较高的急救中心，建立并完善了急诊中心诊疗常规及诊治流程。形成院前急救－院内急诊－（院级）重症监护室－急诊综合病房的连贯性一体化的急危重症管理体制。

2020年，在医院帮扶下，织金县中医院按三甲医院标准建设医院重症监护室，重症医学科成功开科。医院持续派出骨干挂职重症医学科主任帮扶，帮助建立科室制度、开展人才培养，开展重症监护能力培训，指导开展重症监护业务。除完善18项核心制度外，继续完善与重症医学科相关的输血、院感、危急值登记处理制度，以及相关操作准入制度等。帮扶期间，完成该院多个首例操作并推广应用，主持开展全院心肺复苏考核，及电除颤、气管插管培训。显著提高医务人员的急救能力。医务人员基本掌握重症医学基本操作及重症患者的诊断治疗，能熟练使用呼吸机，能熟练开展常规锁骨下深静脉穿刺、开展CRRT治疗、纤维支气管镜治疗、床边胸片及床边胃镜检查治疗、三腔二囊管治疗食管胃底静脉曲张消化道出血治疗、股静脉透析导管置入。

目前重症医学科已建成有11张床位（单间1个），有医护人员22名，拥有呼吸机、纤维支气管镜、床边x线检查、血液净化治疗设备等多种设备可以满足医院需求。具备较强能力，成功挽救了多例危重症患者的生命，现重症监护室运行良好，日均病人约4–5人，科室运作良好，发挥收治急危重症患者的功能，为全院临床科室医疗质量医疗安全的坚实保障。保障了医院医疗安全，显著提高了医院重症急救能力。

骨科帮扶方面，医院派出骨科骨干医师，帮助织金县中医院骨科完善科室制度，指导专科发展规划，制定优势病种诊疗规范，讲解三级医院评审要点及相关准备内容。培训科室人员，规范手术术式，提升骨外科常见病的诊治水平。通过开展临床教学、技术示教、业务授课培养人才。多次开展足踝关节等专题讲座，培训足踝专业知识，开展各类足踝手术。积极通过查房、疑难病例讨论，针对复杂复合性骨折、全膝关节置换、腰椎椎管狭窄等病例详细分析解读诊疗，讲解手术要点，带教手术百余台，引导年轻医师勤练手术功底，熟悉AO相关要领，指导医师养成良好手术计划习惯，重视术后康复训练，教导年轻医师多阅读骨科文献、多看手术视频，更严格要求自己，提高骨科技术，带领科室积极开展中医特色疗法，如开发外敷药四黄散，取得很好效果。开展俯卧位双跟骨骨折内固定、胫腓骨骨折微创钢板内固定、髌骨下极骨折钢丝内固定、骨盆骨折空心钉内固定、跟骨结节骨折空心钉内固定、四肢骨折创伤整复固定、运动医学关节镜下手术、小针刀在慢性损伤治疗等新技术 8 项。驻点帮扶期间，多次与医师交谈，交流科室发展规划，引导医师向专科细化方向发展，鼓励科室积极达成重点专科目标。

帮扶之前，针灸科是织金县中医院的技术薄弱环节，医院派出人员指导针灸科完善科室制度，通过开展临床教学、技术示教、业务授课培养人才。建立针灸科常见优势病种的诊疗规范及诊治流程，规范操作技术，提高诊疗水平。新开展腹针疗法，平衡针，方氏头皮针、靳三针、麦粒灸、百会压灸、督脉灸、中药离子导入、耳穴疗法、疼痛注射疗法等新技术，拓展科室特色针灸手段。让科室业务发展保持良好态势。

针对医院脑病专科护理的空白，医院派出专科护理人员，帮助医院建立中医护理管理制度，成立中医护理管理小组，构建中医护理质量评价体系。开展中医护理方案并优化方案，与专科优势病种相融合，指导辨证施护方法，实践临床，制定专科量表。脑心健康管理师现场指导开展院前筛查、院中宣教、院后随访。指导卒中防治，提高患者自我照顾能力，降低致残率。指导科室开展神经急危重症患者护理，重症患者血容量、血糖、营养管理等。通过帮扶，丰富了中医护理治疗手段，培养了专科护理人才，快速提升中医脑病护理技术水平，护理人员掌握卒中患者筛查及护理评估技术，重症患者病情观察，有效实施护理技术。建设了中医护理治疗室并开展护理科研工作，联合申报护理科研课题 1 项，申报基层医院继续教育项目 1 项，开展雷火灸、杵针、皮内针、足底艾灸等中医护理新技术项目 4 项。

在医院帮扶下，织金县医院管理和业务水平都得到了长足进步，业务量连年大幅上升。2020 年织金县中医院被纳入贵州省创建三级医院对象，是毕节市唯一纳入创建三级医院的中医院。

三、2020 年医院帮扶贵州省瓮安县中医院情况

2020 年，医院安排 5 名骨干医师驻点帮扶瓮安县中医院累计达 28 人 / 月，

接收 4 名瓮安县中医院医护人员前来进修，接纳该院领导带领的两批次 21 人次前来学习。

曾笑寒医师参加帮扶以来，参加每日查房，在科室及院内外开展讲课，对输液泵护理、低氧病人雾化吸入方式、痰液标本送检流程、院感防控等提出建议。多次到猴场、珠藏、永和、岚关、小河山等乡镇慰问困难户、义诊，到映山红、七星安置区开展胸痛中心宣传。

简林养医师指导急诊科开展心肺复苏、除颤、气管插管术操作、脊柱损伤固定与搬运、急诊危重心电图快速识别培训和考核，拟定演练方案，开展 ST 段抬高型胸痛的首次演练。提升了急诊的医疗水平。此外开展教学查房 20 余次，针对重度有机磷中毒，重型颅脑损伤，高处坠落伤的患者教学查房，规范重型颅脑损伤，高处坠落伤的患者院前处理，成功救治重度有机磷中毒并割腕自杀患者。针对急诊科管理提出改进措施，如处方纸质颜色区分不同人群，危重患者救治流程规范、科室医疗质量质控会议常规化等。

帮扶之前，急诊科几乎没有医师会气管插管，均由麻醉科医师会诊插管，在简林养帮扶下，急诊科开展了气管插管、电除颤和心肌三项检验等新技术项目。急诊科医师熟悉气管插管极大缩短了危重患者的救治时间，提高了救治成功率。

杨宏瀚医师和刘栋华医师帮扶期间，充分发挥传统中医优势，将我院的正骨技术带到瓮安，已为当地数十余名上肢骨折患者运用中医手法复位、小夹板或者石膏外固定治疗，疗效显著。针对移位严重的骨折病例，注重讲解正骨技术和小夹板固定技术要领，提高了年轻医生的中医正骨技术水平。骨伤科现在对发病率较高的桡骨远端骨折，治疗效果很好，基本上都能运用手法正骨达到解剖复位，为当地患者减轻了痛苦，大大降低医疗费用，减轻了患者的经济负担，受到了当地同行的认可和患者的一致好评。此外，两人还规范了医院外伤急诊手术的清创流程，带领骨伤科团队开展大量严重手足外伤高难度手术（三、四级手术）。多次深入山区乡镇义诊，到贫困家庭送医送药，给瓮安群众带来了实实在在的好处，受到了医院领导、同事及患者的一致好评。

王福涌医师挂任麻醉科主任，积极指导麻醉科管理及各项业务的开展，极大地提升了麻醉科整体服务能力。简林养、王福涌医师原计划均为帮扶 6 个月，进一步加强相关专业建设，在瓮安县中医院请求下两人均延长帮扶6个月。

在我院多年帮扶下，瓮安县中医院管理水平和专业技术能力都有了明显的提升，在2019年通过"二甲"中医院复审的基础上，医院正向创建三级中医医院迈进。

四、2020年帮扶其他县级中医院情况

2020年医院在完成上级帮扶任务的同时，还帮扶了贵州省黔西县中医院、广东梅州平远县中医院。安排了1人驻点贵州省黔西县中医院帮扶该院泌尿外科，3人次到黔西县中医院指导医院管理工作，接待黔西县中医院12人次前来我院学习，接纳黔西县中医院医务人员26人前来我院进修总时长达71人·月。安排了1名骨科骨干医师到广东梅州平远县中医院驻点帮扶7个月，接待平远县中医院4人次前来我院学习。

2017—2020年医疗帮扶工作总结

扶贫攻坚工作是党中央、国务院做出的重大战略部署，为落实国家中医药管理局《关于请支持贵州省中医院对口帮扶工作的函》、广东省中医药管理局《关于印发进一步开展对口支援县中医医院工作实施方案的通知》精神，充分发挥医疗集团的资源优势，实施医疗卫生对口支援，帮助基层医院调整管理架构、实行持续质量改进、提高综合服务能力、满足群众就近就医需求、切实解决群众看病难的问题，广州市中西医结合医院医疗集团自2017年起，成立了由理事长刘瑞华担任组长的对口帮扶领导小组，完善《广州市中西医结合医院医疗集团对口帮扶基层医院工作方案》，确立帮扶对象、明确帮扶任务、制定帮扶目标。省内帮扶对象包括梅州市平远县中医院，兴宁市中医院，清远市佛冈县中医院、清远市阳山县七拱镇中心卫生院、清新区禾云镇卫生院；省外帮

扶对象包括贵州织金县中医院、瓮安县中医院、黔西县中医院及西藏自治区林芝市人民医院、新疆喀什疏扶县吾库萨克镇卫生院等。

所谓授之以鱼不如授之以渔！在脱贫攻坚工作中，如果只输血不造血，这些医疗专业技术人员一经撤退，对口帮扶单位又会出现专业技术人员短缺的现象，为了解决这个问题，广州市中西医结合医院医疗集团在多年的扶贫工作中，慎终如始、坚持不懈地从造血层面做好技术帮扶工作，不断派出精兵强将、齐心戮力执行技术扶贫工作，从医院顶层设计、综合管理、医疗服务领域拓展、重点学科发展、人才梯队建设等全方位对扶贫单位进行了造血式帮扶，打造一支带不走的管理和专业技术强队，使各对口扶贫医院综合实力大大提升。

贵州织金县中医院被确定为 2020 年广东省东西部扶贫协作"5+2"组团式帮扶的重点对象，是广东省 12 家医院里唯一的中医医院，自 2017 年至今，广州市中西医结合医院共选派出近 30 名优秀管理、医疗及护理等专业人才进驻帮扶，免费接收了织金中医院 30 余名医务人员来院进修，是广东省东西部协作扶贫工作中的一个重点打造项目。是广东省目前唯一率先按规范完成了"5+2"组团式帮扶任务的中医医院，目前该院已被当地政府部门确定为三甲中医院创建单位，医院计划在下一步的帮扶工作中，全力协助织金县中医院进行三甲等级评审工作。

为积极推动中医药事业的蓬勃发展，除了选拔优秀的中医针灸康复人才到院驻点帮扶、手把手教会当地医务人员中医适宜技术外，广州市中西医结合医院还不定期到对口帮扶单位通过组团式帮扶的形式，开展中医适宜技术培训班，用小讲课、现场中医操作示范、教学查房及义诊等方式，不断提升当地的中医诊疗技术水平，使中医适宜技术在当地得到积极的推广，为当地人民群众提供质优价廉的中医治疗服务。同时为了解决基层医院缺少设备药物等问题，广州市中西医结合医院向部分对口帮扶单位无偿捐献了ＧＥ全数字化Ｂ超及一批价值 30 万余元的中医诊疗设备、自主研发的中药制剂等，积极推动中医诊疗技术在当地发展。

广州市中西医结合医院医疗集团在过去的三年多里，共派出管理人员及医护人员近 70 人次到省内外各对口医院中驻点帮扶，有些医师驻院帮扶时间长达 6 个月至 1 年；免费接收省内外医疗单位来院进修医护药人员 80 余人次，为进修人员免去进修费用并发放伙食补助，合约 110 余万元；通过优秀管理人员挂职院长助理、副院长或科主任等模式，传授先进的管理理念和经验。

广州市中西医结合医院共组织了 10 余次专家组奔赴省内外各地进行组团式帮扶，通过座谈交流、手术示范、理论讲课、教学查房、疑难重症病例分析及义诊等活动，不断提升医务人员的专业技术水平，惠及当地更多的老百姓。为确保帮扶质量和检验帮扶成效，集团扶贫组组长、广州市中西医结合医院刘瑞华院长，以身作则，和其他医院领导班子成员曾先后十余次组团式到各定点扶贫单位进行工作指导。单单到访贵州就多达 7 次，专家团涵盖了急诊科、骨伤科、颅脑外科、儿科、心血管科、重症医学科、针灸康复科、泌尿外科及脑病护理专科等多个学科，为当地对口帮扶单位送去先进的管理理念、优质的医疗技术及通过传帮带的方式，持续提高当地医院的综合服务能力。经过多年的长期奋战，各对口帮扶对象在管理及业务发展等方面均获得不同程度的发展，交出一张亮眼的成绩单。

广州市中西医结合医院医疗集团刘瑞华理事长表示一定会认真落实中央的指导精神，数年以来我们在脱贫攻坚的路上与党中央保持一致，精准施策确保帮扶成效，并保持政策的总体稳定性，现已完成第一阶段的扶贫任务，下一步将会研究如何建立防止返贫监测和帮扶长效机制，从攻坚期的超常规举措向常

态帮扶转变，使扶贫措施和效果都具可持续性，采取有效举措巩固脱贫攻坚成果，扶上马再送一程，避免脱贫后又返贫的现象，让被帮扶单位真正成长壮大起来，继续向同质化、高质量的医院管理目标迈进，积极探索建立解决贫困的长效机制才是我们的最终目标。

2017—2020 年护理帮扶工作总结

根据卫健委、省卫生厅、市卫计局关于医疗下乡支援基层医疗工作的通知及《东西部扶贫协作"5+2"模式组团式医疗帮扶实施方案》，广州市中西医结合医院按照党中央国务院决策，对口帮扶部 4 省（区、市）6 个地州市的 8 个县（市、区）医疗集团。护理部积极响应医院工作，深入帮扶医院交流分享工作经验及新技术新业务，起到了传、帮、扶的作用。现总结 2017 年至 2021 年工作，具体如下：

一、制定帮扶计划

我院护理部与瓮安县中医院、黔西县中医院、织金县中医院、平远县中医院、林芝市人民医院协商，制定帮扶的年度计划，把工作目标细化，有序推进帮扶工作，从人才和技术方面给予扶持，协助帮扶医院建设一批有特色的护理重点科室，形成护理品牌。

二、开展人才培养，丰硕人才梯队

帮助培养专业技术骨干和学科带头人，2017—2021 年免费接收帮扶医院 50 余名护理人员来我院培训学习和进修。其中接收织金县中医院进修护理人员 23 名，分别从消化、神经内科、ICU、产科、儿科、骨科、手术室等专科方向进行培养，全方位丰硕护理团队。接收黔西县中医院进修护理人员 18 名，结合护理人员从事专科特性进行一对一专科教学，从重症、儿科、骨科、手术室、外科等专项对护理人员进行培养。接收平远县中医院进修护理人员 4 名，根据进修人员专长进行对口教学，培养院感、手术室、呼吸内、神经内专项护理人员各 1 名。接收瓮安县中医院进修护理人员 4 名，分别有神经内科、骨科、妇科及重症专项护理人员。

三、给予业务指导，提升护理质量

派出专家组开展护理技术指导，2017 至 2018 年分别选派我院黄靖晖、曾月玲两名重症专科护士前往西藏林芝市人民医院进行为期 3 个月的重症科室发展的帮扶工作。2018 到 2020 年护理部多次安排护理管理人员和骨干到帮扶医院进行护理质量管理和中医护理适宜技术的指导工作，2018 年护理部陈碧贤主任前往平远县中医院进行护理安全工作督导，分享和交流护理安全管理经验，实地考察护理安全隐患，切实提出改善建议，期间还针对护理文书书写进行了规范化培训。2020 年 6 月护理部杜敏副主任前往织金县中医院进行为期 8 天的现场考察与指导，对三甲评审标准进行细致解读，并申报贵州省中医药局护理课题 1 项。2020 年 10 月中医专科护士、脑病科副护士长吴宝霞前往织金县中医院对脑病科重症护理、中医护理及脑心健康管理等方面给予支持与指导。护理部陈碧贤主任多次随医院帮扶组到瓮安县中医院、黔西县中医院、织金县中医院交流中医护理技术，分享和推广中医护理适宜技术在各临床常见护理问题中的应用，传授中医护理新理论、新技术、新方法。

公益性指标

2017 年度公益指标

2017 医院新增三家对口帮扶单位：贵州省瓮安县、织金县、黔西县中医院医院，签订了对口帮扶协议。医院先后派出 14 位业务骨干赴省内外开展帮扶，其中包括 1 名援藏护士，10 人区内开展帮扶，合计 112 人月。

2017 年接收免费进修医护人员 23 人次，累计 96 人月，组织专家在受援地开展 4 次义诊服务，免费派发了自有制剂，价值 20000 余元。医院无偿捐献了一台 G E 全数字化 B 超及一批价值 20 万元的中医诊疗设备。

2014 年起向平远县中医院、兴宁市中医院、佛冈中医院等对口帮扶单位派出业务骨干共 49 名医生开展帮扶支援工作，合计 294 人月。

2018 年度公益指标

2018 年，医院先后派出 23 位业务骨干，继续对口帮扶省内外 9 家受援单位，合计 92 人月。诊治门诊患者约 4600 余人次、住院患者 1000 余人次、开展手术 800 余台次。

2018 年接收免费进修医护人员 34 人次，累计 83 人月，组织专家在受援地开展 19 次义诊服务。

医院无偿捐献了一批价值 9 万元的电脑设备。继续免费接收了来自贵州省毕节市县级中医院和花都区基层医院的医务人员 46 人前来进修。

2019 年度公益指标

2019 年，医院先后派出 24 位业务骨干，继续对口帮扶省内、外 9 家受援单位，合计 141 人月，诊治门诊患者约 5000 余人次，住院患者 1100 余人次，开展手术 900 余台次，免费接受对口帮扶单位进修医生 49 人次，累计 169 人月数。组织专家在受援地开展 20 次义诊服务。免费接收贵州省毕节市县级中医院和花都区基层医院的医务人员 79 人前来进修。

2020 年度公益指标

2020 年，医院先后派出 21 位业务骨干，继续对口帮扶省内、外 7 家受援单位，合计 126 人月，诊治门诊患者约 4000 余人次、住院患者 1000 余人次、开展手术 900 余台次。

免费接收对口帮扶单位进修医生 43 人次，累计 188 人月数。

组织专家在受援地开展 7 次义诊服务。免费接收贵州省毕节市县级中医院和花都区基层医院的医务人员 50 人前来进修。

活动报道

医院迎接黔西县中医院人员来院参观交流

2020年11月3日上午，黔西县中医院颜君院长一行到广州市中西医结合医院参观交流活动，刘瑞华院长、蒋守涛及刘志军副院长接待。

交流会上颜君院长总结了近期对口帮扶工作进度，汇报医院新院区工作情况，并结合实际就今后的帮扶工作提出具体意见。

作为帮扶单位代表，刘瑞华院长指出，广州市中西医结合医院高度重视各医院对口帮扶黔西县中医院工作，根据受援单位的实际需求，充分发挥自身管理、人才、技术等优势，有计划、分批次选派专家进驻当地指导管理、培养人才、输送技术。

自2017年开展东西部扶贫协作对口帮扶工作以来，医院一如既往做好对口帮扶工作，外派业务人员、接收进修人员，尽所能发挥传帮带作用，争取全面提高受援单位医疗服务能力，在黔西县中医院的积极配合及医院帮扶专家的辛勤努力下，对口帮扶工作取得了阶段性成效。

（通讯员：叶锦坚）

医院迎接瓮安县中医院第一批参观交流团

2020年11月2日上午，瓮安县中医院宋熹院长一行10人到广州市中西医结合医院开展为期3天的参观交流活动，重点交流三级中医医院创建工作和护理管理水平提升相关内容，医院领导班子成员及相关职能、临床医技科室人员接待。

交流会上，刘瑞华院长介绍医院三次通过三级医院评审的工作经验，围绕三级医院功能定位、文化建设、学科建设、医疗质量等医院建设各方面理念和做法进行分享。

宋熹院长向医院汇报接受帮扶以来，瓮安县中医院在急诊规范化建设、三级医院建设、肿瘤学科建设、基础人才培养等方面工作的成效，并向广州市中西医结合医院长期以来的帮扶工作表达感谢。

刘瑞华院长提出，医院将毫无保留的分享相关经验和资料，全力支持瓮安县中医院的三级医院创建工作，并且在今后的帮扶中，持续输出业务技术骨干，协助瓮安县中医院强化学科建设，规范医院管理。

（通讯员：叶锦坚）

医院迎接织金县中医院第四批参观交流团

2020年10月14日上午，织金县中医院李祥院长一行22人到广州市中西医结合医院开展为期3天的参观交流活动，重点交流三级中医医院创建工作相关内容，医院领导班子成员及各职能、临床医技科室人员接待。

至此批次结束，医院接待织金县中医院4批共91人次的参观交流团队，围绕三次通过三级医院评审的医疗质量、信息化建设、文化建设、后勤保障的相关经验和具体做法，毫无保留地向兄弟单位展示和分享，希望在既往已有成效的医疗技术对口帮扶的基础上，在管理体系和运营模式方面为织金县中医院迎接三级医院评审的工作提供实质性的帮助。未来，医院还将继续根据对口帮扶对象单位的需求，力尽所能，一如既往给予全方位多方面的支持。

（通讯员：叶锦坚）

平远县中医医院张龙院长一行来院进行对口帮扶工作交流

2020 年 7 月 20 日，平远县中医医院张龙院长一行到广州市中西医结合医院就对口帮扶工作情况进行交流，并沟通下一步帮扶工作的具体措施，医院刘瑞华院长、焦锋副院长参与交流。

会上，平远县中医医院张龙院长对市中西医结合医院长期帮扶工作表示感谢，欣喜地谈到接受帮扶后医院的综合实力得到提高，并对平远县中医医院 2020 年运营情况、中医药服务发展、新院区的建设情况等方面进行汇报，其中业务量实现稳中有进，新院区装修工程已完成 80%，将在年内进行搬迁。自 2014 年以来，医院每年至少安排 4 名医务人员驻点平远县中医医院帮扶，派驻人员担任受援医院的副院长或学科带头人，至今已派驻 23 人次，从医院管理、学科发展、中医药项目、科研项目等方面进行全方位帮扶，受援单位的业务量也翻了一倍有多。

刘瑞华院长提到，开展对口帮扶工作是一项多方有利的任务，既能提高县中医院的中医药服务能力，让百姓得到实惠，也能让医院的青年医生有发挥才能的平台与机会，今年为脱贫攻坚战的收官之年，医院将继续按照上级部门要求，做好帮扶工作，充分发挥技术、人才、管理方面的资源优势，帮助受援医院提高中医药服务能力，巩固和扩大医院服务辐射面，让更多的老百姓能享受优质中医服务。

（通讯员：叶锦坚）

对口帮扶情谊深，黔西县片东区
医共体一行来院参观交流

2020 年 7 月 3 日上午，为切实落实好广州市花都区卫健局帮扶黔西县工作要求，广州市中西医结合医院热情接待黔西县片东区医共体各乡镇卫生院负责人来院参观交流。

副院长焦锋陪同黔西县参观代表们参观了医院急诊，介绍了"胸痛中心""卒中中心""蛇伤救治中心""创伤中心"的建设。黔西县参观代表们又游览了医院中医药文化长廊、中医药科普基地、荟春园，了解医院在中医药文化推广和中医药临床应用等情况。实地考察了治未病中心，并现场体验中医体质辨识项目。

在调研座谈会上，刘瑞华院长热烈欢迎黔西县参观代表们，表示要肩负中医传承创新的责任和担当，要在发展中医药上，传承精华，守正创新，干在实处，走在前列。焦锋副院长从三级医院建设情况、中医药建设情况和紧密型医联体建设情况三个方面介绍了医院的主要工作和成效，重点汇报了中西医并重体系、中医药特色优势等。

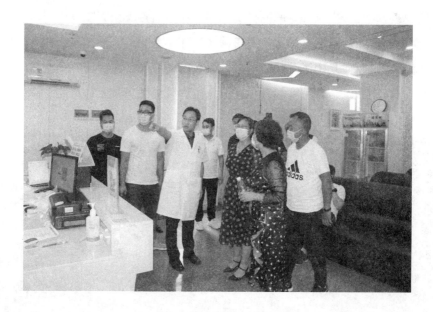

黔西县卫生健康局党委委员、副局长李德华和黔西县东片区医共体党工委书记、钟山镇卫生院院长胡德华高度评价医院精准的科室布局设计及完善的基础设施建设，表示医院诊疗动线清晰，指示到位。对医院疗养型花园式景观设计、中医养生保健氛围营造、中医治疗项目措施等赞不绝口。

座谈会上，黔西县参观代表们表示出想要深入参观医院各科室的热情，不同职能科室主任分别带领参观了口腔科、针灸康复科、脑病科和骨科。

此次座谈交流，进一步加深了双方的了解和互信，形成了良好的交流合作氛围，对下一阶段帮扶工作打下良好基础。

（通讯员：孟楠）

对口帮扶落实处，黔西县中医院来院参观学习

2020年6月3日，黔西县中医院颜君院长一行8人到广州市中西医结合医院参观交流，广州市花都区卫健局局长曹扬、广州市中西医结合医院院长刘瑞华、副院长焦锋带领部分职能科室和临床科室负责人出席陪同广州市中西医结合医院高度重视黔西县中医院对口帮扶工作，希望能倾囊相授，让参观代表们满载而归。黔西县中医院代表们参观医院的荟春园，感受中医药文化熏陶。

广州市中西医结合医院刘瑞华院长从中医院绩效考核工作思路、感染性疾病管理体系、有特色的优势专科三个方面分享了医院管理经验。

黔西县中医院院长颜君、副院长叶世静汇报了医院工作开展情况，感谢广州市中西医结合医院的倾力帮扶，表示要努力补短板，建设人才梯队，希望"老大哥"医院派驻管理人才，接收更多的医生前来学习。

广州市花都区卫健局局长曹扬肯定了黔西县中医院业务提升，表示帮扶工作要"落实效、话发展"，双方医院要相互学习，教学相长。

座谈会结束后，焦锋副院长带领黔西县中医院院长颜君、副院长叶世静走访了医院的外一科、骨二科，参观了骨二科特色的中医治疗室，分享了学科建设经验。各职能、临床负责人分别带领黔西县中医院代表们参观相关科室。

医院举行了专题分享会，质控科、护理部、ICU、肿瘤科相关人员从绩效考核、护理管理、临床服务、学科建设等方面交流心得。

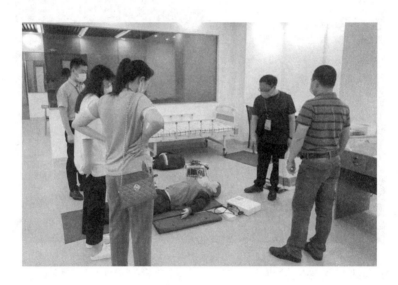

6月4日，黔西县中医院代表们深入到各个科室参观学习，纷纷表示通过这次与我院的交流，了解到很多实用的临床经验、优质的服务理念和先进的管理模式，对其医院的建设发展具有极强的借鉴意义。

精准医疗助推精准帮扶广州市中西医结合医院始终把脱贫攻坚帮扶工作作为头等大事，坚持因地制宜、量体裁衣的原则，以精准医疗助推精准帮扶。医院将充分发挥"传帮带"作用，推动黔西县中医院的快速发展，提高其医疗服务质量和科学管理水平，为人民群众提供更加优质的医疗服务。

（通讯员：孟楠）

黔西县卫健系统考察组来院开展帮扶对接工作

2019年11月5日，黔西县卫健系统考察组一行来到广州市中西医结合医院调研并对接对口帮扶事宜，考察组由黔西县计划生育协会专职副会长蒋发举带队，黔西县卫健局办公室主任朱刚、综合监督股股长罗丹、黔西县人民医院副院长万廷军、黔西县中医院院长颜君、黔西县妇幼保健院院长游泳等一行十二人参与调研。花都区区卫生健康局曾建新调研员、广州市中西医结合医院刘瑞华院长等陪同参观。

本次调研旨在深入推进东西部扶贫协作工作，根据《广州市花都区卫计局与毕节市黔西县卫计局结对帮扶框架协议》，实现花都区、黔西县医疗卫生机构结对帮扶全覆盖，切实提升黔西县医疗卫生服务水平，进一步巩固脱贫成效。调研组实地查看医院门诊大厅、中医药文化长廊、中医药科普基地荟春园，了解了医院在改善医疗服务、中医药文化推广和中医药临床应用等方面开展的工作。

广州市中西医医院始终把脱贫攻坚帮扶工作作为头等大事，积极深入实施健康扶贫工作，按照医院的帮扶思路和具体措施，做了大量行之有效的工作，有效提升了贵州医疗卫生服务能力，为群众看上病、看好病、有体面地看病发挥了积极作用。刘瑞华院长表示，医院坚决扛起助力对口帮扶的使命担当，将继续落实省、市、区卫健局的工作要求及黔西县相关医院的实际需求，从医院管理、学科建设、人才培养等方面，优势互补，切实帮黔西县提高医疗技术水平。在扶贫道路上，孜孜以求、疾步奋进，为广大人民群众增添更多福祉。

（通讯员：王晓彤）

瓮安县中医院杨超一行来院交流学习

2019年5月7日到11日瓮安县中医院杨超院长带领该院21名业务骨干前往广州市中西医结合医院交流学习。医院领导班子和业务骨干根据代表团意愿安排了为期一周的交流行程，希望通过交流学习推进医院管理水平提高，促进医院整体全面发展。

据了解，瓮安县中医院分两批次共40人前往广州市中西医结合医院参观学习，其交流时间较长、规模较大，院领导班子针对本次交流活动制定了详细

的参观交流日程表，通过院内参观、专题讲座、专科对口交流等形式热情招待来宾。在对接工作会议上，刘瑞华院长代表全院对来宾表示热烈欢迎，指出瓮安县中医院是国家中医药管理局委派的对口帮扶单位，院方将毫无保留地向来宾传授相关经验。在为期一周的交流中，广州市中西医结合医院精心准备了以专科建设、医疗质量、护理、药学、院感、临床路径等为主题的专题讲座，全方位向来宾介绍近年来在医院管理上取得的成效。

杨超院长表示，经过广州市中西医结合医院近 3 年对口帮扶，瓮安县中医院业务水平有了明显的提升，本次交流活动旨在学习贵院先进的管理经验，为今年申报三级甲等中医院评审打下坚实的基础。希望两家医院今后能够继续加强交流，将对口帮扶工作落到实处，切实造福贵州百姓。

（通讯员：黄力君）

2017 年 7 月 11 日下午，织金县中医院副院长徐黎一行 5 人来到广州市中西医结合医院参观交流。医院刘瑞华院长、副院长刘志军、副院长黄华及部分职能科室负责人与来宾进行了座谈。

院长刘瑞华代表医院对来宾一行表示热烈欢迎并通过医院的宣传短片向各位来宾简单介绍了医院的历史概况、医院近年来的基本情况。在随后的两天里，织金县中医院徐院长参观了医院脑病科、骨伤科、治未病中心、胸痛中心、新体检中心等特色科室以及荟春园文化景观。徐院长对医院举办的"传承中医药文化再启航"学生夏令营活动、中医药文化节活动以及寻找美丽的南丁格尔摄影比赛活动表现出极大的兴趣并希望从中吸取经验做好中医药文化宣工作。

据了解，广州市中西医结合医院 6 月份与织金县中医院签署了为期五年的对口帮扶协议，帮扶期间将提供学科建设、人才引进、人才培养、医院文化建设等方面的支持，使织金县中医院管理走向制度化、规范化和科学化的轨道。

（通讯员：黄力君）

刘瑞华院长一行赴织金县开展对口帮扶工作

根据广州市对口支援办公室《关于进一步推进落实东西部扶贫协作有关工作的通知》及花都区卫健局有关要求，根据织金县卫生健康工作实际及帮扶需求，2020年6月10日，在花都区卫健局统一组织协调下，广州市中西医结合医院院长刘瑞华、肿瘤科主任龙德、重症医学科主任刘宁、骨一科主任曾洁明随花都区卫健局援黔专家组一行赴贵州省织金县开展对口帮扶工作。

当日上午，专家组于织金县政府前开展健康义诊活动。专家组耐心细致地为前来就诊的织金市民进行诊治，详细解答当地居民咨询的各类健康问题，并根据实际情况给出相应建议。

下午刘瑞华院长、龙德主任中医师、刘宁副主任医师、曾洁明副主任医师、驻点帮扶专家汤永南副主任医师前往织金县中医院开展调研交流及巡诊、手术示教、教学查房、技术指导等活动。

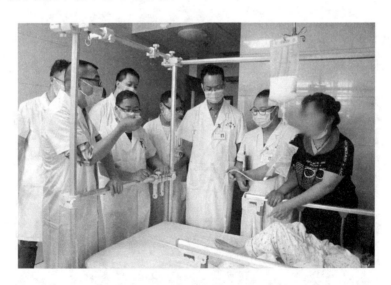

在交流座谈会上，织金县中医院院长李祥对广州市中西医结合医院多维度开展帮扶工作表示感谢。自2017年双方达成对口帮扶协议以来，医院领导高度重视，多次带领专家团队到帮扶医院进行走访调研，督促各项对口支援措施落实到位；每年派遣专家到织金县中医院进行驻点帮扶，开展临床教学、业务

培训、手术示教等工作，推动着帮扶单位医疗技术水平提升。

刘瑞华院长表示，希望两家医院可以继续以对口帮扶为契机，对工作不断创新形式、拓展领域、丰富内容，强化结对帮扶关系，继续深化医院管理、医疗服务、人员培训、远程医疗服务等四个维度的对口帮扶工作，开创"优势互补、互惠互利、长期协作、共同发展"的良好局面，树立东西部扶贫协作对口帮扶的成功典范。

（通讯员：王晓彤）

精准帮扶医院再送 3 名专家
赴瓮安县中医院开展对口帮扶

2019 年 8 月 16 到 18 日，广州市中西医结合医院刘瑞华院长一行 12 人前往瓮安县中医院开展新一轮对口帮扶工作。应受援医院要求，医院派出曾笑寒、简林养、杨宏瀚 3 名专家开展为期半年的技术帮扶。

座谈会上，刘瑞华院长表示这次已经是他今年来第 4 次来到贵州，虽然相

隔的时间很短，但每次到来瓮安县中医都有很大的变化，尤其是这一次搬迁到新院区后整体就诊环境焕然一新。经过前期的沟通，广州市中西医结合医院针对性地派出曾笑寒、简林养、杨宏瀚3名专家，希望能切实加强瓮安县中医院急诊科、心肺病科、重症医学科等重点科室建设。随后，刘瑞华院长向瓮安县中医院赠送了精心准备的纪念品——广州珐琅，并与瓮安县卫生健康局党组书记毛俊一起签署了《广州市中西医结合医院对口帮扶瓮安县中医院补充协议书》。毛书记带领刘瑞华院长一行参观新搬迁的瓮安县中医院新院区并就搬迁后的业务开展情况作了详细的介绍。

　　为了切实提高受援单位的综合业务水平，本次对口帮扶专家团通过开展专题义诊、学术讲座、疑难病例讨论、中医药适宜技术推广、教学查房、理论指导等活动，积极推进受援医院薄弱科室的建设，为即将留在瓮安县中医院的3名业务骨干开展工作提供思路。瓮安县中医院还热情地邀请刘瑞华一行参加该院的医师节文艺晚会和张仲景雕像揭幕仪式。

　　自2017年起，瓮安县中医院与广州中西医结合医院签订了对口帮扶协议，在广州市中西医结合医院的帮扶下，瓮安县中医院管理水平和专业技术能力都有了明显的提升，为瓮安中医院的"二甲"中医院复审和"三级"中医院创建工作奠定了基础。

（通讯员：黄力君）

"人走技术留"援黔帮扶工作有序开展

广州市中西医结合医院积极响应精准扶贫号召，贯彻落实广东省及花都区卫健局对口援黔工作相关文件的具体措施，2019年4月17日至20日，在医院刘瑞华院长的带领下，医务科、护理部、骨伤科、儿科、心内科、针灸康复科负责人一行6人到织金县中医院，通过专家义诊、教学查房及学术讲座等形式开展对口帮扶活动。

医院坚持"人走技术留"的理念，把为受援医院培训一批技术过硬的专业人才队伍作为对口帮扶的重要内容。4月19日，焦锋副院长、陈碧贤主任、钟青主任、蒋守涛主任、徐丽华副主任为当地相关医务人员作《促"膝"畅谈》《李氏虎符铜砭刮痧基础知识》《儿童社区获得性肺炎诊疗规范解读》《全球急性心肌梗死新定义》及《灸法在临床中的应用》的专题讲座。

此外，援黔专家团深入病房查看患者，听取当地医师介绍患者的病情，仔细查看患者的情况，对存在问题及注意事项做了细致的分析，有效提升该院的规范化诊疗水平。

（通讯员：王晓彤）

对口援黔落实处医院专家组赴织金县中医院开展义诊

2019年4月18日上午，在医院焦锋副院长的带领下，广州市中西医结合医院儿科主任钟青、心血管内科主任蒋守涛、针灸康复科副主任徐丽华、护理部主任陈碧贤、医务科副科长陈珂一行六人赴贵州省织金县中医院开展"对口支援传真情、携手共建促发展"义诊活动。

"看到广州一大批专家要来中医院开展义诊的通知，觉得机会实在难得，特意从家里赶过来将片子带来请专家查看。"当日上午九点，许多慕名而来的群众早早就等候在医院门口。专家们刚入座，前来咨询、就诊的群众便迫不及待地询问病情，将自己之前的就诊报告递上。热情的群众摩肩接踵，专家的义诊台被围了个水泄不通，活动现场人声鼎沸。

活动现场，专家组认真地为前来咨询的每一位患者诊治，细致解答患者疑问，通过仔细了解患者的病史及以往的生活习惯，结合临床经验，用通俗易懂的语言为患者分析病情，有针对性地给他们提出治疗建议，进行用药指导。义诊过程中，细心的钟青主任发现一位年轻母亲正给孩子喝已经冷掉的牛奶便立即阻止，同时还向家长们科普育儿过程中健康饮食的重要性。

本次义诊活动，援黔专家组发扬医院"爱在你我、真诚服务"的服务理念，旨在为当地群众提供便捷优质高效的诊疗服务，满足人民群众的就医和保健需求，不断提高广大人民群众自我保健意识和健康水平。

（通讯员：王晓彤）

黄华副院长带队赴梅州开展对口支援工作交流

2018年12月28日到29日，广州市中西医结合医院黄华副院长、医务科陈小平科长及对口支援骨干一行前往广东省梅州市平远县中医院、兴宁市中医院开展对口支援工作交流，通过和受援医院领导、帮扶科室及医院支援骨干座谈的形式了解受援医院学科建设、医院管理、人才培养及业务发展情况。

座谈会上受援医院领导介绍了一年来支援工作的成效，充分肯定了对口帮扶的成效，两家中医院院长高度评价了医院支援骨干的敬业精神以及对医院专科建设的贡献。平远县中医院特别介绍了医院对口帮扶的针灸康复科及骨伤科发展的情况，医院医生言传身教培养人才，骨科克服困难完成了首例骨折PFNA手术。通过帮扶使重点专科技术及业务实现了跨越式的发展，业务能力大大提升，业务量上升40%，受到当地百姓及医院员工的好评，员工及患者满意度大大提高，内涵建设得到提升，受援院领导表示接下来还要继续打造这两个科室，建成在当地竞争力的龙头科室带动医院的整体发展。

（通讯员：陈小平）

加强合作交流深化对口支援佛冈县中医院

2017年9月28日，佛冈县卫计局徐旭副局长及医院对口支援受援单位佛冈县中医院张寿芳院长一行来院参观交流，医院刘瑞华院长、刘志军副院长带领客人参观了口腔科、急诊科、胸痛中心、新治未病及体检中心等特色科室和荟春园文化科普教育基地。

交流会上，刘瑞华院长对医院的基本情况作了详细的介绍，包括医院近期以获评国家级标准版胸痛中心为契机全面提高医院服务能力水平、作为龙头单位积极配合区推进医联体工作、对口支援工作开展情况等内容。徐旭副局长介绍佛冈县近期医疗卫生规划，并对医院长期以来对佛冈县中医院的帮扶表达感谢。

医院与佛冈县中医院在 2016 年签订了对口支援协议，积极推动优质医疗资源向基层流动，先后选派陈元岩副主任医师、马艳辉主治医师到佛冈县中医院驻点帮扶，并安排医生团队到当地开展义诊服务。这次交流会上双方进一步洽谈对口支援工作的具体安排，医院将继续发挥资源优势，主动加强合作交流，争取提高佛冈县医院医疗卫生服务能力和水平。

（通讯员：叶锦坚）

对口帮扶援黔专家团抵达黔西县中医院

2017 年 9 月 21 日，广州市中西医结合医院援黔专家团抵达对口帮扶第二站——黔西县中医院，刘瑞华院长带领医院骨伤、脑病、肿瘤、针灸、心血管、肾病等专科业务骨干到受援医院开展专家义诊、教学查房及业务讲课等活动，与受援医院深入探讨对口帮扶的具体措施。

黔西县中医院颜君院长带领相关业务骨干与援黔专家团进行对接，相互交流在医院建设与发展过程中遇到的问题与经验，并为未来持续开展精准帮扶确定了基本的框架。8点30分，援黔专家团准时到达义诊现场，马上被慕名前来的患者重重包围。尽管受到语言不通，患者依从性差等客观条件的制约，专家团仍无偿耐心地解答患者的提问，为患者提供合理的诊断和治疗。根据受援医院的实际需求，援黔专家团分别从医院品牌建设、重点专科建设、临床业务开展等方面开展专题讲座；针对受援医院前期筛选的疑难病例，专家团有针对性地开展教学查房为受援医院业务骨干讲解诊疗思路。

刘瑞华院长表示，对口帮扶是一个持续开展、逐步深入的过程，不能指望通过一两次的义诊或教学查房为受援单位带来彻底的改变。只有通过"传帮带"等方式改变受援医院管理理念，培养符合当地需求的专业技术团队才能切实提高受援医院救治能力，实现"小病不出乡镇，大病不出县城"的目标，真正惠及当地老百姓。

（通讯员：黄力君）

援黔专家团赴织金县中医院开展对口帮扶活动

2017年9月19日，广州市中西医结合医院援黔专家团一行10人来到织金县中医院开展对口帮扶活动。刘瑞华院长带领医院各科室业务骨干到受援医院开展专家义诊、教学查房及业务讲课等活动。

本次对口帮扶活动得到织金县中医院的大力配合并做了大量的前期宣传活动，当天上午，闻讯赶来的群众挤满了义诊现场。织金县中医院为每位义诊专家配一名对应专业的医务人员，协助解决语言不通和介绍受援医院药品目录。义诊专家们认真仔细问询、检查、诊断，耐心解答患者的疑惑，对有教学意义的病例开展病例讲解并对相关疾病提出日常预防、保健及治疗建议。原定十一点半结束的义诊活动到了十二点还有很多患者排队等候，最终是突如其来的大雨使义诊活动落下了帷幕。

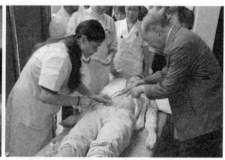

下午，医院专家到受援医院病房开展教学查房，针对受援医院前期筛选的疑难病例开展病例分析和诊疗思路讲解。刘瑞华院长、焦锋副院长、针灸康复二区徐丽华主任分别就自己专业领域开展业务授课，受到受援医院医务人员的热烈欢迎。

本次援黔对口帮扶工作是贯彻落实广东省及花都区卫健委对口帮扶工作相关文件的具体措施，未来一个星期援黔专家团队将陆续前往黔西县中医院及瓮安县中医院开展对口帮扶工作，希望通过提升基层医院医疗卫生服务质量和管理水平，切实解决当地群众看病就医的实际问题，构建和谐医患关系。

（通讯员：黄力君）

受援单位感谢信

贵州省卫生健康委员会

贵州省卫生健康委关于对 2016—2020 年援黔医疗卫生对口帮扶工作表现突出的优秀集体和个人给予表扬的通报

各市、自治州卫生健康局，援黔医疗卫生对口帮扶相关支受援单位、帮扶专家：

援黔医疗卫生对口帮扶是国家卫生健康委和贵州省委、省政府深入贯彻落实习近平总书记关于深入推进东西部扶贫协作系列重要指示精神，坚决贯彻落实党中央、国务院重大决策部署，坚决打赢健康扶贫攻坚战，加快缩小贵州与全国差距的一项标志性、引领性工作，是贵州卫生健康事业实现后发赶超、跨越发展的重大机遇和有效路径。2016年以来，在省委省政府的坚强领导下，在国家卫生健康委和援黔省市的大力支持下，贵州省卫生健康系统抢抓国家三级医院对口帮扶贫困县县级医院和东西部扶贫协作重大机遇，推动援黔医疗卫生对口帮扶工作深入发展。

五年来，共有683家省外医疗卫生机构与我省1649家医疗卫生机构建立对口帮扶关系，形成了"横到边、纵到底、全覆盖"的援黔医疗卫生对口帮扶工作格局，"援黔医疗卫生对口帮扶工作"成了全国卫生健康领域受援机构类别最广，帮扶关系建立最多、群众受益程度最深的东西部扶贫协作亮丽品牌。

五年来，援黔医疗卫生对口帮扶的帮扶单位和帮扶专家积极响应，深入贵州贫困山区，从政策指导、驻点帮扶、人才培养、技术示教和物资捐赠等方面给予了贵州极大的支持。在各帮扶单位和帮扶专家的倾力帮扶下，各受援医疗卫生机构服务能力显著提升，贫困地区群众的健康幸福感和就医满意度显著增强，援黔医疗卫生对口帮扶工作取得了显著成效，大力助推了贵州省医疗卫生健康事业后发赶超，助力了贵州按时高质量打赢健康扶贫收官战，得到了国家卫生健康委、贵州省人民政府和全省卫生健康系统及社会各界的高度肯定，获得了贵州广大群众的真诚赞许和真心感谢。

五年来，援黔医疗卫生对口帮扶的各位领导、各位专家，克服工作生活环境的差异，承受远离家乡和亲人的思念之苦，以高尚的医德、精湛的医术、炽热的情怀，将一身本领倾囊相授，对受援医院诊疗技术、人才培养等方面提供了实质性的帮助，亲手为群众解除病痛之苦，帮助指导建立特色专科，为受援单位发展献计献策，为贵州医疗卫生事业发展尽心竭力，涌现出了许许多多可歌可泣的感人事迹，彰显了援黔专家们大爱无疆、医者仁心的高尚品质，在多彩贵州大地上描绘出了一幅幅感人肺腑的精彩画卷。

为肯定各支受援省市的各级卫生健康行政部门、各支受援单位、各帮扶专家在援黔医疗卫生对口帮扶工作中做出的积极贡献，经请示贵州省人民政府同意，决定对在2016年至2020年援黔医疗卫生对口帮扶工作中表现突出的优秀集体和个人予以通报表扬（名单见附件）。希望受表扬的集体和个人不忘初心、牢记使命，再接再厉、再立新功。

当前，全面建设社会主义现代化国家新征程已全面起航，任务艰巨、使命光荣。全省卫生健康系统要以习近平新时代中国特色社会主义思想为指导，全面贯彻落实党的十九届五中全会精神和省委十二届八次全会精神，牢固树立"四个意识"、坚定"四个自信"、做到"两个维护"，坚决贯彻党中央、国务院决策部署，全面落实省委、省政府的部署安排，以先进为榜样，牢记嘱托、感恩奋进、见贤思齐、勇挑重任，为巩固拓展疫情防控和脱贫攻坚成果，奋力推动我省卫生健康事业高质量发展做出新的更大贡献。

附件1

1. 2016—2020 年援黔医疗卫生对口帮扶工作特殊贡献个人名单（共 20 人）

2. 2016—2020 年援黔医疗卫生对口帮扶工作优秀帮扶集体名单（共 106 个）

3. 2016—2020 年援黔医疗卫生对口帮扶工作优秀帮扶个人名单（共 152 人）

4. 2016—2020 年援黔医疗卫生对口帮扶工作受援单位优秀组织集体名单（共 58 个）

2021年1月19日

附件2

2016—2020 年援黔医疗卫生对口帮扶工作优秀帮扶集体名单（共 106 个）

对口支援毕节市

广州市花都区卫生健康局

广州市中西医结合医院

附件 3

2016—2020 年援黔医疗卫生对口帮扶工作优秀帮扶个人名单（共 152 人，按姓氏笔画排序）

岳慧雅广州市中西医结合医院

黔西县卫生健康局感谢信

广州市花都区卫生健康局：

2021 年新春佳节来临之际，我们谨代表黔西县卫生健康系统全体干部职工，向曹扬局长及全区卫生健康系统各位领导及全体干部职工致以崇高的敬意和衷心的感谢！

2020 是不平凡的一年，是帮扶情谊升华的一年，更是帮扶工作取得显著成效的一年。这一年，你们顶着疫情防控的压力调配骨干医师驻点帮扶，带领我们突破多项技术瓶颈，让我县医疗服务水平有了质的提升；这一年，你们情系黔西多次对接后续帮扶事宜，助力我县脱贫攻坚成效巩固；这一年，你们选派专家学者到我县各乡镇各医疗机构开展巡诊义诊，解决群众疑难杂症……在花都区卫生健康局的大力帮扶下，我县卫生健康事业发展取得了重大成就，县中医院建成重症医学科、巩固提升泌尿外科建设，县妇幼保健院完成医学遗传与产前筛查中心、儿童早期发育中心建设，钟山镇卫生院口腔科、妇产科及重症医学科建设能力不断优化，人民医院"5+2"重点学科（普外科、康复科、心内科、消化内科、新生儿科、急诊科、ICU 重症医学科）建设取得显著成效……毫不保留地技术讲授让我县医务人员的综合素质得到很，大提升，先进的新技术引进造福了我县广大人民群众并收到无数好评和感谢，这都是你们播下心血和汗水的成果，是你们倾情帮扶的成果。

2021 年已乘着十九届五中全会精神的东风扬帆起航。在脱贫攻坚进入全面收官、乡村振兴战略正式开启的关键时期，希望能继续得到你们关心和支持，坚决贯彻党中央、国务院深入实施东西部扶贫协作的战略部署，在人才培养、学科建设、提高服务保障能力和建立长效机制，时刻把医疗帮扶做到乡村振兴的最前沿,切实增强人民群众的就医获得感。

在阖家欢乐的节日里,我们不会忘记,你们为实施健康黔西做出的巨大贡献。新的一年里让我们不忘初心、携手并进,继续为黔西县卫生健康事业高质量发展谱写新的篇章。最后,衷心祝愿花都区卫生健康系统的领导及同志们新春快乐、身体健康、阖家幸福、万事如意!

黔西县卫生健康局

2021 年 1 月 28 日

贵州省中医药管理局感谢信

尊敬的广州市中西医结合医院:

己猪西辞,庚鼠已近。值此 2020 年农历新年来临之际,贵州省中医药管理局谨代表全省中医药系统,向贵院特别是贵院派驻坚守在贵州健康脱贫攻坚一线、为贵州中医药事业和贵州健康事业发展付出辛勤劳动、做出重要贡献的援黔医疗卫生对口帮扶专家及家属,致以节日祝福和诚挚问候!

2019 年,为贵州中医药事业无私奉献的各位专家,克服工作、生活上的千难万苦,为广大的患者送来了希望,带来了曙光,以医者仁心的博大胸怀,为患者早日康复殚精竭虑。在治病救人的过程中,涌现出许许多多感人肺腑的画面,越来越多可歌可敬的各位出现在了公众的视野,为多彩贵州绚丽的风景增添了新的亮丽的风景,你们的大爱情怀将永远的温暖这片土地。古有"先发大慈恻隐之心,誓愿普救含灵之苦"的中医誓言,今有各位专家背井离乡、抛家舍业扶持贵州中医药发展的大爱仁心,在此,谨向你们表示崇高的敬意和衷心的感谢。2020 年,是中医药行业发展的黄金一年,贵州省中医药事业必须在这一年勇往直前,努力把贵州中医药事业发展成为一个具有一定影响力,具有一定实力的,能造福人民的民生工程。这一切离不开各位专家积极提出宝贵的意见以及为贵州中医药事业建筑的牢固的医疗服务基础。敢于创新,敢于挑战,敢于改革离不开各位专家的指导,新的一年,还恳请各位专家继续施以援手,为支持贵州中医药事业加速发展再续佳话。我们不会忘记,你们为贵州省中医药事业发展做出的努力，做出的贡献。吹口向新春的号角，聆听新年的钟声，让我们不忘初心、携手并进，共同为贵州省中医药事业发展谱写新的辉煌！祝各位专家及家人新春快乐、身体健康、阖家幸福、事业有成！

2020年1月19日

织金县人民政府感谢信

广州市花都区卫生健康局：

一元复始，万象更新。值此辞旧迎新之际，我们谨代表织金县各族人民，向曹扬局长及广州市花都区卫生健康局全体领导干部，对织金县的大力支持和无私帮助表示衷心感谢，并致以新春的祝福！

2020年是决胜全面建成小康社会关键之年，这一年，花都区卫生健康局各位领导怀着对织金人民的深情厚谊，进一步持续加大对织金县的帮扶和指导力度，倾力倾情倾智开展了多形式、多渠道、多层次和全方位的支持和帮扶，为加快推动织金县卫生健康事业改革发展做出了重要贡献。2020年，我县医药卫生体制改革有序推进、基础设施和人才队伍建设成效明显、健康扶贫"三个三"的政策有效落实、公共卫生服务体系健全完善、东西部协作对口帮扶成绩斐然，并取得以下成效，一是医务人员专业技能得到提升。2020年花都区共选派23名帮扶专家到受援医院开展帮扶工作、织金县选派22名医务人员到花都区学习，专业技术人员能力得到提升；二是为新建科室注入活力。在花都区医务人员帮扶下，县医院开设了眼科。提升中医院新建设的新生儿科、儿科、重症医学科、泌尿外科的业务水平，服务群众内容更为广泛，服务能力得到提升；三是村级医疗卫生条件得到改善。

织金县卫生健康事业取得的重大成就，是你们倾情帮扶的结果，凝聚着你们的智慧、心血和汗水，这种为民情怀和务实作风使我们深受教育、深受鼓舞。你们的支持和帮助，将永远载入织金县卫生健康事业发展史册，织金县各族人民将永远铭记！

极不平凡的 2020 年已圆满收官，满载希望的 2021 年已经启程。站在新的历史起点，我们将以习近平新时代中国特色社会主义思想为指导，全面贯彻党的十九大精神和习近平总书记对贵州对毕节工作系列重要指示批示精神，紧扣健康中国战略要求，坚持以人民为中心的发展理念，牢记嘱托、感恩奋进，努力全方位、全周期维护和保障人民健康，以全民健康助推全面小康。希望广州市花都区卫生健康委继续帮助我们理清发展思路，支持我们落实发展措施，继续谱写更加华丽的织金篇章。

衷心祝愿花都区卫生健康局的各位领导及同志们，在新的一年里身体健康、工作顺利、阖家幸福、新春快乐！

2021 年 2 月 2 日

织金县中医医院感谢信

广州市中西医结合医院医疗集团：

为落实东西部协作对口帮扶及援黔医疗卫生对口帮扶工作等精神要求、在两省各级领导的关怀下、我院有幸得广州市中西医结合医院医疗集团的大力帮扶。在此，谨代表全院干部职工向刘瑞华院长及贵院全体职工表示衷心感谢，并致以崇高敬意！

自 2017 年和贵院搭边兄弟联盟以来、从开始的对口帮扶、组团式帮扶、"5+2"模式组团式帮扶、4 个春秋，23 位专家跨越千山与万水，甘把汗水撒黔织、亲自指导帮助我院建设儿科、新生儿科、重症医学科等空白科室、补齐科室新技术、新业务短板，仅 2020 年开展新技术、新项目就有 28 项，使织金县中医医院的综合实力得到了提升，各科室医疗技术水平和科室管理都取得了显著成效。

扶贫协作，不问东西，只问发展。我院将不忘初心、砥砺前行，继续精进医疗技术水平，奋力打造百姓信赖、员工幸福、同行尊敬、政府满意的优质中医医院，我们真诚希望贵院一如既往地关心我院，大力帮扶我院。

新春佳节即将来临，谨祝广州市中西医结合医院医疗集团全体职工：新春快乐、吉祥如意！

织金县中医医院

2021 年 2 月 4 日

贵州省黔西县中医院感谢信

广州市中西医结合医院：

辞旧迎新除硕鼠，富民强国效勤牛。值此农历辛丑年春节来临之际，我们向贵院一年来给予黔西县中医院的大力支持和无助表示衷心感谢，祝贵院全体干部职工牛转乾坤行大运、心想事兴！

2020 年是"十三五"规划收官之年，是脱贫攻坚决战决胜之年，这一年，因新冠肺炎疫情而显得极不平凡。一年来，贵院各位领导和同志怀着深情厚谊，持续加大对我院的帮扶和指导，特别是刘瑞华院长、焦锋副院长等一行多次莅临我院调研指导，在医院管理、人才培养、外科等学科建设、重症医学科筹建等方面，对我院给予无私帮助和鼎力支持。我院将以牵头黔西县西片区医共体建设为契机，突破制约医院发展的交通等瓶颈，努力走出一条内涵式发展和向外延伸发展的成功之路。希望贵院一如既往帮助我们推进医院管理创新，加强人才培养，加强学科建设，在深化务实合作上取得突破，推动我院在黔西建设的伟大征程中展现新担当、新作为。衷心祝愿贵院的各位领导和全体干部职工，在新的一年里身体健康精神爽、工作顺利阖家欢、新春快乐福绵绵！

贵州省黔西县中医院

2021 年 2 月 3 日

媒体报道

广州市中西医结合医院帮扶专家秦丰伟：
时代赋予使命我参与我自豪

广州市中西医结合医院和毕节市织金县虽相隔千里，但在国家东西部扶贫协作的号角下，两地"结亲"，谱写出了一个个心手相连的倾情帮扶故事。

山海情深 "医"路 "黔"行

秦丰伟是广州市中西医结合医院一名普通的医师，2020年9月19日，为响应"5+2"东西部医疗帮扶政策，决胜脱贫攻坚，他接受任命，带着炙热帮扶情怀，跨越千里来到织金县中医医院开展医疗帮扶工作。帮扶期间，他用医者仁心和才智汗水浇灌着织金这片土地，用初心和友爱播撒并牢系着广州和织金两地友谊的星火，为织金县中医医院"5+2"专科建设贡献自己的绵薄之力！

秦丰伟说："既然来了，就要做出实打实的成绩，服务当地百姓，推广适宜技术，开展好重点专科建设，努力提高当地医疗服务能力，为织金县人民群众健康做出应有的贡献！"到达织金县中医医院后，秦丰伟老师任命为织金县中医医院骨伤科副主任，结合医院骨伤科的现状和需求，迅速明确帮扶方向、内容和重点工作，制定了翔实的帮扶计划，负责医院骨伤科脊柱亚专科的建设工作，同时积极筹备并迎接三级医院评审。

授人以渔，手把手传授先进技术

"我的强项是中西医结合治疗脊柱相关疾病，尤其是骨质疏松性椎体压缩骨折、腰椎间盘突出症的微创手术治疗，一定要让当地医务人员提高技术，才能更好地为病人服务"在对医院骨伤科的医疗水平详细评估后，秦丰伟根据科室医生的技术薄弱环节展开教学，每一次手术、查房时，他都会带着医师们在旁学习，观察他们的实际操作，同时通过面对面指导、手把手传技术，让科室医师的业务理论及技术水平得到了很大提高。并且开展了椎体成形术（PVP）、椎体后凸成形术（PKP）、腰椎神经根阻滞术，填补了我院在脊柱微创手术领域的空白，"秦丰伟老师的新技术、新项目的开展为当地群众带来了实实在在的便利，目前我们手术团队已经熟练掌握了 PVP、PKP、胸腰椎骨折经皮椎弓根钉固定等脊柱微创技术，许多同事已经可以独立完成，真的非常感谢他！"骨伤科主任金世龙说道。

来到织金县中医医院工作至今，秦丰伟共完成培训 208 人次，操作示教 36 次，教学查房 39 次，手术示教 22 台次，开发新技术新项目 4 项，其中椎体成形术（PVP）、椎体后凸成形术（PKP）、腰椎神经根阻滞术均为织金县中医医院首例，填补了该院在脊柱微创手术领域的空白，这些新技术、新项目的开展也为当地群众带来了实实在在的便利。在他的帮扶带动下，2020 年前三季度，织金县中医医院骨伤科门急诊人数已达到 6118 人次，已超过 2019 全年门诊量 5874 人次；住院人数 1795 人次，预计 2020 年全年将突破 2000 人次，较 2017 年增长 71.4%；手术量 634 台次，已接近 2019 全年手术量 655 台次，较 2017 年增长 11.2%；其中微创手术量占比逐年增长，2017 年为 0%，2018 年为 10%，2019 年 16%，2020 年前三季度为 30%。仅 2020 年前三季度已经开展了胫骨骨折闭合复位经皮钢板内固定术、跟骨小切口微创手术内固定术、经皮穿刺椎体成形术（PVP）等 7 项骨伤科微创手术新技术都取得良好的临床效果，深受当地患者一致认可！

心系群众 深入乡镇无畏前行

"城里的医生来啦！广州的医生来啦！"一到义诊的日子，织金县乡镇乡亲们都会奔走相告，早早等候着。

工作之余，秦丰伟与广州其他帮扶专家利用周末时间多次深入边远乡镇开展义诊、授课等医疗帮扶活动，"服务于群众，为他们解决病痛，是一名医疗帮扶专家应尽的义务"秦丰伟说。

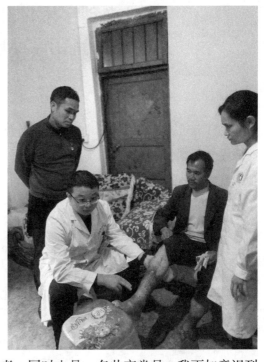

10月30日，在织金县马场镇义诊；11月6日，在织金县黑土镇义诊；11月11日，在黔西县洪水镇义诊；11月18日，在织金县大平镇义诊……

"记得有一次前往织金县大平苗族彝族乡慰问部分贫困户，亲眼见过大山里的百姓们生活艰辛，感触很深，作为一名医务工作者，同时也是一名共产党员，我更加意识到冲锋在前，积极发挥自己的特长，贡献自己的一份力量是义不容辞的责任！脱贫攻坚，结对帮扶，是时代赋予的使命，群众脱贫致富奔小康，我参与我自豪！"秦丰伟义正辞言地说道。

在广州市中西医结合医院的帮扶下，织金县中医医院实现了20多个新技术、新项目；新生儿科、儿科、重症医学科新科室成立并快速发展；织金县中医医院"5+2"重点专科（骨伤科、脑病科、重症医学科、急诊科、脑病科、儿科、新生儿科）学科专业水平大幅度提升；医疗业务水平和管理能力有了进一步的提高；通过东西部积极协作，推进健康扶贫工作，助力织金县高质量完成脱贫摘帽。

接下来织金县中医医院会进一步用好帮扶资源，不断推动帮扶工作取得更大实效，精准补齐医疗短板，持续提升医疗水平，保障人民群众基本医疗。

（织金县中医医院 2021年3月3日）

跟骨微创手术，开启广州专家
扎根普定县中医医院的帮扶之路

　　2021年9月22日，广州市中西医结合医院第一批帮扶专家来到普定县中医医院开展帮扶工作，骨伤科专家费奉龙是其中一员。24日，费奉龙完成了他来到普定的第一例手术——跟骨骨折微创手术，也正式开启了他扎根普定县中医医院的帮扶之路。

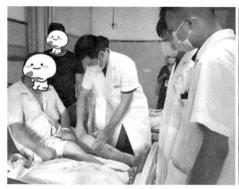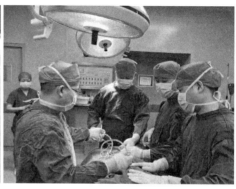

費奉龙查房

　　64岁的赵阿姨因为不慎高处摔伤，出现胸腰部及左侧足部肿痛，痛苦不堪，于9月14日前往普定县中医医院就诊，入院诊断为T12、L3椎体压缩骨折，左侧跟骨骨折。于15日行椎体成形手术，同时予以左足跟部消肿等对症治疗。费奉龙医生到来之后，到病房进行查房，详细了解阿姨的病情，结合体格检查、CT等辅助检查情况，科室主任宋尚明副主任医师带领科室团队进行讨论，经过详细术前讨论最终决定为赵阿姨进行左侧跟骨微创手术。

　　9月24日，由费奉龙主刀开展跟骨骨折微创手术，采用跗骨窦切口入路微创治疗跟骨骨折，术中能良好地显露跟骨关节面，有效地恢复跟骨的长度、宽度和高度。手术非常顺利，术后复查X光了解骨折复位情况良好，内固定位置满意，手术切口较前减小，术口皮瓣血运良好，患者对手术效果也非常满意。

　　脊柱骨折合并跟骨骨折是一种常因高处坠落伤所致疾病，属于高能量损伤，骨折碎裂严重。对于绝经后骨质出现疏松患者，骨折分型较重。骨折发生以后，患者主要表现为腰背部及足跟部疼痛剧烈，活动受限，不能下地行走，严重影响日常生活。以往对于跟骨骨折患者，基本上都是采取传统 L 型切口，手术切口大，手术中关节面暴露欠佳，术后恢复时间较长，易出现术口皮瓣瘀黑坏死等情况，甚至出现内固定外露。如果合并有糖尿病、脉管炎等基础疾病情况，出现上述情况风险更高；保守治疗则易出现骨折畸形愈合、跟骨内翻、创伤性关节炎、走路痛等情况等一系列后遗症，严重影响日常生活。跟骨骨折微创手术治疗是目前治疗部分跟骨骨折有效、安全的手术方法，因为其经跗骨窦切口显露跟骨骨折断端，具有创伤小、切口小、出血少、恢复快等优点，已被越来越多的患者所接受。微创手术较前传统手术切口减小近一半，术中可以显露跟骨后关节面，达到理想的复位及固定，一般经住院观察一周左右便可出院，极大地缩短了患者住院时间，减轻患者的病痛。

普定县中医医院

2021 年 10 月 6 日

活动报道

医院迎接关岭县卫健局领导来院参观交流

　　3月19日上午，关岭县卫健局副局长陈亮一行到广州市中西医结合医院参观交流，花都区卫生健康局副局长任伟俱、广州市中西医结合医院刘瑞华院长等陪同接待。

　　陈亮副局长一行先后参观医院急诊科、文化长廊、影像中心、治未病中心、体检中心、临床技能培训中心，刘瑞华院长对医院中医特色项目、现代化医院建设、教学工作等方面进行了介绍。双方还就下一步东西部扶贫协作对口帮扶工作进行了沟通交流。

（通讯员：叶锦坚）

千里送关"心"

　　为了积极响应国家的对口帮扶号召，为边远地区送去医疗技术，广州市中西医结合医院今年与普定中医医院签订的帮扶协议，2021年9月22日第一批帮扶专家到达普定中医医院，开始技术帮扶之路，其中就有心血管内科的李幸洲主治医师。

李幸洲在到达普定中医医院后，立即全身心投入到工作中去，从心血管内科、高血压病管理等方面着手，制定出一套适合该院心血管专科发展的培训方案，定期组织医务人员进行培训，传授心血管内科常见病、疑难杂证的诊断、治疗及紧急处理方法等。

在帮扶初期即遇到一位主动脉瓣膜术后合并房颤的重症患者，此类患者既要扩凝又要预防出血并发症，如何平衡好抗凝治疗与并发症之间的关系尤为重要，李幸洲凭着多年的心血管内科工作经验，准备找出治疗与预防出血之间的平衡点，指导当地医生用药，在确保患者安全的前提下得到最好的治疗，为当地医生提供了宝贵的实战经验。

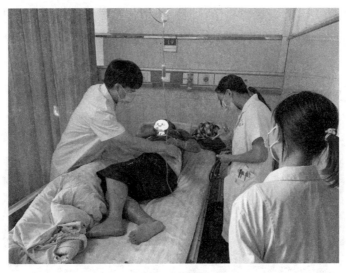

李幸洲在教学查房

在认真落实帮扶任务的同时，李幸洲还积极组织和参与各类健康讲座及义诊活动，在 10 月 8 日第 24 个全国高血日活动中，除了为当地居民提供义诊外，还对高血压规范预防与治疗进行了康健讲座，在听完讲座后，患者及家属均做出了一致好评，表示将来会根据医生建议，调整生活方式，科学预防疾病。

李幸洲在夯实心血管内科医务人员理论基本功的基础上，通过小讲课、操作示范、教学查房、病例点评等方式，让专科建设迅速进入规范化、系统化道路，切实解决当地民众的就医需求，使当地居民享受到小病不出村、大病不出县的医疗服务。

（通讯员：熊妙华）

广州市中西医结合医院
对瓮安县中医院对口帮扶协议在贵阳签订

2017年6月4日，援黔中医医院对口帮扶全覆盖启动大会在贵阳召开。按国家中医药管理局相关文件精神，由广州市中西医结合医院对口帮扶瓮安县中医院，瓮安县中医院院长杨超与广州市中西医结合医院院长刘瑞华在贵阳签订了对口帮扶协议。

为深入贯彻党中央、国务院关于做好新形势下东西部扶贫协作和对口帮扶工作、坚决打赢脱贫攻坚战的决策部署，全面落实国家中医药管理局《关于请支持贵州省中医院对口帮扶工作的函》，建立发达地区三级中医医院与贵州省中医医院之间长期稳定的对口支援和协作关系，帮助受援医院改善和强化管理，提高服务能力和水平，满足群众就近就医需求。

一、广州市中西医结合医院帮扶事项

（一）根据瓮安县中医医院的现状和需求，经双方协商，计划在 5 年期内，以相关重点学科和专科建设为帮扶重点，广州市中西医结合医院将派出由副主任医师或高年资主治医师以上的医疗卫生技术人员和管理人员组成的医疗专家组，赴瓮安县中医医院，开展重点学科和专科建设指导、临床教学查房、手术示教、危重病抢救等技术诊疗活动以及教学、专题讲座等技术培训。每年派 2 期，每期不少于 2 月。

（二）广州市中西医结合医院免费接收瓮安县中医医院的医务人员、管理人员进修学习，免费安排住宿，负责其进修期间的管理。

（三）广州市中西医结合医院的支援人员在派驻期间接受瓮安县中医医院的统一管理，参与瓮安县中医院的医疗管理以及义诊、突发公共卫生事件的医疗救治等工作。

（四）按照医疗技术分类分级管理的规定，帮助瓮安县中医医院开展适宜技术和新技术、新业务，并结合实际拓展服务范围。

二、瓮安县中医院工作事项

（一）为广州市中西医结合医院的支援人员免费安排住宿，负责其管理。

（二）为支援人员开展业务工作提供必要的人力、物力支持，确保支援任务按时完成。

（三）定期向广州市中西医结合医院反馈支援人员的工作、生活状况，对工作成绩突出者，向广州市中西医结合医院提出给予表彰、奖励的建议。

（四）瓮安县中医院定出详细的进修计划，每年派至少两批骨干医务人员到广州市中西医结合医院进修学习。

三、帮扶目标

力争通过 5 年对口帮扶，使瓮安县中医院整体医疗水平得以提升。

（一）加强重点专科建设。

1. 建好康复科、骨科等重点科室。

2.完成相关科室门诊和医技科室的设置。

3.加强临床科室及医技科室的人才队伍建设。

（二）使瓮安县中医医院门诊、住院、手术等业务量得到明显提升，进一步提高其医疗质量。

（三）帮助瓮安县中医医院完善各项管理制度，执行院科两级医疗质量安全管理，改进组织评价体系并有序实施。

（四）提升瓮安县中医医院急救能力、应对灾害与突发公共卫生事件的能力。

（五）开通广州市中西医结合医院与瓮安县中医医院之间的远程医疗会诊。

（瓮安县中医院 2017 年 6 月 5 日）

受援单位感谢信

广州市中西医结合医院医疗集团：

似水流年，弹指之间，值此月圆佳节到来之际，织金县中医医院向贵院刘瑞华院长、向贵院所有帮扶过我院的医疗专家、向贵院全体干部职工致以节日的问候和祝福！

首先，特别感谢贵院 2017—2021 将近五年对我院的倾力帮扶与精心指导。五年来，我们与贵院结下了深厚的情谊，收获了许多医疗方面的宝贵经验和技术指导。虽然现在贵院对我院的帮扶结束了，但我们永远记得这份帮扶情谊，也希望以后有机会能以其他合作形式延续下去。五年来，贵院选派了一批批卓越、优秀的医疗专家接连不断地帮扶我院，在他们的辛勤帮扶下，医院整体面貌有了显著的改善、医院医疗质量管理、科室建设、中医技术等得到明显提升，县域群众看病难问题得到有效缓解，这为我县健康扶贫工作做出了积极的贡献。五年来，贵院为我院培训了多批优秀骨干医师和护士，让他们能提升自我，独当一面开展好业务，为群众更好地服务奉献。

今后我院将继续努力，坚守医者仁心，以出彩的答卷回应群众病患的美好期待，提升群众就医获得感和满意指数。最后，再次感谢贵院对我院历年来的帮助和支持，衷心祝愿刘瑞华院长、各位帮扶专家及贵院全体干部职工中秋快乐、阖家团圆！

织金县中医医院

2021 年 9 月 18 日

感谢信

广州市中西医结合医院：

十月黄金秋，硕果丰收时。通过一年半的努力，在贵院的大力帮扶下，在杜敏老师的倾力指导下，我院 2021 年申报的《火龙罐对肩颈综合征患者的干预及影响机制研究》课题项目成功通过了贵州省中医药管理局、民族医药科学技术研究专项课题项目立项，这是我院护理科研项目首次立项，实现零突破，并获得资助，为我院今后护理科研发展奠定了基础，进一步提高了我院科研水平，让我院科研工作踏上了一个新的台阶。

在此特别感谢贵院杜敏老师 2 年来通过远程指导、间断来院指导等方式，亲自在临我院对课题开展调研、分析研判，课题是在杜老师的细心指导下一步一步进行的，每次遇到问题时老师都是不辞辛苦地讲解才使我们的课题顺利地进行，从课题的选题到相关资料的搜集直到最后的修改都花费了杜老师很多的宝贵时间和精力，在此向杜敏老师表示衷心感谢！

今后我们将持之以恒、继续努力，不负贵院的帮扶及专家们的辛勤付出。

最后，再次感谢贵院及帮扶老师们对我院历年来的帮助和支持，衷心祝愿刘瑞华院长、各位帮扶专家及贵院全体干部职工身体健康！阖家幸福！

织金县中医医院

2021 年 10 月 11 日

帮扶专家感言与故事

贵州省瓮安县中医院

瓮安："四心"服务手牵手真情结对心连心

2017年，瓮安县中医院与广州中西医结合医院签订了对口帮扶协议，协议规划了未来五年广州市中西医结合医院对瓮安县中医院的对口帮扶。

2018年3月，广州市中西医结合医院派出科教科主任陈小平、脑病科主任医师胡建芳到瓮安县中医院开展为期三个月的帮扶工作。

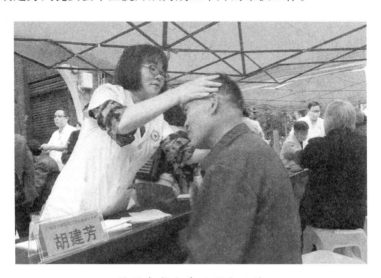

援黔专家为基层群众义诊

为了让帮扶工作持续推进，让援黔专家能住得安心、沉得下心、工作顺心，瓮安县中医院党委充分发挥作用，加强组织激励关怀，加强党员联系交流，采取"四心"措施，以真心换真情，充分发挥援黔专家的作用，为不断提升医疗服务能力和水平做出贡献。

"将心比心"搭平台，抓实基础破难题

为便于帮扶专家在瓮安期间开展帮扶及管理工作，瓮安县中医院党委聘请陈小平任瓮安县中医院医务科主任，聘请胡建芳任瓮安县中医院副院长，为他们搭建工作平台，让他们能展现所长，帮助瓮安县中医院成长。在参加各临床科室的早交班、查房、检查科室台账等过程中，胡建芳院长和陈小平主任发现了医院存在的问题，及时指出不足并提出了相应的解决办法。从抓制度落实着手，重点抓十八项医疗核心制度落实，从首诊问诊、查房等开始，逐条逐项带领医务科到各科室抓整改落实，切实规范全院医务人员诊疗行为。专家们从解决问题出发，针对医院科研上能力不强的问题，以胡建芳为首的援黔专家团队，手把手指导瓮安县中医院科研项目，胡建芳利用丰富的经验找路子、提方法。功夫不怕有心人，2018 年，瓮安县中医院申报了州级以上科研项目八项，已下拨科研经费 20 余万元。不仅如此，专家们还通过开展学术讲座、疑难病例讨论、技能培训、教学查房、理论指导等多种形式的教学活动，积极推进脑卒中绿色通道的建立，开展静脉溶栓治疗，大大提升了医院的业务能力，增强了医院的影响力，尤其在急危重的抢救和治疗方面，让医院上了一个新台阶。

"交心谈心"重研讨，口口相传得真经

工作平台搭起了，广州市中西医结合医院和瓮安县中医院又为了让帮扶更加贴合实际，取得实效，采取搭建交流研讨等措施，搭建起"交心谈心"的平台，传递新技术新理念。帮扶期间，广州市中西医结合医院刘瑞华院长组织援黔专家团队到瓮安县中医院开展了"对口支援惠民生服务百姓送健康"为主题的对口支援活动。活动中，广州市中西医结合医院专家到瓮安县中医院各科室进行查房，开展疑难病例讨论，开展义诊进行现场带教，援黔专家团还针对瓮

安县中医院的需求，分别开展《公立中医院的功能定位与品牌建设》《重点专科建设的工作思路》《胸痛的鉴别诊断及 ACS 的治疗》专题讲座，为瓮安县中医院的医务人员传递先进的管理和诊疗思路。

"贴心暖心"诚待人，和谐相融真情意

为让援黔专家适应瓮安生活，瓮安县中医院特意为她们租了套房，便于她们按照自己生活习惯生活，在生活及住宿上医院全面为他们做好保障。考虑到专家背井离乡，远离亲人，在瓮安没有亲人和朋友，瓮安县中医院鼓励各科室主任、护士长利用休息时间带专家到自己家中做客，与专家交朋友、交心谈心。胡建芳刚来时，对贵州人吃辣的习惯最是头痛，没多久就上火了。瓮安县中医院返聘专家祝乾清教授邀请了胡建芳到家中做客，并为她烹饪粤菜，还带胡建芳到湄潭茶海参观，感受贵州独特的风土人情。医院脑病科陈文才主任和赵方护士长也带着专家们到瓮安猴场会址接受红色教育，感受瓮安的红色文化，赵方护士长带着胡建芳到朱家山等地，上山掐蕨菜、找野菜、抓小鱼，胡建芳院长还打趣地说："今天的农夫生活太有趣了，我从来没有体验过，这样的经历真是记忆深刻。"

除此之外，还人性化安排休假时间，在清明、端午等小长假前后各延长一天假期，以便专家返还家中，与亲人团聚。这样"贴心暖心"的相处方式，让专家们踏踏实实地待了下来。

援黔专家开展义诊现场

"真心齐心"聚合力，黔中大地留芳名

胡建芳院长刚来医院不久，就遇到一位重型颅脑损伤的患者，当时患者深度昏迷，持续高热和抽搐，一度出现低血压休克，经过退热、抗癫痫、升压等处理毫无起色，在详细了解患者的病情后，胡建芳院长与瓮安县中医院脑外科主任丁光红、脑病科主任陈文才立即成立救治专家组，并邀请影像科、心肺病科专家开展会诊，及时调整了治疗方案，充分发挥中医中药在急危重中的作用，经处理后患者病情逐渐平稳，经过细心的调治患者最终康复出院，患者及家属感激地送上"医术精湛，服务优良"的锦旗。

尽管路途遥远、山路颠簸，胡建芳等专家们多次与瓮安县中医院医务人员深入乡镇开展义诊，亲自到一些贫困家庭，为他们送医送药，让老百姓在家门口就能看好病，给瓮安群众带来了实实在在的好处，受到了医院领导、同事及患者的一致好评。用她自己的话说："来了就要留下痕迹，希望通过自己传帮带作用，努力提高瓮安的医疗水平，切实解决当地人们看病难的问题，为瓮安的脱贫攻坚和健康扶贫贡献一份力量"。

近年来，在广州市中西医结合医院的帮扶下，瓮安县中医院管理水平和专业技术能力都有了明显的提升，为瓮安中医院的"二甲"中医院复审和"三级"中医院创建工作奠定了基础。

（多彩贵州网 2019 年 2 月 27 日）

广州市挂职人才系列报道
瓮安县中医院挂职副院长胡建芳

广州市挂职人才系列报道，今天我们带您认识广州市中西医结合医院选派到瓮安县中医院挂职交流的副院长胡建芳。

一袭白大褂，戴着眼镜，齐耳短发，面容慈善人就是胡建芳。和往常一样，

胡建芳每次查房都会带着整个科室的医生，她把查房当成一次教学和工作交流的机会。

广州市中西医结合医院同瓮安县中医院是结对帮扶医院，今年3月14号，胡建芳被选派到瓮安县支援医疗卫生事业发展。

转眼离开家乡已经有70多天了，在瓮安的每一天，胡建芳都把自己的时间安排得满满当当，除了做好日常工作之外，她还会到各个乡镇为群众义诊。对于一些行动不便的病人，她会亲自到病人家中进行诊治。

胡建芳是脑科博士，学识广博，医术精湛，是广州市中西医结合医院主任中医师、内科教研室主任，兼任广东省传统医学脑病分会、广东省中西医结合神经专业学会常务委员等职务，也是广州市第三批中医优秀人才培养对象。

从医18年，胡建芳凭借自己丰富的临床经验，熟练掌握了神经内科常见病、多发病的诊治及急危重症的抢救，尤其擅长于脑血管疾病的诊治。她还积极开展科学研究，发表专业科研论文20余篇，出版专著一部，曾获得中国中医药研究促进会科学技术进步三等奖。

在瓮安挂职期间，胡建芳全身心投入工作，对待病人耐心细致，诊治过程一丝不苟，对待同事谦虚友善、耐心教导，她的一言一行不仅感动着病人，也感染着身边的每一个人。

胡建芳说，来了就要留下痕迹，自己很珍惜这次交流机会，努力为瓮安医疗卫生事业、脱贫攻坚工作贡献一份力量。

（瓮安县全媒体中心）

广州市中西医结合医院援黔专家团
到我院开展对口帮扶工作

9月23日，广州市中西医结合医院刘瑞华院长带领骨伤科、脑病科、肿瘤科、针灸康复科、心血管内科、肾病科共10名专家组成的援黔专家团来到我院开展对口帮扶义诊工作。

我院对本次对口帮扶义诊活动高度重视，派出相关科室业务骨干进行对接，协助开展义诊和教学查房。义诊活动得到我县广大市民的热烈欢迎，患者的热情并没有被骤然而至的暴雨和炎热的气温影响，争相向专家咨询诊疗方案与建议。援黔专家们耐心答疑解惑，并对相关疾病提出日常预防、保健及治疗建议。

针对受援医院的需求，援黔专家团分别开展《公立中医院的功能定位与品牌建设》《重点专科建设的工作思路》《胸痛的鉴别诊断及 ACS 的治疗》专题讲座，为受援医院医务人员传递先进的管理和诊疗思路。

得益于相关政策的大力扶持，瓮安县中医院近年来整体诊疗水平有了较大的提高。今年 6 月，广州市中西医结合医院与瓮安县中医院签署对口帮扶协议，根据瓮安县中医医院的现状和需求，计划在 5 年期内通过选派高年资医师驻点帮扶、免费接收受援医院员工进修、协助开展适宜技术和拓展服务范围等手段使瓮安县中医院整体医疗水平得以提升。

广州市中西医结合医院
对口帮扶瓮安县中医院情况报告

2017 年 6 月 4 日，在国家中医药管理局、贵州省人民政府联合举办的"援黔中医医院对口帮扶全覆盖启动大会"上，广州市中西医结合医院与瓮安县中医院签订对口帮扶协议，这几年来，瓮安县中医院在广州市中西医结合医院的帮扶带领下，在医院管理、医疗技术、重点专科建设、人才队伍建设等方面取得了较大进步，医院综合实力大大提升。

一、主要做法

（一）广州市中西医结合医院选派专家帮扶情况

1.2017 年 9 月 22 日至 24 日，广州市中西医结合医院刘瑞华院长一行 10 人，到我院开展了以"对口支援惠民生 服务百姓送健康"为主题的对口支援活动，活动中，广州市中西医结合医院专家到我院各科室进行查房、疑难病例讨论，开展了丰富多彩的专题讲座，将广州市先进的管理理念和专业技术知识带到我院，使我院医护人员开阔了眼界。

2.2018 年 3 月 14 日至 4 月 1 日，广州市中西医结合医院选派医务科主任陈小平到医院挂职医务科主任，指导医院医务科相关工作。其拥有丰富的医院等级创建经验，就医院如何达到评审标准进行了具体指导，为我院二甲中医院复评及三级中医医院的创建奠定了坚实的基础。

3.2018 年 3 月 14 日至 2018 年 6 月 14 日，广州市中西医结合医院选派内科教研室主任胡建芳到院挂职副院长，指导医院 5+2 重点专科建设及医院等级创建等工作。帮扶期间，其积极开展学术讲座、疑难病例讨论、技能培训、教学查房、理论指导、院内外会诊、多学科会诊等多种形式的教学活动，同时积极推进卒中绿色通道的建立，开展静脉溶栓治疗，大大提升了医院的业务能力，增强了医院的影响力，尤其在急危重的抢救和治疗方面，使医院综合诊疗水平上了一个新台阶。

4.2019 年 4 月 1 日至 2019 年 6 月 30 日，广州市中西医结合医院医务科副主任陈珂到院挂职副院长，主要指导医院医务科管理工作，帮扶工作期间，陈珂副院长积极开展十八项核心制度培训，通知积极指导医务科加强临床路径、科研项目管理等工作，积极协助完善、加强医院制度建设，制定统一化、标准化流程，参加科室早交班、三级查房，检查运行病历，发现质量管理中的问题并反馈，为加强我院医疗质量管理提供了极大的帮助，我院医务科管理人员的业务水平也得到了极大地提高。

5.2019 年 8 月 15 日至 2020 年 2 月 14 日，广州市中西医结合医院选派呼吸内科副主任医师曾笑寒挂职我院副院长、急诊科主治医师简林养挂职我院急诊科主任、骨科主治医师杨宏瀚挂职我院骨科主任到我院驻点帮扶。

6. 为进一步强化精准医疗服务理念、加强医疗服务水平，搭建学术交流平台，不断提高县级医院诊疗水平，更好地服务地方患者，助力脱贫攻坚。2019年 8 月 15 日至 8 月 18 日，广州市中西医结合医院刘瑞华带领骨伤科、急诊科、内分泌科、重症医学科、呼吸内科共 12 名援黔专家团队赴我院开展对口支援活动,同时于 8 月 15 日签订了《广州市中西医结合医院对口帮扶瓮安县中医院补充协议书》,在院内开展了交流座谈,开展了以"对口帮扶传真情、携手共建促发展"为主题的对口帮扶义诊活动等。

7.2020 年 2 月至 2020 年 8 月广州市中西医结合医院急诊科主治医师简林养继续在我院帮扶,2020 年 3 月至 2020 年 9 月广州市中西医结合医院选派骨科主治医师刘栋华挂职我院副院长、麻醉科主治医师王福涌挂职我院麻醉科主任在我院进行驻点帮扶。

(二)瓮安县中医院选派人员进修情况

1.2017 年 10 月 1 日至 2018 年 4 月 4 日,我院派出 1 名中药师前往广州市中西医结合医院进修临床中药师,修业期满,考核合格,获得临床中药师合格证书。

2.2017 年 11 月 6 日到 2018 年 4 月 6 日,我院派出 1 名内科医师到广州市中西医结合医院进修心内科。

3.2018 年 2 月至 2018 年 8 月,我院选派 1 名脑病科医师到广州市中西医结合医院进修脑病科。

4.2019 年 4 月 22 日至 2019 年 4 月 27 日、2019 年 5 月 7 日至 2019 年 5 月 11 日,瓮安县中医院由院长带队,分两批组织各科业务骨干到广州市中西医结合医院交流学习医院管理相关知识,学习广州市中西医结合医院先进管理理念。

5.2018 年 9 月至 2019 年 3 月瓮安县中医院选派骨伤科熊云峰到广州市海珠区中医医院骨伤科培训学习,3 月后自行申请调整至广州市中西医结合医院继续进修。

6.2020 年 5 月瓮安县中医院选派脑病科主治医师黄霞、脾胃肾病科住院医师徐明进、妇产科主管护师余漫辉、骨伤科护师黄婧到广州市中西医结合医院进修学习。

二、工作成效

1.广州市中西医结合医院领导高度重视对口帮扶工作,能结合我院的实际需求,选派出经验丰富、专业素质较高的专家,实地指导、带教我院医务人员,精准帮扶，帮扶工作取得实效。

2. 派驻专家的到来，通过多方面、全方位的指导，不仅提高了医院的临床诊疗水平，强化了医务人员的专业技能，促进医院多学科发展。同时，还为医院等级创建、5+2 重点专科建设提供了强有力的保障。

3. 为医院培养出第一位临床中药师，弥补了医院在临床药师上的空白，对医院指导临床用药、合理用药、规范用药，提高药物治疗的安全性、合理性和有效性起到了积极的作用。

4. 医院赴广州市中西医结合医院交流学习人员回院后，医院召开了专题学习心得交流会，分享学习心得，结合学习情况，明确医院、科室下一步工作方向。同时，医院还将学习人员学习心得收集装订成册，分发至各科室人员学习传阅，让没有交流学习人员通过学习心得体会也学到了广州市中西医结合医院的先进管理理念及管理水平，真正达到了学有所学、学有所悟、学有所用的目的。

瓮安县中医院

2020 年 8 月 11 日

不远千里东西扶帮，携手共进守护健康

——对口帮扶瓮安中医院工作总结

一、不远千里，扎根山区

广州市中西医结合医院长期以来坚持开展对口支援医疗扶贫工作，为了积极响应《中共中央国务院关于打赢脱贫攻坚的决定》和国家中医药局"援黔中医医院对口帮扶全覆盖"活动，做好东西部扶贫协作工作，帮助基层医院改善和强化管理，提高服务能力和水平，满足群众就近就医的需求，广州市中西医结合医院与瓮安中医院签订了帮扶关系，作为医院第一批派往瓮安中医院的挂职专家，2018 年 3 月我不顾远离家乡、不能照看年老多病的父母以及尚在校学习的女儿，背上行囊毅然来到千里之外的山区——瓮安，支援山区的医疗卫生事业。来到瓮安中医院后，顾不上长途跋涉的奔波和初来乍到的水土不服，立即以满腔的热情投入到工作中去，希望通过自己的努力能切实提高瓮安的医疗水平，为解决当地人们看病难的问题和瓮安的脱贫攻坚以及健康扶贫贡献一份力量。

二、加强管理，规范行为

随着医疗卫生制度的改革和社会的发展，医院的经营管理将直接关系到医院的生存与发展，如何提高医疗质量，降低服务成本，从而提高自身竞争力具有重要意义。管理出效益，管理出成绩。到了瓮安中医院后，我发现医院很多科室甚至是科主任都对医院及科室管理不是很重视，普遍存在"重技术、轻管理"的弊端。通过参加各临床科室的早交班、早查房、检查科室台账等形式发现目前医院存在的问题，指出存在的不足并提出相应的解决办法，对症下药，围绕医院核心制度，将我院的医疗规范、服务理念、管理经验、成熟做法通过帮扶毫无保留地传授给受援医院，多次对等级医院评审细则及注意事项进行解读与讲解，让他们在医院管理、人才队伍建设、服务理念等方面得到了全方位得到提升，提高了医院的管理水平，规范了医院的诊疗行为，为瓮安中医院等级医院的评审做出了强有力的保障。

三、授人以渔，提高技能

到了瓮安中医院后，根据医院的实际情况，对重点学科和专科的建设和发展进行指导，定期进行教学查房、疑难危重病讨论、专题讲座与技术培训等多种形式的教学活动，提高了当地医生的业务水平与临床技能，帮助年轻医生建立规范的临床诊断思维，指导他们形成规范的治疗方法，提高临床诊疗水平与操作技能，进一步提升基层医院卫生服务水平，积极组织院内会诊，努力为患者解决问题，促进多学科合作与发展，提高了医院的综合诊治能力。积极推进卒中绿色通道的建立，开展静脉溶栓治疗，大大提升了医院的业务能力，增强了医院的影响力，尤其在急危重的抢救和治疗方面，让医院上了一个新台阶。强化健康宣教意识，开展健康教育讲座，传授健康教育新理念，提高他们的防病治病和自我保健的知识和能力。在瓮安中医院帮扶的三个月内共开展教学查房数十次、疑难病例讨论十余次、院内会诊数十次、院外会诊2次、院内外培训5次，并积极开展中医适宜技术以提高临床疗效，帮扶期间瓮安中医院脑病科的收治病人数及业务收入逐月提高，中医治疗率由原来的20%左右提升到90%左右，极大的提了中医治疗率，同时提高了临床疗效，满足了当地人们就近就医的需求。

四、发挥专长，造福山区

刚到瓮安中医院不久，就遇到一位重型颅脑损伤的患者，当时患者深度昏迷，持续高热和抽搐，一度出现低血压休克，经过退热、抗癫痫、升压等处理毫无起色，家属都想放弃抢救。得知患者的病情后，我及时调整了治疗方案，经处理后患者病情逐渐平稳，经过细心的调治患者最终康复出院，患者及家属感激地对我说："遇到您这么好的医师，我们真是太幸运了！您真是我们的再世父母"，并感激地送上"医术精湛，服务优良"的锦旗。当然这种病例还有很多，院内很多科室的疑难及危重患者我都会及时去会诊，提出指导性意见，让很多危重患者转危为安，避免了患者转上级医院治疗的舟车之苦；很多老百姓听说有广州的专家来医院指导工作都慕名而来，不管是在上班还是卜班时间，我都会细心耐心地为他们看病，帮他们解除病痛，受到了医院领导、同事及患者的一致好评！

五、不辞劳苦，送医送药

为了让贫困地区的人口能够看得上病、看到好病、少生病，遏制和解决因病致贫、因病返贫，推进精准扶贫与脱贫工作，到瓮安县中医院开展支援工作时，我还利用节假日积极下乡义诊，向群众普及医学常识与健康保健知识，还亲自上门为一些贫困家庭免费看病，进行健康指导，并暖心地送上一些必需药品，让老百姓在家门口就能看上病，看好病，给山区群众带去了实实在在的好处，把服务百姓，健康扶贫落到了实处，为瓮安县精准扶贫、健康扶贫及脱贫攻坚贡献了一份力量。

　　时间飞逝，在瓮安的三个月很快就过去了，在帮扶期间，虽然条件艰苦，但真正地锻炼了我的毅力，我将自己医疗技术毫无保留地传授给他们，起到了很好的传帮带的作用，既使受援医院得到实惠，广州市中西医结合医院的公益性和影响力得以彰显，同时也使自己的业务能力及管理能力得到锻炼，提升了自己的人生价值。

（脑病科胡建芳）

瓮安帮扶送技术两地医护建真情

　　为深入贯彻党中央、国务院关于做好新形势东西部扶贫协作和对口帮扶工作、坚决打赢脱贫攻坚战的决策部署，全面落实国家中医药管理局《关于请支持贵州省中医院对口帮扶工作的函》，建立发达地区三级中医医院与贵州省中医医院之间长期稳定的对口支援和协作关系，帮助受援医院改善和强化管理，提高服务能力和水平，满足群众就近就医需求。2019 年 4 月，我带着医院领导的嘱托、同事的关心来到了瓮安，与瓮安县中医院心手相连，搭建东西部协作健康桥。

倾囊相授，"三甲"经验帮"二甲"

在新的环境和岗位，我始终坚持发扬共产党员先锋模范作用，坚定不移地跟党走，按国家中医药管理局的总体部署，把握推动中医药振兴发展的重点任务，以严谨求实的工作态度，爱岗敬业的工作作风，扎实开展对口帮扶工作，全面提高受援医院的管理水平、技术水平、服务水平。

医疗质量管理是医院管理的核心，医疗安全管理是医院管理的重要组成部分，也是医院生存和发展的基础。面对瓮安县中医院当前重视和迫切需要解决的问题，结合院领导班子的总体部署及医院实际，我积极协助完善、加强医院制度建设，制定统一化、标准化流程，参加科室早交班、三级查房，检查运行病历，发现质量管理中的问题并反馈，提出限期整改意见，按期复检。

不断加强医护人员业务学习，强化医疗安全意识，组织开展了全院性的《医疗质量安全核心制度要点培训》工作，为全院医护人员就增强医疗责任意识做了全面系统的指导和培训。

始终以严谨认真的态度，一丝不苟的作风为瓮安中医院的广大医务人员做示范，当表率；始终以倾囊相授的思想，毫无保留地传授先进地区"三甲"医疗机构的先进管理理念，为瓮安中医院的发展贡献着力量。

落实医改要求提升医院急救服务能力

为了满足瓮安县广大人民群众"小病不出乡，大病不出县"的迫切需求，提高规范胸痛、卒中患者的诊疗流程、畅通救治渠道，缩短救治时间，降低胸痛、卒中患者的死亡率。我积极协助整合医院内部现有人力物力资源，优化诊治流程，强化培训，提高治疗效率及效果，推动胸痛、卒中中心建设。

本着"以病人为中心，时间就是生命"的宗旨，组织全院医疗、护理、行政、后勤人员开展心肺复苏培训与考核，确保人人参与、人人熟练、人人达标，切实提高医院急救服务能力。

坚定理想信念，保持共产党员先进性

"没有全民健康，就没有全面小康"，作为一名党员医务工作者，我牢记使命，坚持以人民健康为中心，始终把"让群众看得上病、看得好病，有体面的看病"作为自己健康扶贫的目标，积极参加各类义诊、健康筛查活动，把爱带到单位、学校和偏远农村。不断把新思想、典型经验带到瓮安县中医院，积极向单位领导建言献策，推动医院向规范化、精细化、科学化管理，以增进和维护人民群众的健康为目标，进一步建立权责清晰、管理科学、治理完善、运行高效、监督有力的现代化医院。

（质控科陈珂）

医路"黔"行，援黔医生陈珂的帮扶手记

为深入贯彻党中央、国务院关于做好新形势东西部扶贫协作和对口帮扶工作、坚决打赢脱贫攻坚战的决策部署，全面落实国家中医药管理局《关于请支

持贵州省中医院对口帮扶工作的函》的有关精神，建立发达地区三级中医医院与贵州省中医医院之间长期稳定的对口支援和协作关系，帮助受援医院改善和强化管理，提高服务能力和水平，满足群众就近就医需求。

在广东省中医药管理局和贵州省中医药管理局的组织下，2017年6月，广州市中西医结合医院与瓮安县中医院确立了对口帮扶关系。2019年4月，广州市中西医结合医院医务科副科长陈珂带着医院领导的嘱托、同事的关心来到了瓮安，与瓮安县中医院心手相连，搭建东西部协作健康桥。

小编带你对话援黔医生陈珂：

"既然来了就要留下痕迹，为瓮安健康扶贫贡献一份力量。"

情牵瓮安："舍小家为大家，义无反顾援黔医疗。"

陈珂，男，1980年生，中共党员，广州市中西医结合医院医务科副科长。援黔之前，院领导考虑陈珂家中小孩太小（二孩只有1岁），且上有老人需要照顾，便征求了他的意见。

在家庭和医疗事业面前，他表示，能在东西部扶贫协作工作中为西部地区医疗事业发展奉献一份力量，是他作为一名医务工作者的使命，更是作为一名共产党员的责任，所以他毅然决定来到千里之外的瓮安县中医院开展帮扶工作。

"去之前陈珂先了解了瓮安县中医院的基本情况，针对他们的需求，结合自身实际，梳理出自己可以做的工作，制定工作计划。"

此次贵州之行已经不是陈珂第一次赴黔开展对口帮扶工作了，2017年广州市中西医结合医院与瓮安县中医院确立了对口帮扶关系后，他就多次参与医院组织的对口帮扶活动。

"以往去贵州交流的时间比较短，与科室交流不够深入，这次帮扶时间长，可以扎实开展对口帮扶工作，全面提高受援医院的管理水平、技术水平、服务水平。"陈珂如是说。

不负使命：倾囊相授，"三甲"经验帮"二甲"提升授院医院急救能力建设。帮扶期间，瓮安县中医院正在积极开展胸痛中心建设，这也是陈珂最具成就感的一件事。

他带着本院成功建设国家标准版胸痛中心的经验，不断优化诊治流程，整合医院内外人力物力资源，强化培训，提高治疗效率及效果，推动胸痛中心建设；同时协助医院与全县 22 家乡镇卫生院、2 家社区卫生服务中心签订胸痛中心区域协同救治合作协议，为全县急性胸痛疾病患者提供快速诊疗通道，满足人民群众"小病不出乡，大病不出县"的迫切需求。

作为有着多年医务管理经验的同志，陈珂深知医疗质量管理是医院管理的核心。结合医院总体部署及医院与工作实际，陈珂积极协助完善、加强医院制度建设，制定统一化、标准化流程，参加科室早交班、三级查房，检查运行病历，发现质量管理中的问题并反馈，提出限期整改意见，按期复检。

陈珂还不断加强医护人员业务学习，强化医疗安全意识，组织开展了全院性的《医疗质量安全核心制度要点培训》工作，为全院医护人员就增强医疗责任意识做了全面系统的指导和培训。

在工作中，陈珂始终以严谨认真的态度，倾囊相授"三甲"医疗机构的管理理念，为瓮安中医院的发展贡献着力量。

坚守初心："永葆共产党员先进性，帮扶一线走基层。"

作为一名党员医务工作者，陈珂始终牢记使命，始终把"让群众看得上病、看得好病，有体面的看病"作为自己健康扶贫的目标，他始终用实际行动，把新思想、典型经验带到瓮安县中医院，积极为瓮安县中医院的发展建言献策，推动医院向规范化、精细化、科学化管理；他始终坚持把爱带到学校、偏远农村和贫困户家中，为老百姓身心健康奉献着自己的力量。

陈珂一直有一个理念，那就是不入群众家门，不算真正的帮扶。

帮扶期间，他带领受援医院医务科积极主动与医院的各医联体机构对接，尽管路途遥远、山路颠簸，他仍坚持深入乡镇开展义诊，深入贫困户家中为贫困群众送医送药，让老百姓在家门口就能看好病，给瓮安群众带去实实在在的好处。

陈珂表示："既然来了就要留下痕迹，希望通过自己传帮带作用，努力提高瓮安的医疗水平，切实解决当地人们看病难的问题，为瓮安的脱贫攻坚和健康扶贫贡献一份力量"。

"对口帮扶，对我既是一种交流，也是一种锻炼提升，丰富了我的阅历，拓宽了我的思想和工作思路。我充分认识到自身的不足，在那个岗位都要不断充实自己，不断学业务、学管理、学方法，并坚持学以致用，用高标准去严格要求自己，用心做事，积累更的工作经验，才能更好地服务同事、服务广大人民群众。"陈珂如是说。

医疗援黔造福一方百姓

广州市中西医结合医院骨伤科杨宏瀚医生作为一名骨外手术支部党员，他积极响应党和国家的号召，报名赴贵州省瓮安县开展对口帮扶工作。2019年8月15日，杨宏瀚踏上征程，开展为期半年的医疗对口帮扶工作，挂职瓮安县中医院骨伤科主任，此次帮扶的重点是提高传统中医诊疗技术、开展手足显微外科手术、提高骨伤科疾病诊疗水平及科室医疗安全管理能力。

一、显微技术大显身手

杨宏瀚曾到中国人民解放军第八十九医院进修创伤显微外科，长期从事创伤显微修复临床工作，在帮扶期间，他充分发挥自己的专业特长，用先进的医疗理念、精湛的医疗技术帮助瓮安县中医院开展多项诊疗新技术。

他规范外伤急诊手术的清创流程，为了促进当地医疗技术的快速发展，自行掏钱购买了一台清创手术治疗车捐赠给医院，带领骨伤科团队开展大量重度手足外伤后的高难度手术（三、四级手术），如显微镜下血管神经吻合术、血管移植术、肌腱移植术、断指再植术等。

他为瓮安县中医院带来了手足显微外科领域先进的理念，在他的带领下骨伤科室医生开展起了显微操作技术。瓮安县手足外伤患者较多，杨宏瀚不怕苦、不怕累，经常加班加点，为了抢救病人，经常通宵达旦地进行手足外伤病人急诊手术，考虑到有很多病人是农民，肢体功能对其今后的劳动能力影响很大，所以他总是尽最大努力为病人保留患肢功能，大大减轻伤者因肢体残缺带来的痛苦，当地有些农民来复诊路程较远，他把需要做的治疗尽量整合一起，以减轻病人因来回复诊带来的经济负担，真正达到医疗扶贫的目的，造福当地老百姓。

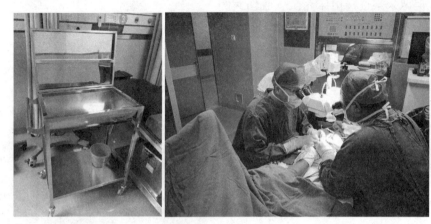

杨医生给瓮安县中医院捐赠的清创手术治疗车（左图）

杨医生带教手足创伤显微修复手术（右图）

二、完成瓮安县中医院首例甲床完全剥脱伤甲床回植术

2019 年 9 月 8 日，患者朱某（男性，55 岁），砍猪骨头时不小心把他左手拇指末节甲床完全剁了下来，朱某忍着疼痛，用毛巾把手指包着，由家人送到了瓮安县中医院。到了医院，医护人员马上把患者安排到了骨伤科住院部，杨医生为患者仔细检查伤情，见患者左拇指大部分甲床缺损，创面指骨外露，伤口渗血，污染，诊断为左拇指甲床完全剥脱伤、甲床缺损。

杨医生立即给患者包扎止血，并跟患者说："能把缺掉的指甲肉找过来吗？我看能不能重新把它接回去。"患者马上让家人把砍掉的甲床送来医院。骨伤科医护人员迅速为患者完善术前准备，争分夺秒，患者被快速送到手术室，由杨宏瀚医生主刀为其进行左拇指清创＋甲床完全剥脱伤甲床回植术。手术过程顺利，术后两周拆线时见朱某左拇指甲床全部成活，伤口愈合良好。杨医生告诉患者："现在你的指甲肉接活了，以后甲板会慢慢长出来的，以后手指的外观和功能应该挺好的，不用担心。"朱某非常开心，想不到完全剁出来的指甲肉还能够接活，他对手术治疗效果感到非常满意，赞叹杨医生"医术高超，妙手回春"。

据杨宏瀚医生介绍："临床上手外伤患者甲床裂伤、甲床部分损伤比较常见，但像朱某这样甲床完全剥脱伤病例是比较少见的。当甲床缺损时，将严重影响手指的外观和功能，故甲床缺损应尽量修复完善。对指甲游离损伤，行甲床回植是一种较好的手术方法，操作虽简单易行，但要求术者手法精细轻柔，如用力过大撕裂甲床，导致手术失败。但用力过小、加压力量太小则会影响甲床的成活率。"杨医生成功完成瓮安县中医院首例甲床完全剥脱伤甲床回植术，填补了该院此项技术的空白。

患者康复后与杨宏瀚合影

三、弘扬国粹，中医正骨名声远播

杨宏瀚充分发挥传统中医优势，将岭南正骨技术、中医诊疗技术带到黔南地区，他成功为四十余名四肢骨折患者运用中医手法复位、小夹板或者石膏外固定治疗，复位精准，疗效显著，为当地老百姓提供了优质的中医药医疗服务，免除了手术治疗，大大降低治疗费用，不但让患者减轻了痛苦，还减轻了患者的经济负担，为瓮安扶贫攻坚贡献自己的力量，受到了当地同行和患者的一致好评。扶贫期间他积极传承中医文化，弘扬国粹，让中医正骨名声远播，很多瓮安县的老百姓都知道中医院有一位从广州过来的年轻中医骨伤科专家，慕名找他看病。

四、成功复位1岁半婴幼儿肘部严重骨折

2019年10月25日晚上，福泉市牛场镇廻龙村1岁6个月的婴幼儿，不慎跌伤致左肱骨髁上骨折，骨折移位明显，当地医院接诊医生告知患儿家属此类骨折难以保守治疗，需住院行急诊手术治疗，其父母心疼孩子年纪这么小就

要经受手术的折磨，而且家庭经济条件又不好，难以承担住院手术费用，于是父母带小孩远赴瓮安县中医院就诊。杨宏瀚医生为患儿详细查体、阅片后，运用传统正骨手法进行骨折复位，正骨过程一气呵成便将骨折部位复原归位，然后用石膏夹板外固定制动。复查拍片示：左肱骨髁上骨折对线对位良好，提示复位成功。

此后由杨医生负责患儿每周的复诊工作，治疗四周后，经 X 光复查，患儿左肱骨髁上骨折愈合情况良好，顺利拆除石膏夹板。杨医生通过运用中医正骨手法成功治疗婴幼儿肘部严重骨折，不仅避免了手术开刀的痛苦，而且损伤少、愈合快，避免留下疤痕，大大减轻了患者的家庭经济负担，疗效非常满意。"非常感激杨医生精湛的正骨技术，感谢瓮安县中医院骨伤科医护团队无微不至的照顾。"患儿家长感激地说。此为瓮安县中医院成功治疗年龄最小的严重肱骨髁上骨折病例。

五、中医正骨助患儿快速康复

2019 年 10 月 9 日，来自瓮安县平定营镇梭罗村的 4 岁患儿，不慎跌伤致左肘部肿痛畸形、活动受限，伤后被送到瓮安县中医院就诊，拍片检查示左肱骨髁上骨折，骨折移位明显。杨医生熟练地运用正骨手法复位、石膏外固定，拍片复查示：左肱骨髁上骨折对线对位良好，达到解剖复位。杨医生亲自把关好患儿每周的随诊工作，三周后拆除石膏外固定，指导患儿功能锻炼，伤后六周复查骨折愈合情况良好，肘关节屈伸活动功能接近正常，取得很好的疗效。

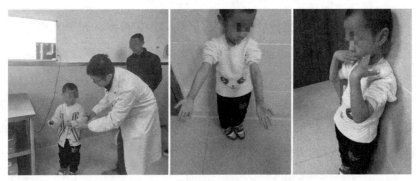

（治疗 6 周后患儿左肘关节功能康复良好）

六、授人以渔，"造血"援黔

杨医生始终认为授人以鱼更要授人以渔，他将自己的临床经验毫无保留地在帮扶单位推广，将对口帮扶落到实处。通过开展教学查房、手术带教、正骨技术带教、定期组织业务学习、疑难病例讨论等，帮扶期间带教手术90多台次，进行专题讲课10多次，他把中西医诊疗经验倾囊相授，通过"造血"援黔，提高帮扶医院的骨伤科团队的诊疗技术水平，指导科室从管理着手提高可持续发展能力，为当地留下"一支带不走的医疗队伍"，更好地为贵州省瓮安县人民的健康保驾护航。

七、造福当地百姓

贵州地区"天无三日晴、地无三尺平"，素有"八山一水一分田"之说，受它的特殊地理环境所限，各地交通不便，导致全省医疗卫生事业发展不均衡、不协调，偏远地区普遍存在看病难、看病远的问题。尽管山路崎岖、路途遥远，杨医生不畏艰难险阻，曾十余次与瓮安县中医院医务人员深入山区乡镇开展义诊，共惠及山区人员70多人次，他还亲自走进贫困家庭，为他们送医送药，让老百姓在家门口就能看好病，给瓮安县群众带来了实实在在的好处，为解决当地百姓看病难、看病贵、看病远的医疗问题做出积极贡献，全力以赴为打赢2020年脱贫攻坚战竭尽所能。

结语：不忘初心，牢记使命

"既然来了，我就要为瓮安县中医院骨伤科的发展尽一份力，充分发挥传统中医优势，为当地老百姓提供更优质的中医药医疗服务。"杨医生说。在瓮安县中医院进行医疗技术扶贫期间，他始终坚持立足本职工作，充分发挥党员先锋模范作用，不忘医者救死扶伤的初心，牢记为人民群众除病痛助健康的使命，只争朝夕，不负韶华，在贵州瓮安这片热土上，挥洒光和热，为脱贫攻坚事业贡献自己的青春和力量。

（骨科杨宏瀚）

援黔故事：中医正骨精准复位，十数名患者重获健康

广州市中西医结合医院骨伤科杨宏瀚主治医师对口帮扶贵州省黔南州瓮安县中医院一个月以来，充分发挥传统的中医优势，将本院的正骨技术带到来瓮安县中医院，已经为当地十余名上肢骨折患者运用中医手法复位、小夹板外固定治疗，疗效显著。

特别是发病率较高的桡骨远端骨折，治疗效果很好，基本上都能运用手法正骨达到解剖复位，为当地患者减轻了痛苦，大大降低患者的医疗费用，减轻了患者的经济负担，受到了当地同行的认可和患者的一致好评。

与此同时，每当遇到移位严重的骨折病例，杨宏瀚医生都会叫上科室内几个年轻医生一起做手法复位，边做边讲解，分享自己多年总结的经验，不断提高大家的正骨技术水平。

近日，瓮安县中医院微信公众号报道了杨医生成功手法复位了一例不稳定型桡骨远端骨折，取得了满意的疗效。

正骨手法历史悠久

杨宏瀚医生介绍，正骨手法历史悠久，约三千年前的周代就有专治骨折的医生。

《周礼·天官》有疡医专处折疡的记载。唐代《理伤续断方》中介绍了揣、摸、拔伸等正骨手法，首次运用杠杆力学原理整复骨折，对后世影响深远。

明代薛己的《正骨类要》记述的正骨手法有19条，简明实用；王肯堂的《证治准绳》也记载了许多正骨手法。

特别是清代《医宗金鉴》总结前人正骨经验，提出了摸、接、端、提、推、拿、按、摩八法，称正骨八法。

1949年后，中医与中西医结合工作者对正骨八法进行了科学研究，加以改进创新和充实提高，提出了新正骨八法：手摸心会、拔伸牵引、旋转屈伸、提按端挤、摇摆触碰、按摩推拿、夹挤分骨、折顶回旋等。新正骨八法为现代

临床正骨的基本方法。

1. 手摸心会：用手指指腹触摸骨折局部，并用心体会。手法由轻逐渐加重，由浅及深，从远到近了解骨折移位情况，是分离还是骨碎等，医生在头脑中要建立一个骨折移位的立体形象。

虽然通过 X 射线可清楚地看到骨骼的形态，但 X 线片只能给人以平面的指示，而手摸心会有助于了解全貌。因此，手摸心会是临床运用其他手法对症施治的先导手法。

2. 拔伸牵引：整复骨折的起始手法，由一人或是数人持握骨折远近段，先使肢体在原来畸形的位置下，沿肢体纵轴方向对抗牵引，然后按照正骨步骤改变肢体方向，持续牵引以矫正肢体的短缩畸形，恢复肢体长度，为其他正骨手法的实施创造条件。

3. 旋转屈伸：近侧骨折段位置不易改变，远端段因失去连续可以活动，故应用旋转、屈伸、外展、内收等方法，整复骨折断端的旋转或成角移位。

4. 提按端挤：用于整复骨折侧方移位的方法，古称捺正。骨折的侧方移位分为前后侧移位和内外侧移位；前者用提按法纠正，后者用端挤手法矫正。医者一只手固定骨折近端，另一只手握住骨折远端，或上下提按，或左右端挤。

5. 摇摆触碰：用于横断、锯齿型骨折，可使骨折面紧密接触，增加复位的稳定。用双手固定骨折部，在助手维持牵引下，轻轻左右或上下方向摇摆骨折远端至骨擦音消失称摇摆法。触碰法可使骨折端紧密嵌插，医生一只手固定骨折部，另一只手轻轻叩击骨折远端。

6. 挤捏分骨：用于矫正两骨并列部位骨折移位的手法，医者用两手拇指及食、中三指由骨折部的掌背侧对面挤捏或夹挤两骨间隙，使骨间膜紧张，靠拢的骨折断端便分开，远近骨折段相对稳定，并列的双骨折就能像单骨折一样一起复位。

7. 折顶回旋：折顶法用于矫正肌肉丰厚部位的骨折，且较大的重叠移位仅靠拔伸牵引法不能矫正者。双拇指并列抵压骨折突出的一端，两手余指环抱骨折下陷的一端，用力挤按突出的一端使骨折处原有成角加大至 30 ~ 50 度，当骨折端的骨皮质接近后，骤然用环抱的四指将远折端的成角伸直，进行反折，矫正畸形。

回旋法用于矫正背向移位的斜形骨折、螺旋形骨折、软组织嵌入骨折。双手分别握住远近折端，按原来骨折移位方向逆向回旋，使断端相对。

8. 推拿按摩：本法是理筋手法在整复骨折时的具体运用，目的是骨折复位后调理骨折周围受损的筋络，但使用理筋手法时要轻柔，仅作为结束时的辅助性手法。正骨手法的操作要求稳、准、敏捷，用力均匀，动作连贯，力量要稳重适当，切忌猛力、暴力。

正骨复位最好是一次达到满意效果，多次反复地整复，往往会加重局部软组织的损伤，使肿胀更加严重，复位更加困难，而且有造成骨折愈合延迟或关节强硬的可能。

双重使命医生简林养的抗疫纪实

春节，本是阖家团圆的美好日子。广州市中西医结合医院到贵州省黔南州瓮安县中医院帮扶的医生简林养向母亲承诺，今年一定准时回老家陪母亲过年，他已经连续 5 年没有陪母亲过年了。

然而，一场突如其来的全国新型冠状病毒感染肺炎疫情，让这个春节蒙上了一层阴影。随着春节临近，全国疫情形势越来越严峻。在这种形势下，考虑到医院防控疫情压力也肯定会越来越大，人手肯定不足，防控疫情是当前一项最重要最紧迫的工作，想到自己肩上不仅负有医生救死扶伤的职责，更负有东西部对口帮扶人员的特殊使命，所以这个外地医生毫不犹豫地收回了归乡的计划，放弃休假与家人团聚过春节的机会，选择留守在瓮安县中医院，与黔南人民一同对抗疫情，坚决打好疫情防控阻击战。

简林养原是广州市中西医结合医院急诊科的一名主治医师，2019 年 8 月，他被派驻瓮安县中医院急诊科挂职科主任。他到岗后，针对急诊科一直以来都是中医院医院薄弱环节、该院急诊科开科时间短、科室内人员技能落后、设备陈旧老化等情况，他拟定了急诊建设思路，以现有条件为依托，在他的带领下开展了多项急救急诊技能培训，如气管插管、电除颤、颈椎损伤搬运、心肺复苏等，并多次组织科室人员考核，将广州市中西医结合医院的先进经验及管理经验带入急诊科。凭借出色的专业能力，在他的"传帮带"下，瓮安县中医院急诊科的急诊急救能力和应急处置能力快速得到有效提高。

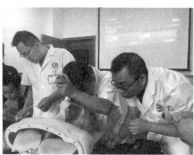

简林养在组织气管插管培训（右二）

在疫情防控特殊时期，简林养医师在医院的安排下全权负责急诊科的运行，除了完成以上急诊帮扶任务外，还要兼顾对新型冠状病毒肺炎疫情防控工作，这对他来说也是一个新挑战。在困难面前他没有退缩，勇挑重担。在他的带领下，瓮安县急诊科全体医护人员团结一心、坚守岗位、全力以赴、共渡难关。

作为医院新型冠状病毒感染肺炎专家组成员，简林养医师举行了全院培训新型冠状病毒感染肺炎诊疗方案培训；负责全院疑似病例的筛查、会诊讨论，制定防控措施及治疗方案；为确保防控质量，多次组织了新型冠状病毒感染肺炎防控方案培训；和医院领导一起在老中医改建部署隔离留观病房；新开了发热诊室及发热门诊输液室；给医护们培训穿脱防护服技能培训等。

穿脱防护服培训

"在积极夯实疫情防控措施的基础上,日常急诊室抢救工作充满了不确定性,你永远不知道下一刻会是什么病人到来。"简林养说。

春节疫情防控时期,凭借急娴熟的急救技术,正确的急诊管理思维,简林养带领科室同行们成功处理了20余例急危重症患者,有重度有机磷农药中毒昏迷、重型颅脑损伤、车祸脾破裂休克,急性脑血管意外的,过敏性休克、药物中毒、胸痛、急性心衰的等等。

"原本他已经计划回家,车票都已经买好了,但他把车票退了,主动留下来。大年初一那天,他和我们抢救了一夜的重度有机磷农药中毒昏迷的病人,这个病人做了气管插管,上了呼吸机。第二天又守着这个病人,直到下午两三点,确保病人平安了,他才去休息一小会儿,他这种精神一直感染着我们。"瓮安县中医院急诊科护士长苟坤娇说。

在疫情发生以来的这段时间,面对每天高强度的工作,留下来的简林养索性不回宿舍了,直接住在医院的值班室,因为在这样比较能节省时间,方便随时会诊及和抢救。"兢兢业业、不怕苦、不怕累、一心一意为病人着想",这是与他共事过的同事对他的评价。

"生命重于泰山,疫情就是命令,防控就是责任。""疫情来了,我们一起坚强面对!"在新型冠状病毒肆虐之时,他这样对同事说,毅然站在疫情防控第一线,为人民群众竖起屏障。

疫情发生以来,简林养不但是这样说也是这样做的,包括除夕夜都一直坚守在工作岗位上,谨记自己身为帮扶医生的使命与责任,没有丝毫怨言,兢兢业业全力做好疫情防控工作。

在病人面前他是支柱,但是提到家人,简林养哽咽了:"他们都理解和支持我的选择,虽然是辛苦点,但只要能帮助到别人,自己多点付出还是值得的,主要是觉得有点亏欠家人,以后有时间想多陪一下孩子。"

舍小家顾大家,疫情发生以来,简林养勇敢地走上没有硝烟的战场,站在了抗击疫情的前线,用行动坚守"不忘初心、牢记使命担当",诠释了一名医务工作人员"敬佑生命、救死扶伤、甘于奉献、大爱无疆"的精神,给予了人民群众抗击疫情、战胜疫情的强大信心和力量。

在他挂职瓮安县中医院急诊科主任这一年时间内,瓮安县中医院急诊科无论在学科建设，还是在人才梯队培养、急救能力技术、急救设备配置等方面，均得到了质和量的快速提升，该院的急救体系建设架构基本完善，急救服务能力踏上了新台阶，打开了新局面，达到了扶贫工作的既输血又造血的目的，造福当地黎民百姓。

（急诊科简林养）

东西协作，情系瓮安

——赴瓮安县中医院帮扶总记

千年古邑，红色瓮安，在春暖花开的季节，迎来了一位陌生人，他，是刘栋华，来自广州市中西医结合医院，受派驻到贵州省瓮安县中医院挂职任副院长。让人意想不到的是，这位来自广州本土的陌生人在若干时段后，却成了一名有广州味的瓮安人！

2020年3月，他隔千里之遥，驰援瓮安，来到了瓮安县中医院，和这里的同事们共同学习，共同工作，共同努力，在诊疗设备有限的条件下，克服困难，多想办法，努力工作，仔细耐心，

热情周到地为当地群众提供优良的就医服务。出身于骨伤科的他，在协作帮扶期间，不但带来了先进的技术和理念，而且留下了带不走的专业技术团队，除了在骨伤科给予技术帮扶外，也给瓮安县中医院带来了可喜的进步和变化。

一、带临床骨科，帮扶带教专项技术

瓮安是一座千年古邑、矿藏之城，随着社会经济发展，人口老龄化程度日益显著，备受脊柱退变性疾病困扰的患者日益增多：特别是脊柱退变性侧弯、颈椎病、腰椎滑脱症、腰椎椎管狭窄症、腰椎间盘突出症、骨质疏松症等更是常见多发。患者对解除疾病困苦的需求日渐强烈，而瓮安县医疗人才存在较大缺口，脊柱骨科更是尚处于起步阶段，而这时，他来了，打开了脊柱疾病诊疗新局面；他来了，一个人带起了一个脊柱专科。

在骨伤科协作帮扶期间，他积极开展脊柱骨科新技术、新项目，使骨科风貌焕然一新，具体开展的新技术有：

1. 先天性斜颈矫形术

一对年轻小夫妻带来一位特殊患者，患儿，男，1岁7个月，自出生起至今父母逐渐发现：头颈歪斜，颈部只能转向左侧，右侧转不过来，而左边侧头颅、额角、面颊及颌部都越来越比右侧大，左右不对称，双眼目光斜视，下颌左偏。

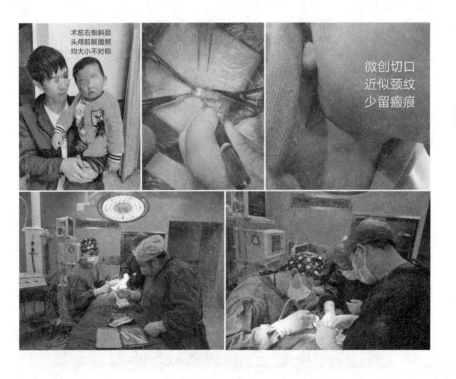

　　夫妻携子奔波，多方求医就诊，频次治疗无果，斜颈畸形加剧。听闻专家帮扶，满怀希望忐忑，遂来瓮安求治。查体手摸心会，肌性斜颈畸形，兼发育不对称，手术方能纠正。详细分析交流，家长理解信赖，同意治疗方案。

　　为医者，能依靠医术将患者的悲剧转化成喜剧，此幸事也！

　　他协同瓮安县中医院骨伤科显微小组实施手术，术前规划标记，术中微创解剖，充分松解粘连，术后正常活动，无疤效果良好。

2. 颈椎发育性椎管狭窄后路单开门椎板成形椎管减压术

　　A："快看快看，那个老人家的腿可以抬起来了！！"

　　B："真的耶，不是前天才从三轮车上摔下来导致截瘫而手脚都不能动了吗？"

　　C："这你们不知道吗？这位老人家摔倒后颈部脊髓神经损伤严重出现截瘫，昨天广州来的专家给他做了急诊颈椎减压手术挽救神经。嘿，没承想真的是昨天才做了手术，今天就可以动起来了。"

　　B："截瘫的都可以治好、恢复吗？"

　　C："总得有个过程嘛，听专家说恢复好的话过段时间他就可以站起来走路了……"

3. 腰椎滑脱复位融合内固定术

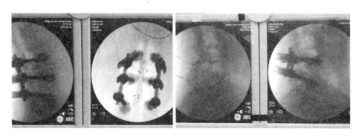

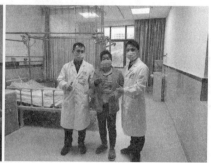

4. 腰椎间盘突出症微创椎间孔镜下髓核摘除术

"嘿，听说瓮安来了一位骨科专家？"

"是啊，是广州三甲医院来的呢！"

"哦？他真会治疗腰椎间盘突出症吗？"

"哎呀，微创是他的强项哦，能熟练运用脊柱内镜，1 厘米不到的小伤口就可以解决腰椎间盘突出大问题呢！"

"好嘞，我就是奔着这个来的"……

5. 多节段胸腰椎骨折微创成形术

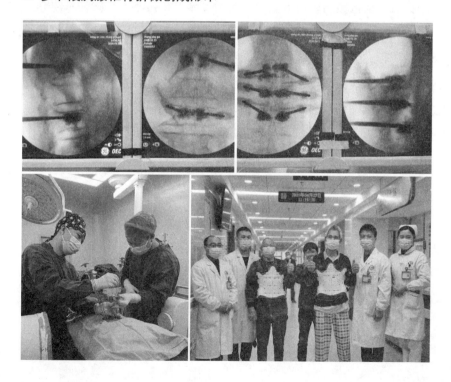

他深知"授人以鱼不如授人以渔"的意义，在技术帮扶的同时，更注重带教、传承，打造出一支带不走的脊柱专科技术队伍，给深受疾病困扰的瓮安民众带来更多就医的便利和治愈的曙光！目前，瓮安县中医院骨伤科团队已能独立出色地完成各种脊柱三四级手术。

二、调绿色通道，优化危重抢救流程

瓮安是人口大县，危急重症、复合损伤、心肺重病等危急重症屡见不鲜，初到瓮安第一个月就遇到有三例的急诊"重症不治"给他的印象记忆犹新、难以磨灭。而本是鲜活的生命可否挽救？如何提高重症患者的救治率、降低死亡率成了他挂职帮扶以来关注的第一焦点问题。

他多次主导组织急诊、重症、创伤、外科、妇产等临床科室和辅助科室开展工作协调会，讨论分析危急重症患者诊治过程中的每一个环节是否烦琐？操作是否有误？细节有无疏漏？标准有无更新？流程可否简化？责任是否明确？

时间，是抢救生命的第一要素，如何才能争分夺秒与死神赛跑、跟老天抢人呢？针对院前抢救与院内救治存在流程不畅、衔接不当、责任不清等漏洞，他提出重点突出急诊指引标识，缩短院前抢救时间，开辟重症绿色通道，优化危重抢救流程，强调学科联合会诊，明确责任到人到岗。经过院领导、医务科多次组织多学科磋商协调，建立起成熟的危急重症救治体系：包括胸痛、卒中、创伤、重型颅脑损伤、多发复合创伤、宫外孕大出血等绿色通道规范抢救流程均有序开展，大大提升危急重症患者的救治水平、降低死亡率。

三、聚重点专科，传授三甲评审经验

2020年瓮安县中医院迎来了"三级中医医院"等级评审，这对中医院来说无疑是一次国检大考！瓮安县中医院有着代谢病科、骨伤科、中医妇科、皮肤科四大重点专科，而围绕医院中医药服务能力评价的多个核心指标中，重点专科建设项目是重中之重。而广州市中西医结合医院在去年刚顺利通过全国三级甲等中西医结合医院复审，作为重点专科复审迎评骨干的他，有着丰富的迎评经验。他以三甲医院的高要求、高标准传授迎检经验，对于瓮安县中医院通过等级医院评审工作有着出人意料的优势。

他根据"三级中医医院"评审细则及四大重点专科各自特点，制定出了重点专科迎评文案模板，统一样式，规范文书。结合检查对专科人员架构进行统一梳理，对优势病种和临床路径诊疗方案进行整理优化，对中医特色技术特色疗法进行归纳总结，对中医操作技能进行规范培训，进一步明确专科重点研究室的研究方向和研究内容……除此以外，他积极主动参与到贵州省中医药大学第一附属医院、第二附属医院等专家团队的评估检查中，通过对照检阅，查缺补漏，不断完善……

在迎评备战期间，他与医院领导班子率先开启"5+2、白加黑"——检查、整改、再检查的迎检模式，注重营造迎检氛围、强化迎检底气、优化迎检流程、提高迎检质量、提升迎检水平。他的努力和汗水，协助瓮安县中医院顺利通过了"三级中医医院"等级评审，迈进了一个新的发展台阶。

四、到乡镇村寨，望闻问切惠及民众

瓮安县地处丘陵山区，地势高低不平，道路交通不便，农村人口众多，居民分布零散，就医意识不强，卫生人才匮乏，医疗资源短缺，导致部分乡镇村寨居民就医困难。随着西部发展战略的推进，脱贫攻坚进入了最重要的收官之

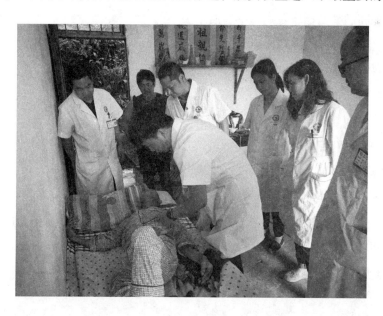

年，为了惠及疾苦民众，缓解就医困难、医疗水平不高等问题，他多次参与贵州省"万医下基层"巡回义诊以及瓮安县中医院组织的惠民义诊活动。他多次走访于猴场镇卫生院、江界河卫生院、珠藏镇卫生院、永和镇中心卫生院、小河山卫生院等进行医师技能培训和患者义诊服务。

为解决当地民众疾苦，他与其他帮扶专家身先士卒，奔走于山林间，坚守在民众中，送医送药上门，技术帮扶到人，大公无私，不遗余力⋯⋯

五、学医院管理，融入党建医护人文

他挂职瓮安县中医院副院长期间，除了投入到临床工作以外，更是虚心受教，积极学习管理医院业务，广泛融入医院党建工作、医务质量管理、护理技能培训、院感防控、文化建设及人文关怀等各个方面。

1. 瓮安县中医院党委广泛开展党员干部驻村攻坚，争当"脱贫攻坚队、驻村好干部"，党建工作开展得有声有色，他能积极参与党组织生活，投入到驻村工作队参加活动，到猴场红色转折之地感受党的变革，到桐梓坡学习农会群众的信念，到息烽集中营中回顾革命先烈的不屈⋯⋯

2. 他能涉猎医务管理工作：规范申报医院新技术、新项目规程；建立各科室医疗质量管理小组，明确各科医疗质量管理责任人及人员组成；抓病历管理规范，提高病案归档率及病历书写质量⋯⋯

3. 他能亲身投入护理技能学习、院感防控培训，示范考核穿脱防护服规范、七步外科洗手法⋯⋯

4. 瓮安县中医院是一个人文关怀无微不至的大家庭，他能很快地融入各科室各部门中，与同事们相处融洽。因其平易近人，谦和可亲，在瓮安县中医院流传着一个"巧克力院长"的美称。

林林总总，星星点点⋯⋯

在东西部协作的大潮流中，瓮安这座城，留下了他的足迹，刻下了他的印记，以优美的山色、淳朴的风貌、亲切的人文、清爽的气息，将他塑造成了一位有广州味的瓮安人⋯⋯

离开瓮安时，他依依不舍地写下这首"再别瓮安"：

记贵州瓮安之半年期

刘栋华

轻轻地我醉着走了，正如我轻轻地半醒着来！

东西协作，结千里之缘，医疗帮扶，来大美瓮安。

对酒当歌，叹人生几何？

若论情谊，诉岂止今朝？

半年期说长并不长，六个月说短还真短！

方始入醉便已然酒醒，还未尽兴却已是归期！

弘扬传承中西医，带教开展新技术。

帮扶乡镇下基层，学习管理积经验！

协创急救三中心，促进医院评三级。

扶骨伤强脊柱治退变，培养技术团队带不走！

余事了了，笔画难书，帮扶也好，学习也罢，广州瓮安，自此一家！

半年之期虽奉献不足，论之结果却获益良多！

尊敬的杨宋黎丁肖，可爱的王罗万任廖，职能医务护理部，

内外妇儿骨伤科，急诊中心 ICU，针灸康复治未病！

在往后的日子里，兄弟姐妹多联系，常相聚！

希望我们都能在不同阵地里拼搏奋斗，力争上游；

也希望我们能在同一战线上携手并肩，共同进步！

心系贵州一方水与土，

念及瓮安一地人和事！

以梦为马，以汗为泉，

不负韶华，只争朝夕！

（骨科刘栋华）

贵州省织金县中医院

织金县中医院驻院医师帮扶总结

"造血"援黔，主动延长挂职期限

"把爱心播撒在黔山秀水之间，把温暖送到贫困群众心间，值得称道、令人感佩。"日前，贵州省人民政府特通过广东省中医药局、广州市卫生和计划生育委员会发来《感谢信》，来信简述了广州市中西医结合医院在开展医疗卫生对口帮扶工作上所做的努力，从政策指导、人才培养、技术提升和物资捐赠等方面给予了并大力支持，对医院及广东省内的 6 所中医院开展对口帮扶工作给予肯定并致谢。

2017 年 10 月，广州市中西医结合医院急诊科医生谢伟坚积极响应《中共中央、国务院关于打赢脱贫攻坚战的决定》，做好东西部扶贫协作工作，作为花都区 6 位援黔医护人员之一，到贵州省毕节市织金县挂职，开展帮扶工作。

一、十年急诊生涯的沉淀与担当

背起行囊，来到这个并不熟悉的小县城，踌躇满志、蓄势待发。谢伟坚被委任为织金县中医院急诊科副主任。

急诊科是医院患者最集中、病种最多、抢救和管理任务最重的科室，是所有急诊患者入院治疗的必经之路。"急诊最大的特殊就是病人随时可能来，病情轻重不定，发病可能是多系统多器官的病变，所以需要随时准备，需要对多系统疾病的了解，需要团体合作。"谢伟坚如是说。

急诊科的工作就像上战场，时刻处于备战与战斗状态，时刻需要你绷紧心弦。拥有 10 年外科经验、10 年急诊科经验的谢伟坚时常面对一些惊心动魄的大型抢救。去年 11 月初，织金县中医院妇科收治了一位宫外孕术后并发甲亢危象病人，接到通知时患者已经心跳、呼吸停止，谢伟坚立即予心肺复苏，在成功复苏后再积极处理，在短时间内将患者病情稳定下来。在抢救过程中，他完成该院第一例深静脉置管术，患者逐渐平稳后最终安全转上级医院治疗。基本上每次抢救，谢伟坚都参与其中，成功救治了包括急性肺水肿、心衰、呼衰等多位危重症患者。

"我们医院以前对于这块确实是比较落后，但是他来了之后呢，对很多病种有了新的认识，在他的带领下，（急重症患者）基本上都抢救过来。"织金县中医院大外科主任冯广恒谈了他对谢伟坚医生的帮扶印象。

二、真正的帮扶，从建强"根系"开始

初到之际，他便发现该院基本没有实施科间会诊，随着临床分科的不断细化，单一学科的疾病诊断已经无法满足医院对多学科疑难、危重病患的诊疗需求。

织金县中医院作为县内唯一的综合性中医院，会诊工作占据着举足轻重的地位。针对这一情况，谢伟坚当即建议全面落实会诊制度，尤其在急诊科工作上，主动要求该科病人若涉及多学科情况下必须会诊，他科会诊谢伟坚也会积极参与，并与全院各科的危重病人抢救工作。去年12月份时，他会诊了一个慢性硬膜下血肿病人，当时患者已经昏迷，家属已准备放弃治疗。谢伟坚了解病情后，劝服家属同意手术，对该患者施以钻孔引流术，术后患者恢复良好，此事得到家属和该院领导的认可和赞扬。

在谢伟坚看来，真正的帮扶，需要从建强"根系"开始。帮扶期间，他致力于整改薄弱环节、重塑管理流程。

"无规矩不成方圆，如果光有制度而不落实的话，安排的学习不改进，那就没有提高的可能，那么对个人科室医院的发展也只是一句空话了。"在他的带领下，织金县中医院急诊科每周开展一至两次教学查房、疑难病例讨论，除了急诊科工作外，还到外科参加查房，讨论并指导开展手术。完善的各项核心制度，让业务流程及教学机制在织金县中医院落地开花、硕果累累。

三、把精准理念、成熟技术送到基层去

帮扶期间谢伟坚发现腹股沟疝在织金县发病率相对较多，发病的大多是重体力劳动人员及小儿。腹股沟疝，是指腹腔内脏器通过腹股沟区的缺损向体表

突出所形成的包块，俗称"疝气"。虽然不是难以治愈的疾病，但若久拖不予医治，不仅影响儿童的健康成长，甚至会危及生命。由于对疝病的知识较落后，目前已成熟的无张力疝修补术在该地区尚未流行，传统手术创伤大、复发率高，给患者健康带来了极大的危害。

在对该院医生及家属宣教无张力性疝修补术的优点后，谢伟坚带领当地医疗团队成功在织金县中医院推广了无张力疝修补术，目前已经做了10余例，术后病人基本不需要卧床一周，极大减少病人痛苦，也减少了因为卧床带来的并发症，患者及当地医生都纷纷叫好。

卫生事业一大短板就是地区发展不平衡，服务水平和质量不能满足人民群众的需要，把精准医学的基本理念成熟适用技术送到基层去，显得尤为重要。鉴于该院的一线人员基础较为薄弱，为提高其抢救水平，谢伟坚联合当时同行帮扶的专家，展开对该院一线医务人员的心肺复苏术及气管插管术的技术培训，之后又针对心肺复苏、颅脑损伤、脑卒中等为主题开展多次培训，总培训人员达800余人次。

"随着医院设备的完善，我准备再组织以酸碱平衡、各种急诊常见的危重症诊疗及处理为主题进行培训。"谢伟坚满怀信心地分享他的培训计划。

四、从救治一人，到造福一方

"大部分人员缺乏健康生活和防病治疗意识，存在着因病致贫的现象……"谢伟坚如是说。

据了解，织金县部分边远地区总体医疗知识匮乏，有很大的医疗需求，部分村民固有讳疾忌医的思想，往往耽误病情，存在较大健康隐患。针对此况，帮扶团队深化精准帮扶，除了对基层医院的驻点支持外，还定期走村入户，送医、送药并进行健康宣教。去年12月7日到22日期间，谢伟坚积极响应当地县卫计局的号召，往来于织金县各个边远地区进行健康宣教、义诊。

另外谢伟坚了解到乡镇卫生院无论从设备上及专业知识上相当缺乏的现象，积极向当地部门反映。一方面，向上级部分申请更专业医疗设备；另一方面，积极参与培训授课，于2020年1月9日至12日，参加了2017年度织金县医疗卫生技术人员能力建设提升培训班，分享了关于"在缺乏影像学基础下颅脑损伤患者的快速诊疗"的实践经验。

自 2017 年接受帮扶任务以来，广州市花都区紧紧围绕党的十九大精神，实施健康扶贫工程，多次组织医疗专家深入到贵州开展对口帮扶工作。去年 9 月份，广州市中西医结合医院派出援黔专家远赴织金县、黔西县、瓮安县，马不停蹄地开展巡回医疗、学术讲座、临床教学等帮扶活动。尽管正值当地雨季，义诊现场仍被慕名而来的患者重重围住，专家团队克服语言不通、患者依从性差等客观条件，非常耐心地接到患者的提问，为患者提供合理的诊断和治疗，提高百姓健康意识，为村民送去实实在在的帮助，真正解决贫困地区，专业能力较弱、信息沟通不对等、缺乏优秀经验等问题，从救治一人，到造福一方。

五、"本来是三个月，我申请延长至半年"

针对当地专业人才匮乏、医疗技术总体水平有待提高这一突出问题，花都卫计系统形成合力，整合优质资源，创新"组团式"结对帮扶，选派花都区医学专家到毕节市织金县、黔西县开展医疗卫生技术帮扶，从医疗机构选拔出年轻有为的集成干部，常驻对口帮扶单位。根据花都区和织金县对口帮扶人才培养合作和交流框架协议，谢伟坚原定在织金县中医院挂职三个月。

2018 年 1 月，作为第一批援黔驻院医师，在挂职期限即将结束之际，谢伟坚深深觉得自己使命未达，遂向医院递交了一封申请书，主动申请将挂职期限再延长三个月。他说："我还想在他们医院的科室建设方面再做点工作，所以递交申请，我们医院领导同意后将继续为这片土地奉献我的热情。"

"开始没有什么期望，就是希望可以尽量做好每一件事，处理好每一个病人，尽自己所能教导每一个希望学习的人员，成果谈不上，目前他们在理论和操作上亦有所提高了。"谢伟坚分享了他在简陋的条件下抢救慢性硬膜下血肿患者的惊心动魄、远赴几十里外边远山区所见的万千感触以及完善科室流程、推广精准技术的成就满满。

"这次收获挺多的，感叹仍有这么多的因病致贫和因病返贫，感叹医疗资源得如此不足，为这里的医务工作者在如此艰难的条件下承担这么繁重的工作致敬，为自己能够与他们并肩作战感到自豪，为可以在国家扶贫工作中有所奉献感到欣慰，以后工作中更加会尽己所能，做到更好。"

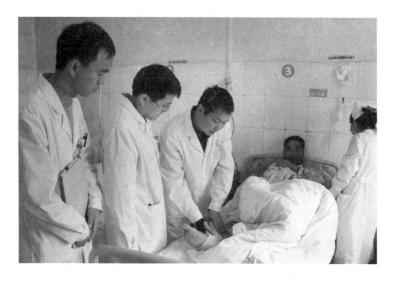

谢伟坚（左三）

在对口帮扶工作中，广州市中西医结合医院始终不遗余力。在派驻医务人员、送出技术的同时，以帮助培养卫计人才等"造血援黔"为重点，以"授人以渔"为帮扶理念，全面提高受援单位人才队伍建设，着力培养本土人才，为当地留下一支"不走的医疗队"。在对外派出医生援外的基础上，医院每年还接收了大量贵州织金的医务人员过来进修。3月，贵州省织金县中医院再次组织12名医务人员来我院进行为期三个月至半年的进修学习，进修专业涵盖了医院管理、病案管理、针灸康复、治未病、儿科、内科、护理学等专业。

据悉这是贵州省织金县中医院第二次组织医务人员前来进修学习。截至目前，广州市花都区免费接受织金县卫生系统14名人员到对口支援单位进修学习；开展专家义诊、教学查房及业务讲课等活动，接诊当地群众1200多人，教学查房20余次，开展讲座15次，共有2000多人收听讲座，送出药品金额约为8000元，全力助推织金县、黔西县卫生事业发展。

（急诊科谢伟坚）

一个在黔山秀水中传播希望的急诊科医生谢伟坚：
在帮扶期间用所学技术造福一方

去年10月，广州市中西医结合医院急诊科医生谢伟坚积极响应《中共中央、国务院关于打赢脱贫攻坚战的决定》，做好东西部扶贫协作工作，到贵州省毕节市织金县挂职，开展帮扶工作。在帮扶期间，他用自己所学到的知识与技术，授织金县中医院予渔。

而今年一月，本来是他结束帮扶回到原来岗位的时间，他却为了将织金县中医院建设得更好而选择延期归来，现在，他依然在织金县授人以渔。

真正的帮扶，从建强"根系"开始

初到之际，他便发现该院基本没有实施科间会诊，随着临床分科的不断细化，单一学科的疾病诊断已经无法满足医院对多学科疑难、危重病患的诊疗需求。

织金县中医院作为县内唯一的综合性中医院，会诊工作占据着举足轻重的地位。针对这一情况，谢伟坚当即建议全面落实会诊制度，尤其在急诊科工作上，主动要求该科病人若涉及多学科情况下必须会诊，他科会诊谢伟坚也会积极参与，并与全院各科的危重病人抢救工作。去年12月份时，他会诊了一个慢性硬膜下血肿病人，当时患者已经昏迷，家属已准备放弃治疗。谢伟坚了解病情后，劝服家属同意手术，对该患者施以钻孔引流术，术后患者恢复良好，此事得到家属和该院领导的认可和赞扬。

在谢伟坚看来，真正的帮扶，需要从建强"根系"开始。帮扶期间，他致力于整改薄弱环节、重塑管理流程。

"无规矩不成方圆，如果光有制度而不落实的话，安排的学习不进行，就没有提高的可能，那么对个人科室医院的发展也只是一句空话了。"在他的带领下，织金县中医院急诊科每周开展一至两次教学查房、疑难病例讨论，除了急诊科工作外，还到外科参加查房，讨论并开展手术。完善的核心制度、业务流程及教学机制在织金县中医院落地开花，硕果累累。

把精准理念、成熟技术送到基层去

腹股沟疝,是指腹腔内脏器通过腹股沟区的缺损向体表突出所形成的包块,俗称"疝气"。帮扶期间,谢伟坚发现腹股沟疝在织金县发病率相对较多,发病的大多是重体力劳动人员及小儿。虽然不是难以治愈的疾病,但若久拖不予医治,不仅影响儿童的健康成长,甚至会危及生命。由于对疝病的知识较落后,目前已成熟的无张力疝修补术在该地区尚未流行,传统手术创伤大、复发率高,给患者健康带来了极大的危害。

在对该院医生及家属宣教无张力性疝修补术的优点后,谢伟坚带领当地医疗团队成功在织金县中医院推广了无张力疝修补术,目前已经做了10余例,术后病人基本不需要卧床一周,极大减少病人痛苦,也减少了因为卧床带来的并发症,患者及当地医生都纷纷叫好。

卫生事业一大短板就是地区发展不平衡,服务水平和质量不能满足人民群众的需要,把精准医学的基本理念成熟适用技术送到基层去,显得尤为重要。鉴于该院的一线人员基础较为薄弱,为提高其抢救水平,谢伟坚联合当时同行帮扶的专家,展开对该院一线医务人员的"心肺复苏"及"气管插管"的技术培训,之后又针对"心肺复苏""颅脑损伤""脑卒中"等主题开展多次培训,总培训人员达800余人次。

"随着医院设备的完善,我准备再组织'酸碱平衡''各种急诊常见的危重症诊疗及处理'等方面进行培训。"谢伟坚满怀信心地分享他的培训计划。

从救治一人,到造福一方

"大部分人员缺乏健康生活和防病治疗意识,存在因病致贫,因病致贫的现象……"谢伟坚如是说。

据了解,织金县部分边远地区总体医疗知识匮乏,有很大的医疗需求,部分村民固有讳疾忌医的思想,往往耽误病情,存在较大健康隐患。针对此况,帮扶团队深化精准帮扶,除了对基层医院的驻点支持外,还定期走村入户,送医、送药并进行健康宣教。去年 12 月 7 日到 22 日期间，谢伟坚积极响应当地县卫计局的号召，往来于织金县金龙乡等多个边远地区进行健康宣教、义诊。

另外，谢伟坚了解到乡镇卫生院无论从设备上及专业知识上相当缺乏的现象，积极向当地部门反映。一方面，向上级部分申请更专业医疗设备；另一方面，积极参与培训授课，于今年 1 月 9 日至 12 日，参加了 2017 年度织金县医疗卫生技术人员能力建议提升培训班，分享了关于"在缺乏影像学基础下颅脑损伤患者的快速诊疗"的实践经验。

自 2017 年接受帮扶任务以来，广州市花都区紧紧围绕党的十九大精神，实施健康扶贫工程，多次组织医疗专家深入到贵州开展对口帮扶工作。去年 9 月份，广州市中西医结合医院派出援黔专家远赴织金县、黔西县、瓮安县，马不停蹄地开展巡回医疗、学术讲座、临床教学等帮扶活动。尽管正值当地雨季，义诊现场仍被慕名而来的患者重重围住，专家团队克服语言不通、患者依从性差等客观条件，无常耐心地接到患者的提问，为患者提供合理的诊断和治疗，提高百姓健康意识，为村民送去实实在在的帮助，真正解决贫困地区，专业能力较弱、信息沟通不对等、缺乏优秀经验等问题，从救治一人，到造福一方。

"本来是三个月，我申请延长至半年"

针对当地专业人才匮乏、医疗技术总体水平有待提高这一突出问题，花都卫计系统形成合力，整合辖区优质资源，创新"组团式"结对帮扶，选派花都区医学专家到毕节市织金县、黔西县开展医疗卫生技术帮扶，从医疗机构选拔出年轻有为的集成干部，常驻对口帮扶单位。根据花都区和织金县对口帮扶人才培养合作和交流框架协议，谢伟坚原定在织金县中医院挂职三个月。

今年一月，挂职期限即将结束之际，谢伟坚向医院递交了一封申请书，主动申请将挂职期限延长。他说："我还想在他们医院的科室建设方面再做点工作，所以递交申请，我们医院领导同意后延长的。"

"开始没有什么期望，就是希望可以尽量做好每一件事，处理好每一个病人，尽自己所能教导每一个希望学习的人员，成果谈不上，目前他们在理论和操作上亦有所提高了。"谢伟坚分享了他在简陋的条件下抢救慢性硬膜下血肿患者的惊心动魄、远赴几十里外边远山区所见的万千感触以及完善科室流程、推广精准技术的成就满满。

"这次收获挺多的，感叹仍有这么多的因病致贫和因病返贫，感叹医疗资源得如此不足，为这里的医务工作者在如此艰难的条件下承担这么繁重的工作致敬，为自己能够与他们并肩作战感到自豪，为可以在国家扶贫工作中有所奉献感到欣慰，以后工作中更加会尽己所能，做到更好。"

在对口帮扶工作中，广州市中西医结合医院始终不遗余力。在派驻医务人员、送出技术的同时，以帮助培养卫计人才等"造血援黔"为重点，以"授人以渔"为帮扶理念，全面提高受援单位人才队伍建设，着力培养本土人才，为当地留下一支"不走的医疗队"。在对外派出医生援外的基础上，医院每年还接收了大量贵州织金的医务人员过来进修。3月，贵州省织金县中医院再次组织12名医务人员来我院进行为期三个月至半年的进修学习，进修专业涵盖了医院管理、病案管理、针灸康复、治未病、儿科、内科、护理学等专业。

据悉，这是贵州省织金县中医院第二次组织医务人员前来进修学习。截至目前，广州市花都区免费接受织金县卫生系统14名人员到对口支援单位进修学习；开展专家义诊、教学查房及业务讲课等活动，接诊当地群众1200多人，教学查房20余次，开展讲座15次，共有2000多人收听讲座，送出药品金额约为8000元，全力助推织织金县、黔西县卫生事业发展。

（通讯员：王晓彤）

从零开始，建立儿科新生儿科

按照《花都区与织金县对口帮扶人才培养合作和交流框架协议》要求，花都区卫生计生局选派本人到贵州省织金县中医院，开展为期1年的医疗支援和挂职锻炼。在此期间，结合该院的实际情况，从零起步，为儿科和新生儿科的成立做了大量筹备工作，先后成立了儿科门诊、儿科住院部、新生儿科，现将具体工作情况总结如下：

一、从零开始，建章立制

在此期间，本人被任命挂职织金县中医院儿科主任，经过深入当地兄弟单位实地调查了解儿科和新生儿科发病情况，结合医院现有医疗水平、设施，制定了儿科和新生儿科岗位职责、工作制度、消毒隔离制度等各项规章制度，规范了诊疗常规、临床路径、优势病种、流程；设立了各种登记本和新生儿多项谈话记录表；制定了8项儿科中医操作技术规范。儿科经过运行后各项规章制度基本落实，儿科医师对肺炎喘嗽等临床路径均能熟练掌握，中医操作技术如小儿推拿等也广泛用于临床。

二、科室规划、构建布局

多次和医院领导到科室实地现场考察，商讨科室的具体规划布局，提出改建新生儿探视通道、医护通道、配奶室、洗浴室及儿科中药熏洗室、中医综合治疗室等多项意见并被采纳，现已建成并投入使用。深入中西药房、设备科、药剂科、产房、手术室等相关科室，了解该院的药品、医疗器械及检验检查情况，拟定儿科和新生儿科常用药物、设备清单、需要开展的检验、检查项目，目前药品已基本到位并用于临床，检验、检查项目逐步开展，儿科和新生儿的医疗设备如新生儿暖箱、蓝光箱、辐射台、奶瓶、眼罩及儿科中药离子导入仪、监护仪、浴桶、压缩雾化器等设备已基本到位并投入使用。

三、团队培养、加强学习

重点培养 2 名年轻执业医师，指导儿科和新生儿科理论知识和临床技能学习，并让其参与到科室管理中。开展儿童心肺复苏、手足口病、2019 儿童社区获得性肺炎诊疗规范、儿科补液、儿科抽搐抢救流程和诊治、传染性单核细胞增多症、过敏性紫癜、川崎病、新生儿窒息复苏、新生儿黄疸、新生儿肺炎等讲座 30 余次，儿童和新生儿窒息复苏理论及实际操作演练考试 5 次，目前令儿科团队能基本掌握儿科常见病、多发病及急危重症的诊治；对 30 余名产儿科医护人员开展新生儿窒息复苏讲座，不断提高新生儿窒息复苏技术，加强产儿科合作；对全科 20 余名医护人员开展 10 余次中医操作技术培训，手把手教会小儿推拿、耳穴压豆、挑治、拔罐、灌肠等技术，并进行理论考试及实际操作考试，均全部合格。进行多次疑难病历讨论，如新生儿发热查因、小儿惊厥查因、小儿发热查因等；指导 7 名轮科医生、6 名实习同学儿科理论与临床学习，进行多次教学查房，如手足口病、支气管肺炎、急性感染性喉炎等；指导年轻中医师如何辩证，勇于开中药、小儿推拿、耳穴等，使中医参与率达到100%，在小儿腹泻、消化不良、肺炎、发热、感冒等临床治疗过程中取得的显著疗效，得到科室医护人员及当地广大患儿家长的一致好评。安排护士到当地兄弟单位学习儿科和新生儿科护理，使护士能更好地胜任临床值班工作。实现医院"造血"功能，打造一支带不走的医疗团队。

四、加强管理、提高质量

2018 年 12 月 27 日儿科开科成立，2019 年 2 月 14 日开始收治患儿，目前门诊共诊治 2500 余人，住院部共收治 330 余人，为了更好地推进学科的专业发展，于 2019 年 2 月 18 日将新生儿科相关事宜交接给花都区扶贫医生李吉平。在此期间，本人主要负责儿科日常管理事务，严格执行三级查房制度，规范门诊及住院部病历书写，尤其是中医方面；督导合理使用抗生素，加强院内感染管理；强化临床路径管理，设立专员，要求入径率达到 50% 以上；每月进行 1-2 次疑难病历讨论；每周进行一次教学查房，负责住院部每日查房工作，指导小儿重症肺炎、腹泻病伴重度脱水、惊厥、休克等急危重症的诊治；承担儿科二线及全部抢救工作，承担全院儿科的会诊、抢救工作，共会诊 30 余次，给出专科意见获得认可并被采纳，参与并主导全院 10 余次小儿惊厥、休克等的抢救工作，均获得成功。使十八项核心制度落到实处，构建和谐医疗关系，圆满完成了织金县中医院成立儿科的工作，方便了周边儿童医疗就诊，填补了中医院儿科空白，为医院带来良好的经济和社会效益。

五、下乡义诊、健康宣教

发挥儿科医生业务专长和技术优势，先后 4 次深入以那镇、自强乡、金龙乡、阿弓镇等偏远乡镇的农村，开展专家义诊、健康宣教、送医上门等活动，让当地 100 余名患儿受惠。向广大患儿家长及医护人员推广小儿推拿手法，宣传平素饮食调养等中医药防治未病理念，使家长的儿童防病意识和自我保健的知识水平得到加强和提高，深受当地老百姓的欢迎。

（儿科岳慧雅）

不忘初心，牢记使命

他有组织领导能力，精明能干，学习工作认真刻苦，不易屈服，温良恭俭，待人亲切，乐善好施，富于同情心；为人质朴低调，穿着朴素而不喜雕饰，无夸夸其谈之风。很难将他与一名医生联系在一起，而且还是一名儿科医师，但正是这样一名拥有药师、心理医师职称资格证书的"儿科医生"，与扶贫工作结下了不解之缘。

他就是广州市中西医结合医院新生儿科医师李吉平，男，汉族，出生于1978 年 09 月，硕士研究生，儿科主治医师，2006 年 7 月本科毕业于中南大学临床医学专业，2011 年 7 月硕士研究生毕业于贵州医科大学儿科学专业。

2019 年 02 月 09 日（农历正月初五）接到广州市中西结合医院焦峰院长、

陈小平科长通知，贵州省织金县中医院需要一名经验丰富的新儿科医师开展儿科建设，花都卫健委要求我院派一名儿科专家去帮扶，他毫不犹豫接受了去西部扶贫任务，并发誓做出优异成绩回报区政府、医院对他的信任。02 月 13 日泪别刚出生 22 天儿子和还在"坐月子"的妻子，来到位于贵州省毕节市的织金县中医院，进行为期一年的卫生健康技术帮扶工作。

来到帮扶单位，李吉平一头扎入工作，走访临床各科室，与医院职工深入地交流，了解医院发展现状，织金县中医院基础设施薄弱，医疗设备陈旧，全院开展 450 张病床，医务人员严重短缺，产科 35 张床位，无相应配套新生儿科及新生儿科医师，所有产科分娩高危新生儿及门诊新生儿病人均转县人民医院治疗。面对现状，他积极与织金县中医院领导沟通，建议组建新生儿科医护人员团队进行常态化的临床专业知识及核心制度培训，开展新生儿科。医院领导先后选从其他科室调来 8 名护士（均无儿科、新生儿科临床工作经验）及 3 名住院医师（只有一位有 3 年儿科临床工作经验住院医师，和另外 2 位均无执业医师资格证及临床经验医师），组建新生儿科医疗团队，开展新生儿科床位 13 张。在李吉平的带领下，规划新生儿科病房建设，申请购买新生儿相关设备，编辑新生儿科相关规章制度、制定新生儿医疗护理常规、操作流程，新生儿科医护人员培训，完善新生儿科相关科室配套设施，有序推动儿科、新生儿科的开设，填补该院科室空白，用实际行动诠释了"造血式"帮扶。

在他的带领下，已逐步完善科室相关设施，现设有抢救区、重症监护病区及普通病区，科室设备先进，新生儿科为封闭式管理，医护人员全程 24 小时监护，全病房均为层流洁净系统、中央空调，环境舒适，配有严格消毒的配奶室、沐浴室。科室配备有 CPAP 呼吸机、新生儿抢救辐射台、多功能多参数监护仪、高流量中央供氧装置、血氧监护仪、微量血糖监测仪、输液泵、微量泵、经皮胆红素测定仪、培养箱、暖箱、光疗箱等设备。

在他的带领下，科室已开展先进治疗诊疗技术，新生儿窒息复苏新技术、CRP 呼吸机治疗技术、PS 的应用防治 NRDS 技术、新生儿全胃肠道外静脉营养技术、危急重症新生儿急救、危重症新生儿监护、重症肺炎呼吸衰竭的抢救、新生儿败血症、消化道出血、新生儿溶血病、低出生体重早产儿综合管理、坏死性小肠结肠炎诊治、高危儿出院随访及早期干预等；

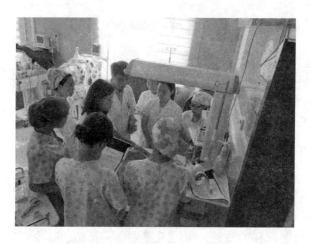

李吉平对医护人员进行新生儿窒息复苏培训

他医师不辞辛劳、坚守岗位，全天 24 小时待命，随时抢救病人，抢救成功新生儿重度窒息十余例，胎粪吸入性肺炎、重度高胆红素血症、肺透明膜病、坏死性小肠结肠炎、早产儿、呼吸循环衰竭等疾病治疗中均无死亡及致残病例。

广东省、花都区政府及卫健委领导在贵州省扶贫考察中，对他在织金县扶贫工作和满意度得到了考察组的肯定，特别是抓党建促脱贫和社会扶贫方面，更是给予高度的评价。

（儿科李吉平）

援黔故事："哑科"医生，用过硬素质守护稚嫩生命

新生儿科医生李吉平的帮扶实纪

2019 年 2 月 5 日（农历正月初五），广州市中西医结合医院儿科医生李吉平接到通知，织金县中医院急需一名经验丰富的新儿科医师。

他响应党和国家的号召，赴贵州省开展对口帮扶工作，挂职该院新生儿科

主任，重点工作是建设该院新生儿科，提高新生儿疾病诊疗水平及科室医疗安全管理能力。

2月13日，泪别刚出生22天的儿子和还在月子期间的妻子，李吉平医生踏上征程，开展为期一年的对口帮扶工作。

远行，给自己一个提升空间

织金县中医院多年来未建立新生儿科，所有产科出生高危儿、危重儿及门诊新生儿病人均转县人民医院及妇幼保健院治疗。

考虑到医院、产科的发展，保障母婴安全，预防、减少新生儿死亡，该院决定建立新生儿科，任命李吉平为新生儿科主任。

从"零"开始筹备开科

"刚来医院准备开科时，除了几间空房什么的没有。"李吉平医生介绍道，由于人员短缺，该院临时从其他科室调来医师3名（只有一位新生儿科临床工作经验）及护士4名（均无新生儿科临床工作经验）组建新生儿科医疗团队。

面对现状，他积极与该院领导沟通，规划新生儿科病房建设，申请购买新生儿相关设备，编制新生儿科相关规章制度，开展常态化的临床专业知识及核心制度培训。

经过三个月的努力，2019年6月1日，织金县中医院新生儿科正式开科运营。

"主要是给自己一个提升锻炼空间，证明自己有能力，是金子在哪都会发光。"李吉平医生分享了自己远行帮扶的目的是提升基层医疗卫生服务能力的同时，希望可以给自己一个提升锻炼的空间，促进自身专业技能及管理水平的发展。

"哑科"医生，用过硬素质守护稚嫩生命

一个小生命呱呱坠地来到人间，寄托了亲人们的莫大希望。但有时生命又很脆弱，降临人间的小天使可能会出现意想不到的情况，比如早产、窒息、吸

入性肺炎等等，这时孩子就会被收住进新生儿科。

新生儿科又被称为"哑科"，儿童患者不会和医生交流，给诊疗过程带来不少难题。在李吉平看来，作为一个新生儿科医师，要具备过硬的专业素质，有一定的学习能力，还有人文素质基础及沟通能力，最重要的是要有爱心及牺牲精神。

李吉平说："新生儿疾病病情变化很快，对疾病发展要有预见性，要善于观察病情，及时处理，不然病情很快恶化，导致严重不良后果。"

在他的带领下，织金县中医院新生儿科开科以来，抢救十余例重度新生儿窒息，无一例死亡病人。

那一次，家属准备放弃治疗……

7月9日，织金县中医院新生儿科接收了一名刚出生即出现重度窒息同时伴有呼吸困难的新生儿。

患儿出现呻吟，呼吸急促、不规则的症状，三凹征阳性（指吸气时胸骨上窝、锁骨上窝、肋间隙出现明显凹陷，是由于上部气道部分梗阻所致吸气性呼吸困难）。

"如果不抢救及时，患儿可能会呼吸功能衰竭而死亡。"据李吉平医生介绍，重度窒息婴儿的死亡率极高，还可能并发缺氧缺血性脑病，颅内出门血，肺动脉高压，肺出血，心肌损伤，肾功能衰竭等严重后果。

考虑到患儿病情严重，担心有缺氧缺血性脑病、脑瘫等后遗症，家属表示如有后遗症就放弃治疗。"我告诉他们会尽力治疗，尽可能减少并发症的发生，并不是每个呼吸窘迫综合征并呼吸衰竭都会有后遗症，目前最重要的是维持患儿生命。"李吉平积极与患儿家属沟通，为孩子争取希望。

经过医护人员的不懈努力，予气管插管应用肺表面活性物质及呼吸机辅助通气等治疗，该患儿生命体征趋于平稳，病情明显好转，八天后，康复出院了。"家属开心抱小儿出院时，我也感觉特别开心，特别有成就感。"李吉平医生说。

寻找差距，在工作中不断锤炼自己

开展对口帮扶工作以来，李吉平勇于承担作为科室领导者的责任。一方面，传承医者大爱，初到帮扶单位，他便一头扎进工作，抵黔至今八个月，他随叫随到，从未休息一天。另一方面，落实"造血"援黔，他积极组织专业知识培训，通过培训、带教等方式，为当地医护人员送去先进专业技术。

目前，织金县中医院新生儿科已开展了新生儿窒息复苏新技术、PS 的应用防治 NRDS 技术、新生儿全胃肠道外静脉营养技术、重症肺炎呼吸衰竭的抢救、新生儿溶血病等先进治疗诊疗技术；成功抢救了新生儿重度窒息十余例，胎粪吸入性肺炎、重度高胆红素血症、肺透明膜病、坏死性小肠结肠炎、早产儿、呼吸循环衰竭等疾病治疗中均无死亡及致残病例。

"最大的感触是有效提升了自己的管理水平、专业技能及组织协调能力，（我将）寻找自己的差距，在工作中不断锤炼自己，使自己更完善，将来能成为优秀的医生及科主任，更好地为人民服务。"李吉平如是说。

开展中医新技术强院路

根据卫健委、省卫生厅、市卫计局关于医疗下乡支援基层医疗工作的通知，受我院委派，本人于 2018 年 9 月 10 日至 2019 年 1 月 10 来到贵州省毕节市织金县中医院开展为期四个月的医疗技术帮扶和挂职锻炼。在此期间，本人被任命为织金县中医针灸科副主任。在对口帮扶期间，积极开展业务学习交流，不断提高基层医生的业务水平，充分发挥我院中医医疗技术的优势，对针灸康复科常见病，多发病和疑难疾病医疗救治方面给予支持，起到了传、帮、扶作用。现将帮扶期间工作情况及认识体会总结如下：

一、医疗任务完成情况

本人在织金县中医院期间，有一次在全院讲课，听课人数达 200 余人。讲解中风病的针灸介入时机和治疗规范，让医院的全体人员都能了解，中风急性期针灸介入的重要性，获得大家的一致好评。本人在此期间，积极参与科室日常医疗救治工作，每天参加交班，查房，巡查病人300余人次，科室开展大讲课二次，听课人数三十多人，小讲课3次，听课人数二十余人，教学查房5次。

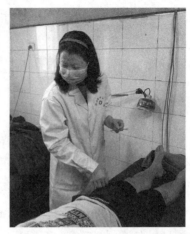

饶芳为患者针灸

带领开展了腹针疗法和平衡针法等两项新技术。首先对腹针疗法的概述，特点，取穴方法，常用处方，操作规范，以及腹针疗法的适应症，禁忌症做了详细的讲解，然后手把手地指导科室医生操作、改进、再操作，不断提升科室医生的针灸技术水平。讲解平衡针的主要适应症、禁忌症、穴位定位等，并亲自体会针感，操作演示，以便更真切地讲解患者的感受，耐心指导科室医生正确定位施针，以求在临床中取得好的疗效。重点指导中风病人加强腰腹部，腿部肌肉力量的训练，指导科室医生对顽固性头晕，头痛，下肢发凉，尿血，咳嗽等疑难病的治疗，积极打造一支带不走的针灸医师队伍。帮扶期间，正值医院二甲复审工作，积极协助科主任完善核心制度的建立及执行，整理复审资料，完善科室优势病种的诊疗规范等。

一、加强沟通交流，做好健康宣教。

积极配合毕节市开展农民讲习所活动，认真筹备乡义诊宣教的各项工作，做好基层医疗宣传教育，先后2次到深度贫困乡镇开展义诊、健康教育活动，向群众现场讲授健康教育知识特别是孕期保健知识以及妇产科常见病等相关医学常识，派发健康宣传单张，努力从源头上解决群众的知识短板和健康烦恼，提高他们健康意识、防病治病能力、自我保健水平。

下一步，我将会总结此次帮扶的各项工作，分析不足和薄弱环节，全力做好各项医务工作，不断提升个人业务能力和知识水平，促进各项工作再上新台阶。

（针灸康复科饶芳）

践行党员职责对口帮扶显成效

——对口帮扶织金县中医院纪实

2019 年 9 月 6 日，农工党花都区基层委员会委员、广州市中西医结合医院重症医学科陈仁山副主任中医师远赴贵州省织金县中医院开展医疗对口帮扶工作，挂职织金县中医院重症医学科主任。刚来到织金的第二天就积极投入工作，负责 ICU 的筹建工作。与 ICU 的医护人员一起筹备科室的设备、药品、耗材、资料、制度等，开展开科前人员培训，与院领导协调选派护士到县人民医院重症医学科进行短期学习，为开科做好准备。经过 1 个多月的积极筹备，织金县中医院重症医学科于 2019 年 10 月 12 日正式开科。本人在做好临床工作的基础上，还承担起科室管理任务，并积极做好对下级医生及实习生的带教、教学及查房任务，开展院内授课，下基层卫生院义诊及查房授课等工作，帮扶初显成效。

一、做好临床工作，促进科室业务水平提高

每日在科室主持业务查房工作，针对特殊或疑难病例进行每周 1 次的教学查房，与科室医护人员及时沟通、交流、答疑。对部分患者及家属进行诊疗指导。积极开展新技术新项目工作，目前已开展新技术 5 项。积极参与院内会诊、疑难病例讨论、用药医嘱指导、病历质控等工作，使患者治疗方案及病历书写进一步规范。

二、做好带教、教学及继续教育学习，促进理论水平提高

在临床工作中，结合实际病例，进行临床带教及教学查房，对下级医生及实习生进行临床操作指导，让他们掌握操作技能和技巧，多与实习医师沟通交流，让实习医师能学到知识和技能，同时也能促使自身教学能力的提高。针对特殊病例及临床常用设备，结合近年来的理论和循证医学证据，进行授课学习，目前已经开展全院授课 6 次，科内授课 6 次，不断提高理论和实操水平。

陈仁山教学讲课

三、开展全院心肺复苏培训工作

根据广州市中西结合医院与织金县中医院两院领导的指示及安排，为提高织金县中医院全院抢救及心肺复苏能力，负责开展织金县中医院全院心肺复苏培训工作。协助制定相应的理论授课、现场操作培训、考核方法及奖惩制度工作，为提高医院心肺复苏能力做贡献。

四、加强科室管理

陈仁山挂职织金县中医院重症医学科主任期间，非常重视科室的管理，把广州市中西医结合医院科室管理及建设先进理念带到平时的工作中来，在学科发展、人才队伍建设、教学管理等工作中推广花都方案以供借鉴。在科室人员排班、工作分配、进修方案及绩效考核等方面提出切实可行的意见。积极召开科室质量控制会议，提出科室存在问题及改正措施，排查科室隐患，加强科室院内感染管控，确保医疗安全。

五、积极参与下乡帮扶任务

根据上级对口帮扶全覆盖的要求，广州市中西医结合医院医疗集团不仅要对口帮扶织金县中医院，还要对口帮扶其下属的乡镇卫生院，按照文件精神指示，陈仁山副主任医师积极深入十余个乡镇卫生院，进行理论授课及查房，将先进的理念及临床知识传授给当地的医护人员。同时积极参与下乡义诊活动，为当地居民提供优质便利的诊疗方案。

六、深入山区贫困户，开展送医送药入户工作

2020 年是织金县脱贫攻坚关键年，全县人民都投入到轰轰烈烈的脱贫攻坚工作中，陈仁山副主任中医师响应号召，积极投身其中，参加医院组织的送医送药入户活动。织金县地域广大，山区众多，很多贫困户住在山区交通不便，尤其是那些中风后遗症、严重骨关节疾病行动不方便的患者，医院组织的医疗队伍深入山区，为当地人民进行诊断，提供治疗方案及建议，受到当地居民的热烈欢迎和好评。

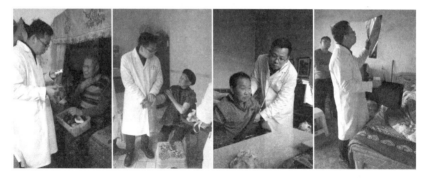

送医送药入户到家

通过 5 个月的医疗帮扶，陈仁山充分践行党员职责，落实对口帮扶任务，协助织金县中医院成功开设了重症医学科，不仅为医院各科室尤其是术科的业务开展提供了强有力的保障，而且提高了医院对危重病患者的综合救治能力，提升了医院总体救治水平。通过理论授课及教学查房，提高了医院医护人员的理论水平，传播了广州市中西结合医院的管理经验，进一步提升了科室的管理水平。切实落实对口医疗帮扶全覆盖任务，将先进的理念及临床知识传授给乡镇卫生院的医护人员，积极参与下乡义诊活动，为当地居民服务，扩大了广州市花都区在织金地区的影响力。

（ICU 陈仁山）

中西医并行共同谋发展

2020 年 3 月 6 日，本人赴贵州省毕节市织金县中医医院开展医疗对口帮扶工作，挂职织金县中医院儿科、新生儿主任，负责管理新生儿科医疗业务。隔离期过后，我便积极投入工作。在做好临床工作的基础上，还承担起科室管理任务，并积极做好对带教、教学及查房任务，下基层卫生院义诊及查房授课等工作，帮扶取得一定成效。

一、做好临床工作，促进科室业务水平提高

儿科、新生儿医生大都刚参加工作，均非专科医生，也不曾受到相关培训，对科内常见病、多发病的诊疗认识不清。每日在科室主持业务查房工作的基础上，针对常见病或疑难病例进行每周 1 至 2 次的教学查房，坚持上、下午均带医生查房，针对实际病例提出问题、解答问题，让医生在实践中认识发病的病因、病理。查房后指导医生开具医嘱，提问主管医师药理，让其了解药物治疗的利弊所在。查房后指导病例的书写，并加以修改，让医生在病例书写中梳理及体现诊疗思维。

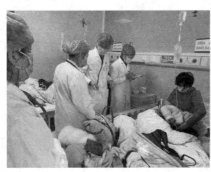

主持儿科查房 主持新生儿科查房

二、做好带教、教学及继续教育学习，促进理论水平提高

在临床工作中结合实际病例，进行临床带教及教学查房，对下级医生及实

习生进行临床操作指导，包括咽部查体、心肺听诊、腹部查体、腰椎穿刺术等，让他们掌握本科常用诊疗技能及技巧，同时也能促使自身教学能力的提高。带教的同时还进行了病例讨论，全盘回顾诊疗的过程，发现不足之处，发散临床思维，不断总结经验。针对常见病、多发病的诊疗常规，结合近年来的临床指南、专家共识等，进行授课学习，帮扶期间科内授课 49 次，教学查房 60 余次、开展病案讨论 16 例、疑难病例远程会诊 3 次、抢救危重病人 50 余人次，不断提高帮扶医院医生的理论和业务水平。因儿科、新生儿科患儿不会沟通的特点，如何与家属沟通就成了日常诊疗中的重要和必修本领，课间多与医生交流，将既往积累的沟通技巧倾囊相授。

三、心肺复苏培训，提高急诊抢救能力

因儿科、新生儿科学科特殊，面对的患者大部分都不能正确表述病情，因患儿年幼其心肺复苏操作也与成人大有不同，为提高急诊抢救能力，除了进行理论授课、现场操作培训外，并举办多次抢救模拟演练，理论与实践相结合，提高急诊识别及救治能力。

四、大力推广中医特色，开展新技术，研发改良新药

织金县中医院作为县内唯一一家中医药医疗单位，推广中医特色疗法为重中之重。儿科常见病多为呼吸道及消化道疾病，且多为病毒性感染。中医治疗病毒性疾病较西药更加有效、安全，且在反复呼吸道感染、厌食、功能性腹痛等疾病的调治上有着不可替代的优势。在融会现代医学的基础上，着力发扬中医特色诊疗，避免抗生素、激素等化学药物的不合理应用，减少打针输液给患儿带来的痛苦及带给家长的忧虑。在临床上大力推广中医药特色，除了内服中药外，我结合当地气候、儿童体质等因素，共同研发出解清散、化痰止咳膏、痛泻膏、退热外洗方、新生儿退黄汤、新生儿热奄包、祛风止涕汤、祛湿解毒膏等多种外治疗法，无痛苦、疗效佳，受到家属的称赞和一致好评。在此次帮扶工作中共开展新技术 7 项，改良新药 6 项。

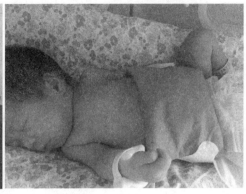

研发及改良的药物　　　　　新技术之一：新生儿热奄包

五、加强科室管理

本人挂职织金县中医院儿科、新生儿科主任期间，积极参与科室的管理，借鉴广州市中西医结合医院在科室建议、学科发展、人才队伍建立、教学管理等方面的先进理念，根据本科实际情况予修正实施。在科室人员排班、工作分配及绩效考核等方面提出切实可行的意见。积极召开科室质量控制会议，提出科室存在问题及改正措施，排查科室隐患，加强科室院内感染管控，确保医疗安全。加强十八项核心制度的督促落实，培养医务责任心，减少医疗风险。

六、积极参与下乡帮扶任务

根据上级对口帮扶全覆盖的要求，广州市中西医结合医院医疗集团不仅要对口帮扶织金县中医院，还要帮扶其下属的乡镇卫生院，为了认真执行文件精神指示，帮扶期间我积极深入乡镇卫生院，进行理论授课及查房，将先进的理念及临床知识传授给当地的医护人员。同时积极参与下乡义诊活动，为当地居民提供优质便利的诊疗方案。

转瞬间，一年的医疗帮扶时间已过。在这段时期内，我做了多方面的工作，如通过理论授课及教学查房，提高了科室医护人员的理论水平；传播广州市中西结合医院的管理经验，提升科室的管理水平；切实落实对口医疗帮扶全覆盖任务，积极参与下乡义诊活动，扩大了花都区医疗系统在织金地区的影响力等等。在尽绵薄之力的同时，也锻炼了自身的意志力，提升了管理、沟通、协作能力，积累了宝贵的经验，获得了珍贵的友情，激励我继续努力。

（儿科邹志浩）

骨科帮扶再上新台阶

时间过得很快，转眼三个月即将过去，脑中还停留在司机老陈接我们到宿舍、医院领导跟我们开见面交流会的画面中，也许正因为珍惜和不舍才觉得时间过得太快。第一次来到美丽的贵州，第一次来到美丽的织金，带着对家人的不舍，也带着领导对我的期望，与科室主任与同事一见面就有一种天然的亲和力，我对接下来开展工作充满信心。经过三个月的朝夕相处，互相学习，也达到了我预期的效果，现分几方面总结如下。

一、对织金县中医院骨科目前状况的了解

织金县中医院骨科这几年业务发展很快，人才队伍较为年轻，目前骨科现有高级、中级职称各一名，初级职称医师六名，收治骨伤科各类常见病，以创伤为主。现有病床75张，常住病人65人左右。可开展人工髋关节置换、腰椎骨折椎管减压椎弓根内固定及各类骨折内固定术，并开展了中药封包、穴位贴敷、艾灸等多项中医特色治疗。目前科室队伍稳定、团结，积极向上发展。

二、足踝疾病知识培训

本人经过大骨科培训，目前专长于足踝专业，在短短的三个月时间内，每周进行一个足踝专题的讲座，分别就踝关节骨折、跟腱炎、Pilon骨折、平足症、Lisfranc损伤、拇外翻、跟骨骨折、跟腱损伤等进行介绍，从诊疗规范到最新

进展进行讲解，讲课中与科室同事进行交流，加深他们对足踝疾病的认识，提高他们对足踝疾病的诊疗水平。通过培训，同事均表示对足踝疾病的认识更加深刻，对他们帮助很大，希望骨科同仁们在今后的工作中，多看书、多实践，提高自己的水平，并能够以点带面，更多的学习其他部位的骨科疾病。

三、科室查房、疑难病例讨论、开展中医特色疗法

每天对新收及手术病人进行查房，特别是对骨盆骨折等复合伤急危重症患者及开放性骨折的患者，对相关疾病诊断、治疗、康复进行详细讲解。定期参与科室疑难病例讨论，针对复杂复合性骨折、全膝关节置换、腰椎管狭窄等病例，从术前到术后各项注意事项进行详细的分析，对手术要点进行详细讲解。与科室同事一起积极开展中医特色疗法，其中利用四黄散外敷治疗膝踝骨性关节炎取得很好疗效，但科室医生中医正骨手法技能仍需提高，需要加强小夹板技术培训，只有这样才能体现中医院骨科的独特优势。

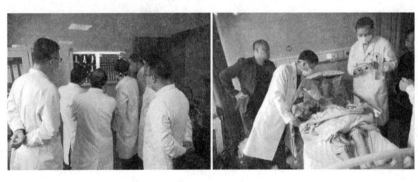

唐东鸣教学查房

四、手术带教

积极进行手术带教，累计主刀手术 50 余台，开展双跟骨骨折俯卧位内固定、胫腓骨骨折微创钢板内固定、髌骨下级骨折钢丝环扎内固定、骨盆骨折微创内固定、跟骨结节撕脱骨折空心螺钉内固定共五项新技术，对前正中入路治疗 Pilon 骨折、Mippo 技术治疗胫骨骨折进行多场临床手术示教，详细讲解手术步骤及相关操作要点。希望我们的年轻医生能勤练手术基本功，熟悉 AO 相

关操作要领，养成良好的术前手术计划习惯，注重术后的康复训练，平时多阅读骨科文献，多看手术视频，只有更加严格地要求自己，才能取得更大的进步。

五、专科发展规划指导与期望

结合我院骨科近 20 年的发展经验，帮扶期间多次与科室人员进行座谈，交流科室的发展规划，大家一致认同中医院骨科发展大有前途，但专科发展要逐渐细化，让年轻医生在打好基础的同时，也有自己的专长，并且要充分利用中医优势，大力开展各项中医特色治疗，在药剂科等相关科室的支持配合下逐步形成一套科内成熟的特色疗法。织金中医院骨科人员队伍基本稳定，但年轻医生较多需要积极晋升职称，更好完善人员梯队，相信在大家共同努力下，一定可以使科室更上一层楼，向市中医重点专科迈进。

来织金县中医院骨科交流时间即将结束，短短的三个月时间，我感受到了医院领导的热情照顾、科室兄弟的浓浓情意，希望兄弟们也来广州交流学习，相信我们的友谊会长存。

（骨科唐东鸣）

对口帮扶千里送技术

根据卫健委、省卫生厅、市卫生局关于医疗下乡支援基层医疗工作的通知精神，本人于 2020 年 6 月到贵州省毕节市织金县中医院骨伤科进行医疗支援，为期三个月。在对口支援期间，结合本地区及医院、科室的实际情况，与骨伤科同事开展人员培训，医疗工作系统按三甲医院正规运作。对骨外科常见病、多发病和重大疾病医疗救治等方面给予支持，起到了学、传、帮、扶作用。现将下乡医疗期间工作情况及认识体会总结如下：

一、做好临床工作，促进科室业务水平提高

医疗任务完成情况：落实常规交接班制度，对重点病人进行交班讨论，对所有新收病人汇报及早上进行病历分析讨论，包括治疗方案、治疗注意事项、围手术期的要点及手术方案；对重点病人及术前病人进行教学查房，术者术后第一天必须查房；对术后病人的复查片评讲，对术中操作的难点、重点及技术要点等进行分析讲解。在支援期间，完成57余例骨盆及四肢骨折和慢性损伤手术，带动开展4项新技术。在本人的带教下织金县中医院骨伤科自主新开展股骨头置换术及膝关节置换手术、两例骨盆骨折微创内固定手术等，这一新技术的开展填补了织金县中医院的技术空白，使织金中医院的骨伤救治水平跃上新台阶，是织金县中医院骨伤科在重大骨科创伤救治水平方面的实力体现。

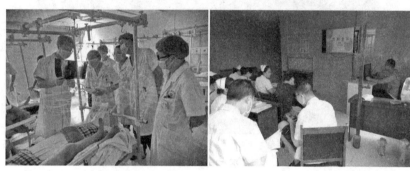

主持科室业务查房及质量会议

二、做好带教、教学及继续教育学习，促进理论水平提高

积极参与科室日常医疗救治工作及科室建设，根据医院及科内情况，组织全体医护人员学习医院核心制度，在每天交班后进行对新收病人、疑难病人及术前病人进行交班讨论，并严格执行医师首诊负责制度、三级查房制度，疑难病讨论制度、会诊制度、术前讨论制度等核心制度，要求一线医生对病人病情变化随时向上级医生汇报，上级医生时刻了解病区病人情况，并向下级医生做出指导及处理意见。并坚持每周至少一次进行全科大查房，让每一位病人得到精心治疗，切实让病人感受到医院、医生的重视与关怀。大查房后进行科内小讲课，通过PPT进行业务学习，让医生了解及掌握现见因内国际的先进理念及技术水平，提高医生业务素质，提高科室及医院的技术水平。这作为另一核

心制动坚持下来,规范医疗操作、提高医疗技术,使整个科室精神面貌焕然一新。

三、积极带领开展骨科新手术

本人在帮扶期间,带领织金中医院骨伤科开展 4 项新技术,包括股骨头置换术及膝关节置换手术、骨盆骨折微创内固定手术及跟骨微创手术等,以上新技术的开展填补了织金地区在这些创伤救治技术领域的空白,使织金地区骨创伤病人的救治进一个新里程,确保达成骨伤重症患者可以做到"大病不出县"的目标。

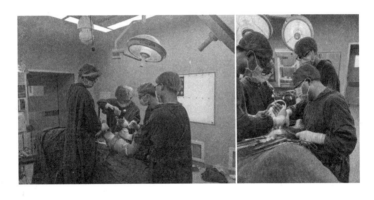

汤永南手术示教

提高员工身体素质、提升员工在医院的荣誉感

组建中医院篮球队与人民医院进行友谊赛,通过这种团体性的体育运动,除了可以提升科室的凝聚力外,还能增进同行间的交流、向外宣传中医院,提升医院的正面形象。

五、积极参与下乡帮扶任务。

根据对口帮扶全覆盖的要求,广州市中西医结合医院医疗集团不仅要对口帮扶织金县中医院,还要对口帮扶其下属的乡镇卫生院,在驻点帮扶期间,本人除了完成织金中医院的帮扶任务外,还积极深入多个乡镇卫生院进行理论授课及查房等,将先进的理念及临床诊疗技术传授给当地的医护人员。同时积极参与下乡义诊活动,送医送药到乡村,为当地居民提供优质便利的诊疗方案。

球队合照

通过此次农村服务工作，在治疗过程中对科室的基层医生进行讲课，指导他们临床诊断思路，辩证思维，合理制定治疗方案，特别注重新技术的操作技巧教授，提高基层医生的业务水平，并且同医务人员建立了良好的工作关系和友谊，相互得益、互助互长。为此受到院领导的提赞誉，也是对我帮扶工作的肯定，也是对我在以后工作的鞭策。相信织金中医院未来在李祥院长的带动下，设施进一步完善后，员工通过自身学习，业务水平不断提高，织金县中医院医疗队必将更好地为织金县人民服务，造福于织金县的广大人民。在支援医疗工作期间，难免有做得不足之处，幸得受援单位的帮助和鼓励，现表示万分感谢！

（骨科汤永南）

对跨越千里送技术助力再腾飞

2020 年 9 月 20 日，本人赴贵州省织金县中医院开展医疗对口帮扶工作，挂职织金县中医院重症医学科主任，刚进入科室即快速融入到工作中去，与ICU 的医护人员一起了解重症医学科目前的工作开展情况，精准找出目前科室的短板，结实科室的实际情况，引进新技术，改善科室的工作流程。在日常工作中积极参加到临床指导工作，结合科室新开、年轻医师多、经验不足的特点，利用自身多年临床经验毫无保留地传授给年轻医师。在夯实临床医疗质量的基础上，还承担科室管理任务，并积极做好本科医生、轮科医生及实习生的带教、教学及查房任务，通过开展院内授课、科内授课，下基层卫生院义诊及查房授课等方式，把帮扶工作落到实处，帮扶取得较好的成效，现总结如下：

一、夯实临床医疗质量基础，不断提高科室业务水平

坚持每日在科室主持业务查房工作，针对特殊或疑难病例进行每周最少 1 次的教学查房，与科室医护人员及时沟通、交流、答疑。对特殊患者及家属进行诊疗指导。积极开展新技术新项目工作，带领开展新技术 1 项血液净化治疗技术，打造科室的血液净化团队。积极参与院内会诊、疑难病例讨论、用药医嘱指导、病历质控等工作，使患者治疗方案及病历书写进一步规范，尤其是在重症患者的救治方面，亲力亲为、认真带教，使 ICU 的医疗水平再上新台阶。经过帮扶开科至今，重症医学科共收治病人总数 112 人，在院日均 4.8 人，总收入近 290 万元。

二、做好带教、教学及继续教育学习，不断提升医护人员的理论水平

在临床工作中，选取有代表性的实际病例做分析，进行临床带教及教学查房，对下级医生及实习生进行临床操作指导，包括气管插管、中心静脉置管、腰椎穿刺术、骨髓穿刺术、呼吸机应用及纤支镜使用等，让他们掌握操作技能和技巧，多与实习医师沟通交流，让实习医师能学到知识和技能，同时也能促使自身教学能力的提高。针对特殊病例及临床常用设备，结合近年来的理论和循证医学证据，进行授课学习，进行科内授课 10 余次，不断提高重症医学科人员的理论和实操水平。

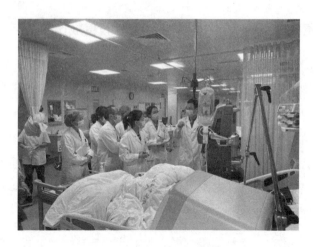

在王振奎指导开展血液滤过

三、举办医疗集团对口帮扶之气管镜手把手培训班继续项目

为了落实广州市中西结合医院与织金县中医院两院领导的指示，送重症监护继续教育项目下乡，提高织金县中医院急诊、呼吸内科、重症医学科的支气管镜操作水平，举办医疗集团对口帮扶之气管镜手把手培训班继续项目。制定相应的理论授课、现场操作培训、考核方法，为提高相关科室医师的实际操作能力做贡献。

支气管镜实际操作示范

四、注重人才梯队建设，培养全能型的重症医学人才

本人挂职织金县中医院重症医学科主任期间，积极带领科室续航再发展，不断更新重症医学科的科室管理及建设先进理念，注重学科的专科水平建设，尤其在学科发展、人才梯队建设、教学管理等工作中推广广州市中西医结合医院重症医学科的建设经验。在科室人员管理、工作调配、人员培训机制等方面提供可行的意见并获得采纳。定期召开科室质量控制会议，不断提高医务人员的管理能力，及时查找出科室存在问题并提出改正措施，加强科室院内感染管控，实行"医疗质量管理永远在路上"的模式确保医疗安全

五、积极参与下乡送医任务

广州市中西医结合医院医疗集团不仅要对口帮扶织金县中医院，还要对口帮扶其下属的乡镇卫生院，为了提升乡镇卫生的管理及医疗技术水平，在帮扶期间本人充分利用时间积极深入七个乡镇卫生院，进行理论授课及查房，将先进的理念及临床知识传授给当地的医护人员。积极参与下乡义诊活动，为当地居民提供优质便利的诊疗方案，解决当地居民的实际困难。

六、帮扶毕节市及黔西市等其他医疗单位业务培训

2020年是毕节市脱贫攻坚关键年，其他地方的医疗工作开展仍有欠缺，为体现医疗工作的相扶相帮，对织金县妇幼保健医院进行全院的心肺复苏及气管插管培训，到黔西县红林卫生院进行查房和授课。规范织金县妇幼保健医院的急救技术、气管插管、心肺复苏的实际应用和操作步骤，有效提升了该院的急诊急救技术和急危急重症救治水平，为重症患者抢救提供了坚实可靠的医疗技术保障。利用周六日休息时间，到黔西市中医院进行重症医学专业授课，为了及时挽救急危重症患者的生命，常常半夜从织金县赶到黔西市中医院指导重症患者的抢救工作，在本人的指导下，黔西市中医院首次开展了血液净化救治急性中毒技术。为了提升两地重症患者的地救治技术，不辞劳苦，到黔西市下属镇乡卫生院进行理论授课和操作示范，带动两地重症患者监护技术的发展。

王震奎在贵州省内多个医院进行培训

　　三个月的医疗帮扶任务转瞬即逝，在这段时期内协助织金县中医院新开的重症医学科进入稳步发展的轨道上，重症医学科的发展壮大，为医院各科室尤其是术科的业务开展提供了强有力的保障，提高了医院对危重病患者的整体救治能力。通过理论授课及教学查房，提高了科室医护人员的理论水平，传播了广州市中西结合医院的管理经验，进一步提升了科室的管理水平，本人也通过挂职锻炼，在沟通交流及教学管理等方获得更丰富的经验。在本次驻院帮扶中一直切实落实对口医疗帮扶全覆盖任务，将先进的理念及临床知识传授给市、县及乡镇卫生院的医护人员，积极参与下乡义诊活动，为当地居民服务，扩大了花都区医疗系统在织金和黔西等地区的影响力。

　　感谢花都区卫健局及广州市中西医结合医院的领导给予我这一次宝贵的医疗帮扶机会，通过在织金县数月的医疗帮扶工作中，我深入了解了当地的医疗卫生状况，意识到了国家坚持东西部扶贫协作医疗帮扶、带动贵州山区医疗质量同质化发展的重要性，在帮助贫困地区同行的同时，锻炼了自身的意志力，提升了管理、沟通、协作及教学能力，积累了宝贵的经验，获得了珍贵的友情，这些将永远成为我珍贵的记忆和财富，必将激励我在以后的工作中更进一步。

（ICU 王震奎）

打赢脱贫攻坚战，贡献自己的一份力量

2020年11月23日，贵州省正式宣布所有贫困县摘帽出列，这意味着，贵州全部66个贫困县全部实现贫困退出，这也标志着国务院扶贫办确定的全国832个贫困县全部脱贫摘帽，全国脱贫攻坚目标任务已经完成。贵州是全国脱贫攻坚的主战场，贫困面广、贫困程度深、贫困任务重，全省88个县（区）有扶贫开发任务的85个，85个县（区）中贫困县66个，其中重点贫困县50个，而我所在的织金县就是其中之一。

2020年9月19日，根据广东省中医药局关于开展对口帮扶工作文件要求，结合织金县中医院的实际情况，医院选派我和另外两名同事来到织金县中医院进行为期半年的对口帮扶工作。接到帮扶通知后，我很激动，也很兴奋，终于可以在国家脱贫攻坚战的最后时刻贡献自己的一份力量。

来到织金县中医院后，经过简单的工作交接，我便到骨伤科开展具体工作，按照广州市医疗帮扶"5+2"模式要求，主要负责医院骨伤科脊柱亚专科的建设工作，同时积极筹备并迎接三级医院评审。除此之外，还要定期到基层卫生院进行培训授课和带教。

两个月来，共完成培训176人次，操作示教26次，教学查房33次，手术示教17台次，开发新技术新项目4项，义诊2次，乡镇卫生院培训指导工作9次。其中椎体成形术（PVP）、椎体后凸成形术（PKP）、腰椎神经根阻滞术均为织金县中医院首例，填补了该院在脊柱微创手术领域的空白，而且这些新技术、新项目的开展也为当地群众带来了实实在在的便利。

自从广州市中西医结合医院骨伤科被确定为织金县中医院骨伤科对口支援单位，在院领导的直接领导下，双方密切协作，一切以病人为中心，开展了卓有成效的工作，取得了良好的社会效益及经济效益。2020年前三季度，织金县中医院骨伤科门急诊人数已达到6118人次，已超过2019全年门诊量5874人次；住院人数1795人次，预计2020年全年将突破2000人次，较2017年增长71.4%；手术量634台次，已接近2019全年手术量655台次，较2017年增长11.2%；其中微创手术量占比逐年增长，2017年为0，2018年为10%，2019

年 16%，2020 年前三季度为 30%。仅 2020 年前三季度已经开展了胫骨骨折闭合复位经皮钢板内固定术、跟骨小切口微创手术内固定术、经皮穿刺椎体成形术（PVP）等 7 项骨伤科微创手术新技术，并取得良好的临床效果。通过开展新项目、新技术，降低了患者到上级医院就诊的费用，增进了医患关系融洽。

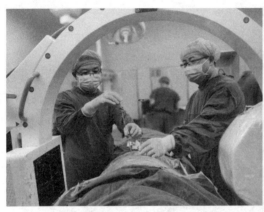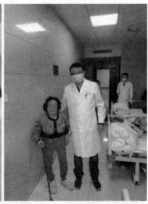

织金县中医院第一例椎体后凸成形术（PKP）术中照片（左一为帮扶专家秦丰伟主治医生）（左图）

织金县中医院第一例椎体后凸成形术（PKP）患者术后第二天和秦丰伟主治生（右图）

在脱贫攻坚这场特殊的战场上，每个人都应该贡献自己的一份力量，作为一名医务工作者，同时也是一名共产党员，我们更加应该冲锋在前，起到先锋堡垒作用，积极发挥自己的特长，解决贫困地区群众因病致贫的难题，为脱贫攻坚的最终胜利增砖添瓦。正如同样来自花都挂职织金县的江文铸副县长所说的："我们每个来到织金帮扶的同志，不管是医疗、教育还是企业职工，都应该积极贡献自己的一份力量，因为打赢脱贫攻坚战将会是我们每个人人生当中重要的经历，也是我们人生当中一笔宝贵的财富。"脱贫攻坚战我们虽然取得了胜利，但是帮扶工作仍要继续，作为一名医务工作者，我们要做的不仅仅是给当地"输血"，更重要的是教会他们如何"造血"，真正掌握先进的诊疗技术，更好地为当地群众服务。

（骨科秦丰伟）

贵州省黔西市（县）中医院

黔西县中医院驻院医师帮扶总结

黔粤一家亲帮扶两地行

　　为了响应国家对贵州省精准扶贫的号召，我积极报名参加广州市花都区对口贵州省毕节市黔西县的技术帮扶工作，经过花都区卫计局的精心筛选，我光荣成为花都卫生系统援黔医疗技术人员的一员，2018 年 4 月 10 日乘上广州南开往贵阳的动车，开启了为期三个月的对黔西县中医院的帮扶工作。

　　精准扶贫是习近平总书记扶贫开发思想体系中的重大创新，是解决扶贫工作中底数不清、目标不准、效果不佳等问题的重要指导思想，这对我们对黔西的医疗技术帮扶工作的开展同样有重要的指导意义。因为援黔的时间很短，要做的工作很多，到达医院后便马上全身心投入对黔西中医院外科的技术帮扶工作，首先对科室的业务开展情况，科室管理，软硬件基础等进行了详细的摸底工作，找到共性的问题和帮扶的突破点：一线医护人员技术力量薄弱，有执业证的医护人员仅为少数；缺乏对年轻医生的培养机制，年轻医生无清晰的职业规划，对外交流学习少，无向亚专科发展意识；科室业务开展杂而不专，有量无质，技术相对落后；手术室管理混乱，无菌意识薄弱，手术设备管理粗放，损坏率高；护理缺乏专业素养，团队协作能力一般。好的方面是：一线均为年轻医生，有朝气，也有强烈的学习意愿；科室手术设备较为齐全，具有多把WOLF 输尿管镜、钬激光、高清腹腔镜等设备，为帮扶工作奠定了硬件基础。

针对上述现状，结合自身情况及专业特长，制订了帮扶的工作计划及目标：1. 通过业务学习、教学查房、手术带教等方式，提高对泌尿外科常见病多发病的诊疗水平，利用现有条件，大力开展泌尿外科微创内镜手术，提高手术治疗质量，因地制宜开展新技术，用 ERAS 的理念指导对患者围手术期管理，促进术后早期康复；2. 积极培训年轻医师，鼓励向亚专科发展，引导其加强专业知识学习，通过各种微信专业平台专题学习、学习专科指南从而了解学科进展；放手其参与手术实践，夯实其专业基础。3. 提高手术医护人员的无菌意识，通过手术示教及培训，对手术核查，专科手术备物、手术体位准备、设备摆放、患者术中管理、手术过程配合等环节进行规范化、标准化，提高手术室工作效率，规范内镜手术操作，切实提高手术安全，减少手术并发症发生。通过上述工作计划的实施，科室泌尿外科专业有了明显的发展提高，输尿管镜取石、经皮肾取石、经尿道前列腺电切等泌尿内镜手术例数大幅增加，年轻医生也获得了更多的手术实践机会，通过手术示教，纠正了原来错误的手法，规范了内镜手术操作，减少了手术并发症发生，同时也提高了年轻医生对泌尿外科专业的学习兴趣。经皮肾取石术又重新常规开展起来，而且清石率明显提高，术后出血、感染等并发症明显减少。既往前列腺电切术后尿道狭窄发生率很高，经分析，考虑与镜体粗、电切袢漏电等因素相关，经过更换电切袢、术前尿道充分扩张、润滑，直视进镜减少对尿道黏膜损伤等细节改进后，术后尿道狭窄情况无再发生。同时规范前列腺电切手术操作，强调术中对尿道括约肌的保护，增生腺体的合理切除、术野的妥善止血，术后出血、尿失禁、下尿路刺激症状发生率明显下降，带领开展一项新技术：经尿道前列腺剜除术，现在所有前列腺电切手术的患者均可早期停膀胱冲洗及拔除尿管，早期康复出院且尿流率改善明显。既往输尿管结石钬激光碎石术后输尿管狭窄发生率高，经详细询问手术过程，明确是钬激光对输尿管黏膜的热损伤造成术后狭窄，明确原因后，通过手术演示强调碎石过程中对输尿管黏膜的保护，同时采取细镜扩张、筋膜扩张器扩张等方法处理输尿管狭窄，有效预防了这种医源性输尿管狭窄的发生。科室内镜手术后并发症较既往明显减少，诊疗质量与患者满意度均明显提高，也吸引了更多的患者来医院就诊治疗。在帮扶的最后一个月进一步开展泌尿内镜的专题学习，通过理论学习、手术演示带教及操作实践，重点学习了经皮肾取石术、输尿管镜碎石术的规范操作、手术技巧、手术并发症（尿源性脓毒血症、术后大出血等）

的防治，使得科室的业务骨干已经具备规范开展上述内镜手术的能力。

经过三个月来的工作磨合，手术室无菌意识明显加强，原来用酒精浸泡的内镜设备改为用低温等离子消毒；光源摄像也用上了无菌器械套保护而不是简单用酒精擦拭；原来经常由于手术备物不齐造成手术的中断，降低了工作效率，经建立起各种内镜手术的常规备物清单及手术备物制度后，已减少了这种情况的发生；手术护理团队协作能力亦有所提高，手术中对患者、手术医生、设备等综合护理意识有所加强。

从广州花都来到亦称为"花都"的黔西县开展帮扶工作本身就是一种缘分，三个月的工作生活将会成为自己人生中最为值得怀念的回忆，然而对黔西的帮扶工作并未结束，为了巩固帮扶工作成果，已计划安排这里的年轻医生到自己单位、科室进一步交流学习，换一种方式将帮扶工作持续进行下去。

（泌尿外科徐彦钢）

不忘初心牢记帮扶使命

本人 2020 年 4 月 7 日赴贵州省黔西县中医院开展医疗对口帮扶工作，挂职外科副主任。与科室医护人员一起建设完善科室的设备、药品、耗材、资料、制度等，开展开科内人员培训，保证科室顺畅运转。我每日参与业务查房工作，针对特殊或疑难病例进行每周 1 次的教学查房，与科室医护人员及时沟通、交流、答疑。参与院内会诊、疑难病例讨论、用药医嘱指导、病历质控等工作，指导泌尿外科微创手术百余台，积极开展输尿软镜碎石取石术、复杂性肾结石的经皮肾镜碎石取石术，前列腺剜除术等各项泌尿外科微创新技术。组织及参与尿源性脓毒血症危重病人抢救及治疗两例，两例患者均治愈出院。

本人在临床工作中，结合实际病例，进行临床带教及教学查房，对下级医生及实习生进行临床操作指导，开展全院授课 1 次，科室授课 5 次，不断提高理论和实操水平。积极参与科室管理，在学科发展、人才队伍建设、教学管理、人员排班、工作分配、进修方案及绩效考核等方面提出切实可行的意见。积极召开科室质量控制会议，提出科室存在问题及改正措施。积极参与东西部协作组织的下乡帮扶任务，深入威宁县五里乡移民安置小区，进行下乡义诊活动，为当地居民提供优质便利的诊疗方案。深入山区贫困户，开展送医送药入户工作。

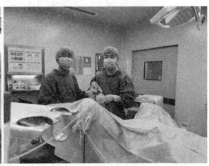

钟钦（左一）

通过半年的医疗帮扶，我锻炼了自身的意志力，提升了管理、沟通、协作能力，积累了宝贵的经验，获得了珍贵的友情。必将激励我在以后的工作中更进一步。

（泌尿外科钟钦）

贵州省普定市（县）中医医院

跟骨微创手术，开启广州专家扎根普定县中医医院的帮扶之路

2021年9月22日，广州市中西医结合医院第一批帮扶专家来到普定县中医医院开展帮扶工作，骨伤科专家费奉龙是其中一员。24日，费奉龙完成了他来到普定的第一例手术——跟骨骨折微创手术，也正式开启了他扎根普定县中医医院的帮扶之路。

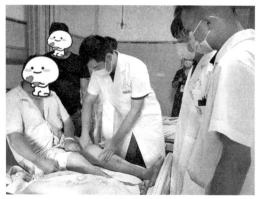

费奉龙在查房

64 岁的赵阿姨因为不慎高处摔伤，出现胸腰部及左侧足部肿痛，痛苦不堪，于 9 月 14 日前往普定县中医医院就诊，入院诊断为 T12、L3 椎体压缩骨折，左侧跟骨骨折。于 15 日行椎体成形手术，同时予以左足跟部消肿等对症治疗。费奉龙医生到来之后，到病房查房，详细了解阿姨的病情，结合体格检查、CT 等辅助检查情况，科室主任宋尚明副主任医师带领科室团队进行讨论，经过详细术前讨论最终决定为赵阿姨进行左侧跟骨微创手术。

9 月 24 日，由费奉龙主刀开展跟骨骨折微创手术，采用跗骨窦切口入路微创治疗跟骨骨折，术中能良好地显露跟骨关节面，有效地恢复跟骨的长度、宽度和高度。手术非常顺利，术后复查 X 光了解骨折复位情况良好，内固定位置满意，手术切口较前减小，术口皮瓣血运良好。患者对手术效果也非常满意。

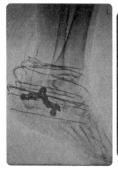
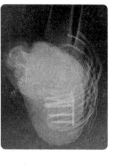
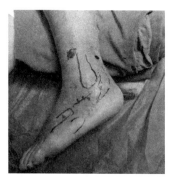

手术后的跟骨关节　　　　　　　手术切口很小

脊柱骨折合并跟骨骨折是一种常因高处坠落伤所致疾病，属于高能量损伤，骨折碎裂严重。对于绝经后骨质出现疏松患者，骨折分型较重。骨折发生以后，患者主要表现为腰背部及足跟部疼痛剧烈，活动受限，不能下地行走，严重影响日常生活。以往对于跟骨骨折患者，基本上都是采取传统 L 型切口，手术切口大，手术中关节面暴露欠佳，术后恢复时间较长，易出现术口皮瓣瘀黑坏死等情况，甚至出现内固定外露。如果合并有糖尿病、脉管炎等基础疾病情况，出现上述情况风险更高；保守治疗则易出现骨折畸形愈合、跟骨内翻、创伤性关节炎、走路痛等情况等一系列后遗症，严重影响日常生活。跟骨骨折微创手术治疗是目前治疗部分跟骨骨折有效、安全的手术方法，因为其经跗骨窦切口显露跟骨骨折断端，具有创伤小、切口小，出血少、恢复快等优点，已被越来越多的患者所接受。微创手术较前传统手术切口减小近一半，术中可以显露跟骨后关节面，达到理想的复位及固定，一般经住院观察一周左右便可出院，极大地缩短了患者住院时间，减轻患者的病痛。

普定县中医医院

2021 年 9 月 27 日

贵州省关岭县中医院
迎接关岭县卫健局领导来院参观交流

3 月 19 日上午，关岭县卫健局副局长陈亮一行到广州市中西医结合医院参观交流，花都区卫生健康局副局长任伟俱、广州市中西医结合医院刘瑞华院长等陪同接待。

陈亮副局长一行先后参观医院急诊科、文化长廊、影像中心、治未病中心、体检中心、临床技能培训中心，刘瑞华院长对医院中医特色项目、现代化医院建设、教学工作等方面进行了介绍。双方还就下一步东西部扶贫协作对口帮扶工作进行了沟通交流。

（通讯员：叶锦坚）

广东省平远县中医院

白艳甫：带娃的白衣天使

作为医院的技术骨干，她面对医院的帮扶任务和家里生病的老人、年幼的孩子，毅然带着不足一岁的孩子踏上帮扶之路——

白艳甫是广东省广州市中西医结合医院针灸康复科的一名主治中医师，硕士研究生毕业的她，工作几年变成为科室的技术骨干。今年1月，白艳甫被派往梅州市平远县开展对口帮扶工作。

在平远县中医医院，只要提及白艳甫医生，医院上下无一不对这位白衣天使竖起大拇指，赞不绝口，接受过她诊治的患者更是对她心怀感激，将她视若亲人，久而久之，白艳甫被当地群众称为最美"带娃天使"。

带着年幼的孩子主动请缨帮扶任务

平远县地处广东边远山区，是该省的重点帮扶县，除了经济不发达，群众就医环境也差。2014年初，国家、广东省和广州市相关部门共同下发了《关于城市卫生支援基层卫生实施方案》，广州市中西医结合医院与平远县中医医院由此结缘，并建立对口帮扶关系，广州市中西医结合医院充分发挥医院优势技术，协助平远县中医医院确立以发挥传统中医药特色优势为突破口的发展战略，并重点加强在骨伤、康复针灸等专业上的建设，选派技术骨干前往驻院指导，白艳甫就是派出的技术骨干之一。

可是，在接到帮扶任务的时候，正遇上白艳甫人生最纠结的年龄阶段——年近七旬的母亲身患高血压、糖尿病，心脏也一直不太好，父亲离世后，孤独一人，让白艳甫根本放心不下；而自己的女儿欣欣还不满周岁，正是需要母亲全身心照顾的时候。帮扶工作一去至少半年，吃住都要在那边，相距500多公里的路程，万一有什么事，自己很难及时赶回来。一边是自己挚爱的工作，自己很希望参与这次帮扶活动，给自己的医疗生涯增加丰富的经历；一边是家庭，老人、孩子完全让她放心不下，白艳甫左右为难。医生这个职业本来就忙，父亲离世前自己就因为忙没有好好尽孝，因此父亲离世那年她发誓，以后的日子一定要好好陪伴孤独多病的母亲，让她安享晚年。可是，眼看着自己又要因工作远离，无法照顾老人家，白艳甫的心里很难受。为此，她好几个夜晚辗转反侧，无法入睡，心情十分沮丧。

在左右为难的关口，丈夫为她打开了心结，"这几天看把你为难的，你就放心去吧，妈有我看着，你学了那么多本事，就应该去为社会多做点事"。丈夫一席话感动得白艳甫顿时哽咽难语。考虑到丈夫平时工作也忙，孩子未满周岁，离开妈妈实在难办，夫妻就大胆商定，丈夫在家照顾母亲，自己带上孩子前往帮扶医院，一边工作一边照顾孩子。就这样，2015年寒冬腊月的一个清晨，白艳甫毅然带着女儿欣欣和保姆潘阿姨与同事一起踏上了赴平远的帮扶之路。

克服重重困难全心投入帮扶工作

一到帮扶点，白艳甫就发现自己原来过于乐观，完全高估了当地的生活环境，低估了可能预见的困难。平远县地处粤、赣、闽三省交界的广袤群山之间，位置边远不说，深冬的寒冷简直让人难以忍受。白艳甫清楚地记得，到达平远的那天下午，正值雨雪天，气温低至零下2摄氏度，车门一开，寒风扑面而来，让人直打哆嗦。白艳甫紧紧地抱着女儿，下了车后全身发抖，两只手冻得都僵硬了，看着女儿欣欣冻得通红的小脸，她心疼得眼泪一下子就涌了出来，可是面对迎接她们的平远县中医医院的领导们，她只能强忍心疼，把孩子交给阿姨就准备进入工作状态。白艳甫的敬业精神给平远院方留下深刻印象。

看到白艳甫带着孩子，医院提出给白艳甫多腾出一间房间居住，但被白艳甫婉言谢绝了，她说自己是来这里帮扶的，不是来享受的，不能给帮扶单位增加负担，她相信艰苦的环境既能锻炼自己的意志，也可以考验自己开展帮扶的那颗坚强的心。于是她将两张旧床拼在一起，与女儿和潘阿姨睡在一起。

然而，许多意想不到的问题却接踵而至。首先是水土不服问题，大人能扛住，可年幼的孩子却熬不住了，一连半个月一茬接一茬地生病，孩子不是拉肚子，就是受凉感冒和发烧，没完没了地哭。

有一次白艳甫正在值班，孩子发烧40摄氏度，出现了抽搐症状，被送到医院抢救，看着孩子苍白的小脸，听着孩子无助的哭声，白艳甫的心都疼得要碎了，看到孩子跟着自己如此受罪，她流下了愧疚的泪水。

医院没有食堂，帮扶医生们到点上班，没有病人就下班轮流做饭。欣欣乖的时候，潘阿姨还可以为大家买菜做饭，可是如果孩子哭闹，大家下了班就要自己动手。煮饭炒菜的工具都很简陋，只能用电炉和电磁炉，因此大家并不讲究，只要能吃饱就行，但是遇上停电，大家就只能吃方便面了事。不过，平远虽然贫困，但这里的人却非常热心，听说他们是大城市过来帮扶的医疗专家，纯朴的患者们纷纷伸出手帮助他们，在得知医生们下了班吃不好，甚至吃不上饭的情况后，他们就送来鱼干、鸡蛋、蔬菜等食物，如果帮扶医生们推辞，他们就趁医生上班时悄悄放到宿舍门口，这些让白艳甫非常感动。一次白艳甫病倒了，平远县中医院张院长还亲自煲了汤端到宿舍，令她记忆深刻。

这一切的感动，包括白艳甫在内的帮扶医生们都铭记于心，也促使他们更加用心地投入到工作中去，发挥专长为当地群众服务。在这样的环境里，几个帮扶医生相互照顾着，没有怨言，克服各种困难，过着俭朴、简单又快乐的生活。

白艳甫和丈夫约定，丈夫每两个月一次到平远看望自己和女儿。除3月份来过一次，一晃都快6月份了，丈夫还没按约定时间过来，平时电话里总说家里都好，工作太忙。白艳甫觉得丈夫有什么事瞒着自己，心里总不踏实。6月初的一天，丈夫终于风尘仆仆地来到了平远。看着满脸倦容的丈夫，白艳甫没有像往常一样给他一个温情的拥抱，而是堵在门口甩给他一句"不是忙吗，怎么跑来了？不说清楚别进门"。丈夫憨厚地笑了笑，满脸歉意地说："都怪我，没照顾好妈，让她老人家病了，这不，妈刚好点我就赶过来了。"原来，从四月底开始，白艳甫的妈妈就病了，在医院住了近一个月才出院，为了不让妻子工作分心，丈夫一直伺候在岳母床前。望着憔悴消瘦、通情达理的丈夫，一时间，白艳甫觉得自己是世界上最幸福的女人。她紧紧地抱住丈夫，流下了幸福的眼泪。

发挥中医专长全心全意造福平远百姓

"授人以鱼，不如授人以渔"。为了让中医康复技术能在当地生根发芽，得到更广泛的运用和发展，在白艳甫建议下，平远中医院新开设中医特色康复治疗区，得到了平远县及梅州市卫生计生局等领导的高度重视。短短半年时间，白艳甫相继组织开展了穴位埋线、火针、浮针、水针等多个针灸治疗项目，取得良好的治疗效果，受到患者和家属热烈好评，针灸康复患者也从刚开始的每天十几人，增加到后来的六七十人，平均每天接诊 50 多人，针灸康复科一时成了平远县中医院的明星科室。

在白艳甫的帮扶期内，除了上班时间，只要患者及科室需要，不管是周末还是节假日，白艳甫都是随时回到科室，协助同事服务患者，从无怨言，深得患者信赖。

一位由平远嫁往揭阳的脑中风出血患者，一边肢体瘫痪一个月，在揭阳四处求医均不见效。在得知娘家有来自广州的康复治疗专家后，便赶回平远寻医就诊。白艳甫运用自己娴熟的技术为她精心治疗，经过仅一周的治疗，该患者就明显好转，后来通过后期加固康复治疗，逐渐恢复了生活自理能力。患者兴奋地称白艳甫为"再生恩人"。

一位颅脑外伤的患者池某，在梅州市人民医院施行开颅手术后，曾在多家医院接受康复治疗，康复进程缓慢。当家人从平远县电视台中看到关于白艳甫的相关报道后，便慕名前来就诊。几个疗程的中西医结合治疗下来，池某康复明显加快，肢体僵硬、疼痛等症状有效缓解。后来，患者及家属感激地送上写着"神针奇术、造福百姓"的锦旗。

白艳甫在平远帮扶期间，在感受平远人民朴实善良情感的同时，也将自己精湛的医疗技术毫无保留地发挥出来，她觉得这里虽然苦，但真正地锻炼了自己的毅力，提升了自己的人生价值。每天面对最基层的病患者，白艳甫也深刻地感受到边区群众对好医生、好医术的强烈渴求，她希望尽自己所能，将自己所学医术全部奉献给当地群众。

帮扶期间，白艳甫几乎没有正常的上下班时间，有时下班迟了，潘阿姨就会把孩子抱过来看看妈妈，娘俩亲热一番后又继续投入工作。她工作有时甚至不分昼夜，随叫随到，她用自己的行动践行了医者的奉献。用白艳甫的话说，"医生多一分无私奉献精神，病人就少一分生命危险"。她真诚的服务态度、精湛的医术受到当地群众的交口称赞，当地群众每次提到她，都亲切地称呼她为"那个带娃的白衣天使"。

如今，白艳甫已圆满地完成帮扶任务，为当地留下了宝贵的医疗经验，也留下了一个医务人员在繁忙工作中那一个个最美的瞬间。

当回忆起那段帮扶的日子，白艳甫总是感慨万分，虽说带着女儿前往帮扶地区，困难重重，但这段经历却是自己医师生涯，乃至成长过程中人生价值的重要体现。刚去的时候，女儿还咿呀学语，如今已能指着曾经在平远住过的房间照片嚷嚷"家，回家"了。在返回广州的中巴车上，平远的群山透过车窗徐徐远去，白艳甫的脑海里又浮现出平远经历寒暑的一幕又一幕……

（通讯员：朱勇武，2016 年 9 月 7 日刊载于《中国中医药报》；2016 年 9 月 14 日刊载于《今日花都》）

广州市中西医结合医院
刘显信医生对口支援平远县中医医院二三事

作为广州市中西医结合医院的一名骨科医师，刘显信在工作中兢兢业业，用其仁心仁术对待每一位病患。刘显信是该医院承担对口支援梅州地区平远县中医医院任务中普通的一员,在医疗条件并不发达的平远县中,这里的群众却对他赞不绝口,除了解决当地医院病人就诊难题外,还填补平远县多例手术空白,使该院诊治水平大幅提升。

中医正骨治骨折

去年 12 月下旬的一天傍晚,一位老婆婆被一骑单车女生撞上,翻了两个跟斗后狠狠地摔在坚硬的水泥地面。这一碰撞导致阿婆左手腕大量出血,并露出手腕上的一截生生白骨。老婆婆被平远县人民医院急诊科接收诊治,该院骨科主任看了老婆婆的伤口和 X 线片,对家属说,受条件限制,无法做这个手术,建议转到梅州市治疗。他告知家属这类骨折必须手术,用接骨板固定,且要准备 3 万元费用。

面对于昂贵的手术费用,家属们无计可施,在听说中医医院有位来自广州的骨科专家后,便决定转到中医医院一试。刘显信医生接诊了这位阿婆。看到 X 线片,那是一张让骨科医生一看就会发出叹息的片子,左腕部开放性下尺桡关节脱位,合并史密斯粉碎性骨折。通常腕部骨折分科雷氏骨折和反科雷氏骨折,科雷氏骨折一般采用手法复位加外固定的方法治疗,而反科雷氏骨折即史密斯骨折则极难用手法复位,加上阿婆合并开放、脱位、粉碎性。刘医生在仔细分析病情后,决定用中医正骨方法为阿婆施复位术。手术室里,在助手协助下,刘医生为患者施局麻、清创、修剪皮缘、牵引手腕、将戳出来的尺骨头回纳到腕关节腔,先解决开放和脱位,接下来作骨折端旋转运动,将反科雷氏骨折旋转到科雷氏骨折,再牵引,加大成角、反折、复位、调整掌倾角及尺偏角,检查台阶感,复位满意后,牵引固定左腕,进行伤口缝合,包扎好后用四块桡骨标准木板固定,复查 X 线片,患者左腕骨折脱位获得成功复位,可以免予手术开刀和植入钢板,治疗费用仅 2000 元。家属发出了惊天动地的欢呼,紧紧握着刘显信的手,久久不放。

大海捞针取铅块

在一次捕猎行动中,因为走火,老姚被身后拿着老式猎枪的队友击中倒地,随后被转送到刘显信所在的平远县中医医院。从 X 片中看到，病人体内共有四枚铅弹异物，三枚在左手，比较表浅，一枚从左肩进入，贯穿整个后背肩胛部，在脊柱旁边停下来了，所幸没有进入胸腔。接诊医生直发怵，当即提出往梅州市医院转。的确，以医院条件来说，连用于取异物的 C 臂机都没有，况且，要从患者后背发达的肌肉里取出一粒小小的铅弹，有如大海捞针，加上脊柱旁是神经和血管都很丰富的地方，手术难度也大。看到病人沮丧的神情，刘显信主动接手了这个病人，他要求通过 B 超将铅弹在体表投影定好位，一一用笔做标记。手术中，患者手部铅弹很浅，几分钟就全取出来了，但后背那颗藏得很深。他小心地牵开肌肉，顺着弹道，几番周折，终于顺利地将钢珠大小的铅弹夹了出来。"要不是刘医生，我们还要折腾到市里去"，在手术室门口苦苦等待的家属感激地说。

一位特殊患者的腿伤

有一天，受当地卫计局领导委托，刘医生参加一个院外会诊，看了一位不同寻常的患者。平远县县委书记运动左小腿受伤，被诊断为普通肌肉拉伤。会诊中，刘医生仔细询问病史，查看伤情。患者称在跳跃运动时感觉有被木棒击打小腿感，左小腿伤后提踵不能。刘医生手摸检查时，发现患者跟腱张力降低，局部凹陷约 3CM，Thompson 试验（＋），马上考虑到并非普通小腿肌肉拉伤，而是跟腱断裂，需要手术修复。患者马上到梅州作 MR 检查，明确提示是跟腱断裂，断端回缩3CM，随后患者及时作了跟腱吻合手术，避免了跟腱断裂的漏诊。一旦漏诊，延误两个星期，手术将无法直接吻合跟腱，需从大腿移植肌腱才能完成，后果十分严重。

（通讯员：朱勇武，2016 年 3 月 4 日刊载于《今日花都》）

广州市中西医结合医院
医疗扶贫帮助平远医院填补数十项技术空白

近日，全国对口支援医疗扶贫座谈会在京举行，来自广州市中西医结合医院的负责人出席了此次座谈会。据介绍，该院长期以来坚持开展对口支援医疗扶贫工作。其中，广州市中西医结合医院特别向广东省梅州市平远县中医医院派出五批共计 10 人次医生开展驻点对口帮扶工作，为平远县中医院带去诸多新技术、新理念，填补了该院数十项技术空白。

据介绍，广州市中西医结合医院长期以来坚持开展对口支援医疗扶贫工作。除了对区内乡镇卫生院、社区卫生服务中心在开展中医药业务及中医适宜技术应用上进行传帮带外，还配合花都区对口帮扶广东省雷州市、清远市、阳山县及贵州省瓮安县等地。特别是 2014 年 7 月向广东省梅州市平远县中医医院派出五批共计 10 人次医生开展驻点对口帮扶工作，为平远县中医院带去诸多新技术、新理念，填补了该院数十项技术空白，骨科医师刘显信多次为该院外科医生授课，带教血管显微吻合技术，使该院外科诊治水平大幅提升。尤其值得一提的是，广州市中西医结合医院针灸康复专业的主治中医师白艳甫。她不远千里来到平远中医院驻点帮扶。在其带领下，科室业务量由最初的每天十多人迅速上升至五六十人。

"授人以鱼，不如授人以渔"。为了让中医康复技术能在当地生根发芽，得到更广泛的运用和发展，在白艳甫建议下，平远中医院新开设中医特色康复治疗区。短短半年时间，白艳甫相继组织开展了穴位埋线、火针、浮针、水针等多个针灸治疗项目，取得良好的治疗效果，受到患者和家属热烈好评，许多群众来院咨询、诊治，针灸康复科一时成了医院的明星科室。今年 7 月初，"平远县中医特色康复治疗区"正式挂牌，得到平远县及梅州市卫计局等领导高度重视。白艳甫在半年多的帮扶期内，针灸康复患者每天从刚开始的十几人，增加到后来的六七十人，平均每天接诊 50 多人。

（通讯员：朱勇武，2016 年 8 月 2 日刊载于《南方日报》）

带娃帮扶发挥专长全心全意造福平远百姓

——花都卫计系统十佳医护事迹

　　白艳甫是广州市中西医结合医院针灸康复科的一名主治中医师，于今年元月被派往梅州市平远县开展对口帮扶工作。在接到帮扶任务的时候，白艳甫年近七旬的母亲身患高血压、糖尿病，心脏也一直不太好，女儿不满周岁。帮扶工作一去半年，相距 500 多公里。在左右为难的关口，丈夫为她打开了心结，"妈有我看着，你学了那么多本事，就应该去为社会多做点事"。夫妻俩大胆商定，丈夫在家照顾母亲，她毅然带上不足一岁的孩子前往帮扶点。

　　平远县地处粤、赣、闽三省交界的广袤群山之间，深冬寒冷。一连半个月，孩子不是拉肚子，就是受凉感冒和发烧，一茬接一茬的，没完没了地哭，有一次自己值班，孩子发烧 40 度，出现抽搐症状，送院诊室里抢救，看着孩子苍白的小脸，哭闹声把白艳甫的心都疼得要碎了，看到孩子跟着自己如此受罪，她流下了愧疚的泪水。平远虽然清贫，但这里的人非常热心，纯朴的患者们纷纷伸出手帮助他们，在得知医生们下了班吃不好，甚至吃不上饭的时候，他们就送来鱼干、鸡蛋、蔬菜等食物，如果白艳甫她们推辞，他们就趁医生上班时悄悄放到宿舍门口，这些让白艳甫他们很是感动，一次白艳甫自己病倒了，医院张院长还亲自煲了鸽子汤端过来，令她记忆深刻。

　　"授人以鱼，不如授人以渔"，为了让中医康复技术能在当地生根发芽，得到更广泛的运用和发展，在白艳甫建议下，平远中医院新开设中医特色康复治疗区。短短半年时间，白艳甫相继组织开展了穴位埋线、火针、浮针、水针等多个针灸治疗项目，取得良好的治疗效果，受到患者和家属热烈好评，许多群众来院咨询、诊治，针灸康复科一时成了医院的明星科室，今年 7 月初，"平远县中医特色康复治疗区"正式挂牌，得到平远县及梅州市卫计局等领导高度重视。白艳甫在半年多的帮扶期内，针灸康复患者每天从刚开始的十几人，增加到后来的六七十人，平均每天接诊 50 多人。除了上班时间，只要患者及科室需要，不管是周末还是节假日，白艳甫医生都能随时回到科室，协助同事服务患者，从无怨言，深得患者信赖。

一位由平远嫁往揭阳的脑中风出患者，一边肢体瘫痪一个月，在揭阳四处求医均不见疗效。在得知娘家有来自广州的康复治疗专家后，便赶回平远寻医就诊，白艳甫运用自己的技术优势为她精心治疗，经过仅一周一个疗程的治疗，该患者就明显好转，后来通过后期加固康复治疗，逐渐恢复了生活自理能力。患者兴奋地称白艳甫为"再生恩人"。

一位颅脑外伤的患者池某，在梅州市人民医院施行开颅手术后，曾在多家医院接受康复治疗，康复进程缓慢，当家人从平远县电视台"生活汇"栏目中看到关于白医生的相关报道后，带着患者慕名前来就诊，几个疗程的中西医结合治疗下来，患者康复明显加快，肢体僵硬、疼痛等症状有效缓解，患者及家属感激地送上"神针奇术、造福百姓"锦旗。

白艳甫在平远帮扶期间，在感受平远人民朴实善良情感的同时，也将自己精湛的医疗技术毫无保留地发挥出来，她觉得自己在这里虽然苦，但真正地锻炼了自己的毅力，提升了自己的人生价值。每天她几乎没有正常的上下班时间，有时甚至不分昼夜，随叫随到，她用自己的行动践行了医者的本分，诠释奉献。用她的话说，"医生多一分无私奉献精神，病人就少一分生命危险"，她真诚的服务态度，精湛的医术受到当地群众的交口称赞，当地群众每次提到她，都亲切地说"那个带娃的白衣天使"。

（推荐单位：市中西医结合医院，2016 年 8 月 17 日刊载于《今日花都》）

护牙天使五年如一日推动公益事业发展

——花都卫计系统十佳医护事迹

"牙好，胃口好，身体倍儿棒！"这是广州市中西医结合医院口腔医疗中心邵军主任常挂在嘴边的一句话。正因为有这样的理念，即使科室人员紧张、学校位置偏远，即使科室效益因此下滑，这些困难都没有动摇他的一颗公益心，带着口腔医疗中心医护人员把广州市六龄齿免费窝沟封闭项目从成立伊始坚持做到了现在。

2011年，由广州市卫计局牵头的六龄齿免费窝沟封闭项目正式启动，广州市中西医结合医院是定点医疗单位之一。第一年，广州市中西医结合医院承担了6间学校的窝沟封闭任务。虽然数量不多，但是多为偏远地区。项目初始，没有人愿意去做。仔细分析过后，邵主任看到了问题症结，因为路途遥远，郊区学校孩子无法到医院接受牙齿预防治疗，窝沟封闭项目的公益免费性质影响了医护人员的积极性，且消耗科室的大量人力物力财力。长此以往，势必影响此项目的执行，公立医院的公益性也得不到体现。邵主任看在眼里，急在心里，决定化被动为主动。首先，和院领导汇报协商自筹经费购买了移动牙椅、添置窝沟封闭设备，由孩子到医院来治疗变为医生主动下学校为孩子服务。由此，让所有的孩子真正享受到了窝沟封闭的好处，其次，邵主任组织科室全体医护人员开展动员大会，充分调动人员积极性。

成立医疗小组，轮流到校服务窝沟封闭项目，每次下派十余人，顶酷暑，冒严寒，医疗小组一干就是五年之久。

短短5年时间里，广州市中西医结合医院承担的片区任务从一开始的6所小学增加到现在的14所小学，单2015年就高质量地完成了2000多名（将近8000颗适应症六龄齿）儿童的口腔健康普和窝沟封闭任务。在他的带领下，广州市中西医结合医院口腔医疗中心窝沟封闭项目不断获得嘉奖。在2015年广州市卫生计生局会同市教育局联合召开的窝沟封闭项目工作会议上，广州市中西医结合医院口腔医疗中心从500个挂牌单位中脱颖而出，获得全市仅有的5家市级最佳质量奖，且连续3年获得窝沟封闭项目优秀实施单位。邵主任个人也当选广州市口腔临床医疗质量控制专家委员会副主任委员。

从医20余年，邵主任不忘初心，始终把关爱牙齿健康作为不懈的追求目标，以身作则的同时带动科室医护人员一起投身公益事业，年广州市中西医结合医院口腔医疗中心都会组织人员进行公益活动，比如爱牙健齿义诊活动，口腔健康宣教进校园活动等，都见证着他们奉献爱心的点点滴滴。

关注儿童口腔健康，推动公益事业发展，公益的道路上邵军主任的脚步从未停止……

（推荐单位：市中西医结合医院，2016年8月17日刊载于《今日花都》）

点赞｜脑出血致偏瘫，还有办法治吗？
平远中医医院 28 天让病人恢复行走！

57 岁的东石镇洋背村村民余小玲因为脑中风出血，手术后过来像变回了一个孩子：右肢偏瘫不说，还不会说话，坐都坐不起来，认知能力也受到影响。正一筹莫展时，儿子在微信圈了解到县中医院的中医特色理疗康复对治疗偏瘫有很好效果，便带她来到这里接受治疗。理疗 28 天后，余阿姨不仅能重新站立行走，而且生活方面恢复了自理。见此，余阿姨的儿子激动不已，特地为中医院送来"医德高尚、医术精湛"，"华佗再世、神针奇术"的锦旗，表达对医院的感激之情。

今年 3 月，早上刚睡醒的余阿姨突然呕吐、腹泻不止，并出现休克昏迷状态，家人将她送到医院后被诊断为脑出血。虽然立即进行了开颅手术控制住了病情，但余阿姨的身体还是右肢没有知觉、语言障碍等偏瘫状态。

"妈妈还不到 60 岁，就这样突然瘫了，实在接受不了。"余阿姨的儿子丘永清说。当他在微信朋友圈了解到中医院的中医特色理疗挺不错后，一家人就抱着试试看的心理来了。经过 28 天的治疗，余阿姨已能自己独立行走，生活也恢复自理。

患者儿子丘永清：当时没想到这么快恢复到这么好的状况，我以为可以康复，但是时间可能会相当长。经过中医理疗治疗以后，才一个月的时间，这样的程度恢复到相当可以。

记者了解到，让余阿姨恢复健康靠的是该院特色中医康复理疗法，也是该院运用中医理疗治疗脑出血偏瘫，让患者重新恢复行走的首个成功病例。其主治医师、来自对口帮扶该院的广州市中西医结合医院医生黄大成告诉记者，针对余阿姨的病情，他们首先对其身体穴位进行针灸，中频增加肌力，加床边运动治疗，并进行头部、腹部艾灸，最后进行步态纠正，达到治疗效果。

广州市中西医结合医院医生黄大成：患者来到这，我们就可以用中医的特色治疗，就是用针灸、艾灸这方面，结合西医康复等一系列康复治疗。患者针对我们的治疗的话，现在下午有非常明显的好转，然后可以独立行走、生活自理，这些方面恢复到正常水平。

黄大成说，高血压、脑血栓、脑梗塞等引起的偏瘫并非不治之症，康复治疗介入越早效果越好。

广州市中西医结合医院医生黄大成：如果是有这方面的患者，我们一般建议要跟患者沟通好，尽量做好他的思想工作。比如说有了这样的损害不能康复（的患者），应该积极参与康复，主动参与；家属也要积极配合，我们也进行努力，三方面结合的话，患者康复起来的希望还是挺大的。

（平远发布 2017 年 5 月 17 日）

吴起华副书记带领我院领导班子
前往对口帮扶单位进行工作交流

日前，在平远县卫生和计划生育局吴起华党组副书记的带领下，我院领导班子一同前往广州市中西医结合医院进行对口帮扶的工作交流。

董大成医生接受平远电视台采访

期间，张学良院长向广州市中西医结合医院的领导们汇报了前来帮扶的医务人员的优异表现，介绍了我院三大中医特色专科建设项目的进展和工作思路，并邀请他们下月上旬前来我院参加"省市中医名医进平远"义诊活动，同时在"平远县老中医诊室、平远县养生保健体检中心挂牌揭幕"时前来指导。

广州市中西医结合医院刘瑞华院长表示将继续大力支持我院中医特色专科建设，并答应安排人员前来我院参加义诊及捐赠部分相关仪器设备。

吴起华副书记高度赞扬了广州市中西医结合医院前来帮扶的专家们为平远医疗卫生事业做出的突出贡献，充分肯定了他们的工作成绩！

广州市花都区卫生和计划生育局虞志忠副局长也表示双方要加强合作交流，从下派人员中了解到的基层医院运作情况，反馈回医院也给我们调整帮扶方向提供了很好的参考。

交流会后双方一同参观考察了广州市中西医结合医院极具中医药特色的荟春园、新大楼建设及部分中医特色专科。

（平远县中医医院 2016 年 6 月 9 日）

德馨技高大医范，对口帮扶显身手

罗志恩，来自我院对口帮扶单位广州市中西医结合医院，他于 2016 年元旦接受单位下派任务之后，克服种种困难，前来地处广东粤东北的边远山区——平远，自此开始为期半年驻扎当地的支援帮扶生活。他在我院工作期间，开创了平远县多种首例手术的先河，填补了平远县中医医院的多项空白。同时通过典型病例的分析将一些国内、外骨科领域的新进展带到基层医院，并多次进行讲课及显微吻合操作技巧指导，提高基层医生的业务水平。

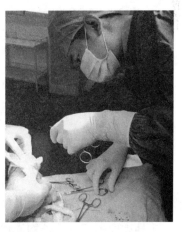

罗志恩开展对口帮扶工作

他能发挥城市专科医生业务专长和技术优势，主要从当地的常见病、多发病方面开展工作，在下乡工作中不断强化健康宣教意识，参加健康教育讲座，向广大农民群众进行宣教，传授健康教育新理念，推广一级预防，努力提高农民群众的健康水平，提高他们防病治病及自我保健的知识和能力。

在对口帮扶单位等上级专家的指导下，随着业务全面发展，我院中医骨伤科在继续发挥传统中医正骨手法特色的同时，不断引进新技术、新技能。在对中医骨伤科的各类常见病、多发病全面掌握的基础上，对四肢骨折的诊疗水平不断提升！对骨折、骨伤病人的早期康复方面亦引进新的设施设备，使中医骨伤"筋骨并重、动静结合"的经典特色更加具体化。下面是我院近期收治的部分骨伤患者 x 线片。

平远县中医医院对口帮扶单位广州市中西医结合医院罗专家简介如下：

罗志恩，学士学位，毕业于广州中医药大学骨伤专业，在广州市中西医结合医院骨伤科工作 10 年余，曾到无锡手外科医院进修，主攻四肢创伤，基础理论知识扎实，临床经验丰富，尤擅长手外伤治疗、断指再植、四肢皮瓣修复。曾成功进行股前外皮瓣移植，主刀 8 指离断再植和断掌、断碗再植成活手术等。

（平远县中医医院 2016 年 5 月 23 日）

县中医医院三个传统中医特色科室
挂牌助推传统医学焕发时代新活力

7 月 8 日上午，我县在县中医医院举行三个传统中医特色科室挂牌揭幕仪式暨省名中医义诊活动，在让传统医学焕发时代新活力的同时，也让山区群众就近享受大型医院的优质高效医疗技术，解决人民群众看病就医的实际问题。

县委副书记、县长刘许川，广州市花都区卫计局党委书记、局长曹扬，广州市中西医结合医院院长刘瑞华，广州市中西医结合医院副院长黄华，市卫计局副局长刘水，县委常委、统战部部长肖桂华参加挂牌揭幕仪式。

据了解，县中医医院是一间集医疗、科研、教学、预防保健、急救、健康检查于一体的具有中医特色的现代化综合性二级甲等中医医院，担负着全县中医药医疗服务和全县镇村两级中医药业务指导、技术支持、人员培训等工作任务。今年以来，该院紧紧抓住创建卫生强省、卫生强市和卫生强县的机遇，选择新的突破口，规划设置了三个极具传统中医特色的科室并于今天上午挂牌揭幕，这三个传统中医特色科室分别是老中医诊室、养生保健体检中心和中医特色康复治疗区。其中，老中医诊室将致力传承和发扬中医药文化，对县内有志于学习传统中医的年轻中医生实施传、帮、带，并服务群众。首批坐诊的 6 名老中医均为我县及粤闽赣边知名的老中医，从事中医临床工作几十年，分别擅长中医内科、外科、妇科、儿科、眼科等临床常见病、多发病、疑难杂症的诊治；养生保健体检中心则主推全市最先进的舌面脉中医四诊仪，针对亚健康和慢性病人群进行体质辨识，根据各种不同体质提供合理的养生保健建议，可有效弥补完善西医体检的不足。中医特色康复治疗区新引进一批先进的康复设备，能同时满足门诊和住院患者进行针灸推拿康复治疗的需求。随着这三个传统中医特色科室挂牌使用，对于秉承祖国传统医学精髓，突出中医药特色和优势，大力发扬中医文化具有积极的现实意义。在挂牌揭幕仪式上，广州市中西医结合医院还向县中医医院捐赠了价值 20 万元的康复设备，助推县中医院发展走上快车道。

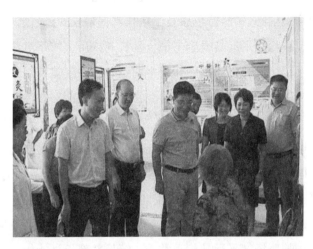

在挂牌揭幕仪式结束后，现场还开展了省名中医义诊活动，来自广东省第二中医院和广州市中西医结合医院的专家们不畏酷暑，热情地为山区群众诊疗，当地群众不仅在现场接受了免费的身体检查，还得到了来自康复科、脑病科、针康科、肾内科和骨科等专业科室中医专家的把脉问诊。专家们精准的诊断、和蔼可亲的态度令到场群众赞不绝口，特别是中医专家们针对老年人群体病情给出的治疗建议、传统验方以及自我保健、四季养生等方法，更是充分体现了传统中医药安全、有效、方便、价廉的特点。在诊治现场，冒着高温闻讯赶来就诊的患者络绎不绝。仅一个上午的时间，专家们就诊治患者达 300 多人次，活动受到了广大患者及社会各界的一致赞誉。

（平远县广播电视台平远发布 2016 年 7 月 9 日）

三十载风雨兼程，不忘初心；
三科室齐头并进，再扬国粹！

7 月 8 日上午，平远县中医医院院内热闹非凡。"平远县老中医诊室、平远县养生保健体检中心、中医特色康复治区挂牌揭幕仪式暨省名中医义诊活动"在院内大坪圆满举行。平远县委副书记、县长刘许川，广州市花都区卫生和计划生育局党委书记、局长曹扬，广州市中西医结合医院院长刘瑞华，梅州市卫生和计划生育局副局长刘水，平远县县委常委、统战部部长肖桂华出席了挂牌揭幕仪式。

活动由平远县卫生和计划生育局局长凌征新主持，平远县县委常委、统战部部长肖桂华同志致欢迎辞，平远县中医医院院长张学良介绍医院的建设情况，刘瑞华院长代表广州市中西医结合医院向平远县中医医院捐赠一批价值约 20 万元的康复医疗设备，平远县委副书记、县长刘许川，花都区卫生和计划生育局党委书记、局长曹扬，平远县县委常委、统战部部长肖桂华，广州市中西医结合医院院长刘瑞华，梅州市卫生和计划生育局副局长刘水、广东省第二中医院康复科刘悦主任分别为"平远县老中医诊室""平远县养生保健体检中心""中医特色康复治区"揭幕。

在致辞中，肖桂华首先代表县委、县政府向县中医医院的平远县老中医诊室、平远县养生保健体检中心、中医特色康复治疗区的开业庆典表示热烈的祝贺；向广东省第二中医院、广州市花都区卫生和计划生育局、广州市中西医结合医院的领导和专家教授们表示热烈的欢迎和衷心的感谢，并通报了近年来县中医医院事业的发展情况，特别是在广州市中西医结合医院的大力帮扶下，无论在配强技术力量、改善硬件设施、优化服务态度、提高医疗水平等方面，都有了很大的进步，赢得了全社会的广泛赞誉，为我县的中医事业、创建全国中医先进县打下了坚实的基础。

肖桂华还在致辞中讲，今年以来，县中医医院紧紧抓住创建卫生强省、卫生强市和卫生强县的机遇，选择新的突破口，规划设置了三个极具传统中医特色的平远县老中医诊室、养生保健体检中心、中医特色康复治疗区，这三个传统中医特色科室的成立，标志着县中医医院在传承我县老中医学术和临床经验、培养中医药临床人才方面进入新的里程碑，尤其是中医药疾病预防与养生保健服务，为广大群众送来福音。

在义诊活动现场，闻讯前来咨询就诊的群众络绎不绝，原定上午八点半开始的义诊活动，7点半已经有很多群众在医院大堂等候专家的到来。揭幕仪式后，来自广东省第二中医院及广州市中西医结合医院康复科、脑病科、肾内科、骨伤科等科室20余名专家教授们马上开展义诊活动，让山区群众不用出远门、不用花钱就享受到了省级医疗专家的优质服务。

广州市花都区卫生和计划生育局党委书记、局长曹扬，广州市中西医结合医院院长刘瑞华、副院长黄华亲自带领工作人员为前来就诊的患者免费发放了由广州市中西医结合医院自制的"安神香囊""驱蚊香囊""防感香囊"一批。

义诊现场高达 38 摄氏度，烈日炎炎，酷暑难当，专家们被围成了里三圈外三圈，但丝毫不减专家们服务群众的热情，他们顾不得擦拭脸上豆大的汗珠，忙得不可开交，为群众仔细地检查和耐心的讲解，一直坚持到 11 ：50 分才把前来求医的群众安顿好。而广东省第二中医院康复团队所在的"中医特色康复治疗区"，简直是"人满为患"，省级专家现场诊断、现场操作，一幅幅针刺、艾灸、推拿、复位的画面伴随着患者及家属的赞叹声呈现在大众面前，一个个浮针、埋线、穴位注射、针刀治疗等新疗法则让人在倍觉新奇中发现病情明显好转。

【市民：我听说平远县中医医院有大型义诊，就过来给专家看看，我还通知了邻居，他们也过来了。我们很喜欢这种义诊活动，在家门口就能让省级专家看病，享受三甲医院的医疗服务。】

据统计，此次义诊共接诊病人约 600 余人次，现场康复治疗约 120 人次，巡查住院病号约 40 人次，骨科手术治疗 1 台，得到了广大群众的一致好评。

（平远县中医医院 2016 年 7 月 11 日）

神针奇术，造福百姓

今日上午，患者池 xx 的家属为了感谢我院针灸科团队，特意制作了一幅"神针奇术、造福百姓"的锦旗送到我院针灸理疗科，对白艳甫专家和针灸理疗科全体人员表达了家属的谢意！

患者池 xx，因车祸致颅脑损伤，曾在梅州市人民医院（黄塘医院）施行开颅手术，术后在省市县多家医院康复治疗，病情逐渐好转。两周前在平远县电视台"生活汇"栏目中看到关于我院针灸理疗科的相关报道后，即于次日前来我院就诊。经过两周的针灸等中西医结合治疗，患者康复明显加快，得到了患者及家属的高度赞誉！遂特意请人做好锦旗一幅，上书"神针奇术、造福百姓"，于今日送给我院针灸理疗科全体医务人员，以表达患者及家属的感激之情！

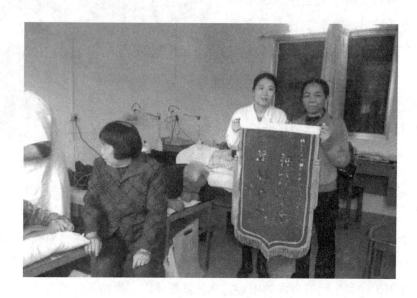

白艳甫获患者赠送锦旗

我院针灸理疗科是以祖国传统中医、针灸经络理论与现代光电物理诊疗技术相结合的科室。我科现有工作人员9人，其中副主任医师1人、医／技师4人。均为正规中医院校毕业或经过正规中医推拿按摩进修，有着深厚的中医底蕴和基础。较好地承担了我院住院病人和门诊病人中医针灸、按摩、理疗的诊疗任务。

（平远县中医医院 2016 年 4 月 19 日）

平远县中医医院开展新一轮城乡对口支援工作

6月26日，广州市中西医结合医院对口支援平远县中医医院第二轮签约仪式在我院三楼会议室举行，广州市中西医结合医院黄华副院长一行、县卫计局凌征新局长、吴起华副书记、我院领导班子成员及部分中层干部参与签约仪式。

黄华副院长代表医院签署对口帮扶协议

张学良院长代表医院对广州市中西医结合医院领导及专家的到来表示热烈欢迎，对三年来广州市中西医结合医院派送6批共12人次开展的对口支援工作给予高度肯定并表示感谢，为我院带来诸多新技术、新理念，填补了我院数十项技术空白，提高了我院的医疗卫生服务能力和水平。同时希望新一批专家能够克服工作和生活等方面的困难，充分发挥才能，带动我院的发展，为人民群众提供优质的医疗服务。

县卫计局凌征新局长表示："非常感谢广州市中西医结合医院长期对我们的帮助和支持，自支援帮扶以来，我们县中医医院诊治水平得到了显著提升，服务质量明显改善。同时，希望再接再厉，把你们先进的管理理念、精湛的医疗技术，为我们医院科学发展提供新活力，提升医院整体水平，让平远百姓得到更多实实在在的好处。"

广州市中西医结合医院黄华副院长指出："开展城乡对口支援工作，是统筹城乡卫生事业发展，全面提高基层医疗服务能力的重要举措。对口帮扶工作是我们义不容辞的责任，要真正让帮扶工作落到实处，大家共同探讨如何在较短的时间内尽可能地提高医疗技术、医疗质量和医院管理水平。"同时他对新一批派驻专家提出了要求：作为城乡对口支援的医务工作者，责任重大，不仅要充分利用这次机会对自己进行锻炼，更要充分发挥自己在医疗、教学、科研等方面的专长，严格遵守受援医院的规章制度，把新一轮的支援工作切实做好，做实。

（平远县中医医院 2017 年 6 月 28 日）

我院针灸科通过广东省
"十二五"中医特色专科项目验收

根据省中医药局《关于对广东省"十二五"中医特色专科建设项目进行验收的通知》文件精神，1 月 17 日市卫计局组织专家组对我院针灸科进行验收，按照省中医药局制定的验收标准，我院中医特色专科——针灸科验收合格。

我院针灸科自 2012 年经申请成为广东省"十二五"中医特色专科建设项目单位以来，医院高度重视，突出中医特色，发挥中医药优势，投入资金建设，引进医疗设备，加强医务人员技术培训，提高医疗质量规范医疗服务，专科建设得到了进一步发展。

2016 年我院将原有的针灸科、推拿科、康复科整合优化组成"中医特色康复治疗区"——针灸康复科，从原门诊大楼二楼迁至住院部二楼，住院病房依托于骨伤科，实现了与住院病患无缝对接，同时满足了门诊和住院患者进行针灸推拿康复治疗的需求。对办公场地进行了修缮，购进康复医疗设备和相关办公用品。引进针灸推拿康复人才，现有医务人员 10 人，其中副主任医师 1 人、医/技师 6 人，均为中医院校毕业并经过进修提升，较好地承担了住院和门诊病人针灸、推拿、理疗、康复的诊疗任务。在广东省第二中医院康复科及对口支援单位广州市中西医结合医院的大力支持下，我院积极开展新技术、新业务，引进现代康复技术、小针刀、火针疗法等中医特色技术，其中三伏（三九）天灸、小针刀、脑卒中针灸唤醒疗法等得到了群众的广泛好评。颈椎间盘突出症、

·219·

肩关节周围炎等中医优势病种不断增加，诊疗方案不断改进，专科疑难、急危重症救治不断加强。

专家组通过查阅资料、科室现场勘察、访谈医师、抽查病例等形式，对我院针灸科十二五期间的科室建设、特色优势、中医疗效等情况进行了深入细致的检查，对存在的问题提出了改进建议。张学良院长表示，医院将以评促改，以评促建，以评促进，狠抓优势病种的科技攻关，不断提升临床疗效，彰显中医药特色优势；在新院区建成以后，将扩大规模，进一步完善硬件设施提升软件实力，扩大特色专科在平远以及周边地区的影响力，更好地为人民群众的健康服务。

（平远县中医医院 2018 年 3 月 13 日）

紧抓对口支援机遇，助推医院稳步发展

广州市中西医结合医院以"带好一所医院，服务一方群众，培育一批人才"为对口支援目标，每年选派 4 名医技水平高、管理能力强、服务意识好、基层工作经验丰富的医务人员帮扶我院工作。

新年伊始，广州市中西医结合医院选派了黄天开、李常威医师对口支援我院针灸康复科、骨伤科，其简介分别如下：

帮扶医生严格到岗，通过组织查房、手术试教、疑难病例讨论、专题讲座等形式认真实施"传帮带"工作："传"主要通过临床进修、

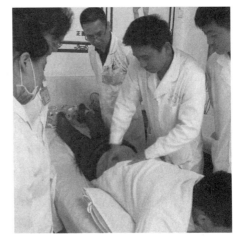

黄天开指导康复手法

过程教学、专项培训等形式传知识、传技能；"帮"主要采取技术队伍、学科队伍、管理队伍相互学习交流等方式促进学科发展；"带"主要采取师带徒、远程诊疗、质量审查等措施。同时广州市中西医结合医院每年免费接收我院选派的卫生技术人员进修各种专业学科。

在广州市中西医结合医院和帮扶医生的大力支持下，我院诊疗科目增多，医疗设备充分利用，受援科室在规范管理、规范行为、规范操作、规范诊疗等方面都有了明显的进步和改善，医护人员的医疗技术水平、服务质量不断提高，门诊量、住院人次同比增长，患者及社会满意度不断上升。

我们一定紧紧抓住对口支援的机遇，在各级领导的关心支持下，在各位专家的精心指导下，在全体干部职工的共同努力下，进一步规范医院管理，提升医院综合实力，促进对口支援工作健康持续发展，使我院的各项工作再上一个新台阶。

（平远县中医医院 2018 年 3 月 6 日）

脑出血致偏瘫，还有办法治吗？
平远中医医院 28 天让病人恢复行走！

57 岁的东石镇村民余某玲因为脑中风出血，手术后过来像变回了一个孩子：右肢偏瘫不说，还不会说话，坐都坐不起来，认知能力也受到影响。正一筹莫展时，儿子在微信圈了解到县中医院的中医特色理疗康复对治疗偏瘫有很好效果，便带她来到这里接受治疗。理疗 28 天后，余阿姨不仅能重新站立行走，生活恢复自理。见此，余阿姨的儿子激动不已，特地为中医院送来"医德高尚、医术精湛"，"华佗再世、神针奇术"的锦旗，表达对医院的感激之情。

今年 3 月，早上刚睡醒的余阿姨突然呕吐、腹泻不止，并出现休克昏迷状态，家人将她送到医院后被诊断为脑出血。虽然立即进行了开颅手术控制住了病情，但余阿姨的身体还是右肢没有知觉、语言障碍等偏瘫状态。

"妈妈还不到 60 岁，就这样突然瘫了，实在接受不了。"余阿姨的儿子丘永清说。当他在微信朋友圈了解到中医院的中医特色理疗挺不错后，一家人就抱着试试看的心理来了。经过 28 天的治疗，余阿姨已能自己独立行走，生活方面也恢复了自理能力。

患者儿子丘永清：当时没想到这么快恢复到这么好的状况，我以为可以康复，但是时间可能会相当长。经过中医理疗治疗以后，才一个月的时间，这样的程度恢复到相当可以。

记者了解到，让余阿姨恢复健康靠的是该院特色中医康复理疗法，也是该院运用中医理疗治疗脑出血偏瘫，让患者重新恢复行走的首个成功病例。其主治医师、来自对口帮扶该院的广州市中西医结合医院医生黄大成告诉记者，针对余阿姨的病情，他们
首先对其身体穴位进行针灸，中频增加肌力，加床边运动治疗，并进行头部、腹部艾灸，最后进行步态纠正，达到治疗效果。

广州市中西医结合医院医生黄大成：患者来到这，我们就可以用中医的特色治疗，就是用针灸、艾灸这方面，结合西医康复等一系列康复治疗。患者针对我们的治疗的话，现在下午有非常明显的好转，然后可以独立行走、生活自理，这些方面恢复到正常水平。

黄大成说，高血压、脑血栓、脑梗塞等引起的偏瘫并非不治之症，康复治疗介入越早效果越好。

广州市中西医结合医院医生黄大成：如果是有这方面的患者，我们一般建议要跟患者沟通好，尽量做好他的思想工作。比如说有了这样的损害不能康复（的患者），应该积极参与康复，主动参与；家属也要积极配合，我们也进行努力，三方面结合的话，患者康复起来的希望还是挺大的。

（平远县广播电视台平远发布 2017 年 5 月 17 日）

兴宁市中医院

曹扬一行赴兴宁看望对口帮扶工作人员

7月8日，在参加平远县中医药服务区揭幕仪式后，区卫计局党委书记局长曹扬、医政科科长毛德新、广州市中西医结合医院院长刘瑞华、副院长黄华、办公室主任朱勇武、质控科副主任王帅一行下午赶往兴宁市中医医院，看望在该院开展帮扶工作的医务人员，兴宁市政协副主席郑华及兴宁市中医医院领导班子陪同。

会上，兴宁市中医医院介绍了挂职副院长陈仁山、副主任刘天福开展帮扶工作情况。郑华对两位专家积极发扬专长、认真开展帮扶工作并取得明显成效给予充分肯定，对花都区卫计局及广州市中西医结合医院给予兴宁市中医医院在人才技术上的大力支持表示感谢。

刘瑞华向两位帮扶专家表示慰问，勉励他们在艰苦岗位锻炼成才。曹扬希望两家医院增进了解，多开展沟通交流，以便有针对性开展帮扶工作，切实取得帮扶成效，她还与郑华就两地医改进展及社保覆盖情况进行交流。

（通讯员：朱勇武）

第二批对口帮扶专家赴任兴宁市中医医院

7月30日，广州市中西医结合医院黄华副院长、刘志军副院长一行赴广东省梅州市兴宁中医医院组织第二批驻点帮扶交接工作。兴宁市政协副主席、市卫计局副局长郑华及兴宁市中医医院领导班子参加交接座谈会。

座谈会上，第一批帮扶专家代表陈仁山医师汇报开展帮扶工作情况，受援医院对上一批专家开展帮扶工作给予充分肯定。兴宁市卫计局对接任人员寄予厚望，现场宣读任命书，任命新赴任王栋范副主任医师任挂职副院长，王向前医师任挂职内科副主任。

兴宁市中医医院由于地理位置比较尴尬（与市人民医院对面），十多年以来年业务收入一直保持五千万至六千万元，长期处于发展瓶颈。围绕"怎么样突破瓶颈，获得发展空间"，双方医院领导及专家展开探讨，并达成共识。一是以广州市中西医医院帮扶为东风，借助当地的报纸、电台、电视台加强帮扶专家的宣传力度，提高群众的认知力，提升医院的知名度；二是开辟新科室，新项目如肛肠科、腔镜技术，尽快指派医务人员到我院进修学习；三是加强对传统中医项目的支持，新增针灸康复住院病区；四是加强本院急诊科室建设，指派医务人员到我院的急诊、ICU 进修学习，打破人民医院一家独大的局面。双方对医院的发展前景充满信心。

（通讯员：雷红军）

佛冈县中医院

广州市中西医结合医院刘瑞华院长
赴县中医院调研对口帮扶工作

为了有针对性开展好对口帮扶工作，3月16日下午广州市中西医结合医院刘瑞华院长率刘树华副院长、陈元岩副主任医师等一行4人赴对口帮扶单位佛冈县中医院就帮扶事宜开展调研。

在调研会上县中医院周新明副院长向刘瑞华院长一行介绍了我院的基本情况，并就我院外科去年新购进一台腹腔镜设备，急需一名有经验的医师指导、协助内镜手术业务开展，为打造一支专业的腹腔镜手术医疗技术团队向广州市中西医结合医院提出技术支持。

刘瑞华院长与县卫计局及县中医院领导就开展内镜手术业务所必要的技术手段、辅助设施、基础条件等情况交换意见，并现场参观手术室及腹腔镜设备配置情况。

经双方协商，拟于本月28日正式签署对口帮扶合作协议，派出陈元岩副主任医师驻县中医院开展对口帮扶工作。

（佛冈县中医院 2016 年 3 月 19 日）

广州外科专家到县中医院驻点

为了推动优质医疗资源向基层流动，提高基层医院医疗卫生服务能力和水平，根据广东省中医药局《关于印发进一步开展对口支援县中医医院工作实施方案的通知》文件精神，广州市中西医结合医院将对佛冈县中医院进行对口帮扶，28 日下午，在县中医院举行对口支援签约仪式。

佛冈县副县长黄丽、县卫计局局长温秀梅参加了签约仪式。黄丽表示，希望县中医院借助名医进驻的契机，不断提高自身医疗服务水平，促进佛冈中医事业发展，让佛冈市民在家门口就能得到更好的医疗服务。

据了解，广州市中西医结合医院将派驻人员到佛冈县中医院，参与医院管理、门诊出诊、手术指导、教学查房，并为佛冈县中医院进行人才培养、培训，通过对口帮扶使佛冈县中医院专科建设得到加强，至少帮助佛冈县中医院建设一个清远市重点中医专科科室，在提高中医诊疗技术基础上，重点对普通外科、肛肠科、骨伤科等专科进行帮扶。

本次派驻广州市中西医结合医院外科副主任医师陈元岩到县中医院驻点挂职时间为期一年，今后将由他作为外科学科带头人，帮助县中医院打造腹腔手术专业医疗团队。记者了解到，陈元岩从事普外科工作近 20 年，曾在中山大学附属第一医院、上海瑞金医院进修学习，擅长胃肠、肝胆、甲状腺、血管、腹壁疝等常见疾病的诊治，尤其多种急腹症的处理。现任广州市腔镜外科学会委员，广东省医学会肝胆外科青年委员。

（南方日报 2016 年 3 月 31 日）

清远七拱镇卫生院

医院组织专家赴清远七拱镇卫生院
开展对口帮扶工作

　　按照广东省卫健委、广东省中医药局《广东城市卫生支援基层卫生实施方案（2013年版）》《广州市花都区卫生局对口帮扶清远市阳山县医疗单位协议书》等工作方案，广州市中西医结合医院与清远市阳山县七拱镇中心卫生院等多家医疗单位建立对口帮扶合作关系。4月17日，在医院工会主席、办公室主任朱勇武带领下，专家组一行七人赴七拱镇中心卫生院开展对口帮扶工作交流，对该院门诊、住院部进行教学查房和业务指导。

　　早上十点，经过了近三小时的车程，专家组抵达目的地后，便迅速投入到工作中，专家组分头前往对应的科室，细询问患者病情，与该院医生一起查看病例及检查报告，对疑难病人进行耐心指点，并与院领导就业务管理、人员建设等问题进行了深入浅出的讨论。

　　对口帮扶工作座谈会上，各位专家都针对看到的现状、发现的问题各抒己见，并提出了一些切实可行的改进建议。第一，建议规范操作流程，重视卫生标准、病例书写等多方面流程，提高服务质量；第二，建议发展未病预防业务，以该院中医馆为着力点，拓展针灸康复等保健业务；第三，建议重新调配人力资源，在医生数量不足、护理人员充分的现状下，要把基础工作转移到护理人员手上，将医生从中释放出来去做技术含量更高的业务；第四，建议重视人员培训，可以抽派骨干到广州市中西医结合医院进行培训，通过以点带面的方式，

提高整体业务水平。

最后，医院工会朱勇武主席提出了三点总结意见：（一）要正确看待医院当前存在的困难。人员紧缺的情况是医疗卫生行业的普遍现象，要充分发挥聪明才智，调配好资源优势，充分发挥各个员工的作用。（二）要正确认识医院的发展潜力。七拱镇中心卫生院周边有三个乡镇，常住十几万人口，辐射范围广，拥有得天独厚的地理优势，只要把服务能力提上来，医院发展大有可为。（三）要立足现状推动医院建设。该院病人资源充足，可以从提高效率、治愈率等多方面转变局面，立足现有条件，利用优势带动其他专业发展。

（通讯员：王晓彤）

共谋发展七拱镇中心卫生院同仁来院参观学习

5月4日，清远市阳山县七拱镇中心卫生院李志杰院长一行11人到广州市中西医结合医院进行交流学习，医院刘瑞华院长、林培顺副院长、刘志军副院长以及医务科、护理部、院办等相关职能部门负责人参与了交流活动。双方就对口帮扶工作开展细节进行了友好座谈与交流，并实地参观了医院脑病科、骨伤科、产科及治未病中心等业务科室。

在交流会上，刘瑞华院长对医院总体情况做了简要介绍。首先，简述广州市中西医结合医院从1984年的花县中医院转变为如今初具规模的三甲医院，为七拱镇中心卫生院同仁鼓舞信心；其次，介绍了医院新住院大楼、西部院区、新口腔中心以及乳腺专科建设等近期工作规划；最后，分享了医院专业委员会特色管理模式，先后组建了21个专业委员会，大量吸取员工来参与医院决策，建议七拱镇中心卫生院也把中坚力量运用起来，通过改革促进发展。

会后，李志杰院长一行实地参观了医院脑病科、骨伤科、产科及治未病中心等业务科室，并根据具体情况提出相应的疑问与需求，并对广州市中西医结合医院规范化的科室管理、人性化的诊疗服务给予了高度评价。

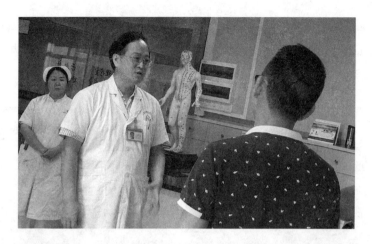

此次交流加强了两所医院之间的相互合作与沟通，给七拱镇中心卫生院下一步建设提供了新的理念和好的建议。双方代表一致表示，今后将进一步加强沟通联系，互学互帮互促，实现携手共赢，不断提升医疗技术水平和综合服务能力，为保障人民群众健康做出更大的贡献。

（通讯员：王晓彤）

从实出发

医院向七拱镇中心卫生院赠送一批办公设备

6月14日，在医院工会主席、办公室主任朱勇武带领下，广州市中西医结合医院对口帮扶工作队来到清远阳山，为清远市阳山县七拱镇中心卫生院捐赠了一批办公设备，积极改善基层办公条件，解决实际困难。

从实出发　向结对单位赠送办公设备

在对口帮扶工作中，广州市中西医结合医院多次深入调研，前期了解了结对单位的基本情况及人员构成、工作模式及存在困难和问题，针对该院办公设备缺乏、工作条件艰苦的实际情况，为其送去电脑、打印机等一批办公设备，共计30套。

捐赠仪式上，医院工会主席朱勇武代表广州市中西医结合医院向七拱镇中心卫生院捐赠设备，并签订了捐赠协议，七拱镇中心卫生院院长李志杰送上一幅锦旗，"结对帮扶，情同手足"简单八字是两院情深的缩影，也表达了结对单位的感谢之情。

细化内容　深入病房为疑难病例查房

本次对口帮扶工作中，医院根据结对单位的需求，组织了骨伤科、急诊科、针灸康复科三科专家实地开展技术帮扶工作。

专家深入病房为疑难病例查房，听取了该院医务人员对患者病情的介绍、查看了患者的相关资料、认真

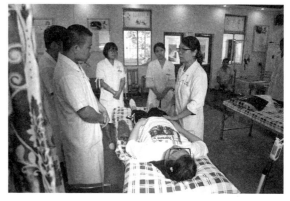
梁进娟副主任医师向当地医护人员推广中医适宜技术

对患者进行了检查询问，并针对下一步治疗作技术指导。为当地患者解决实际问题的同时，又找出工作中的薄弱环节，拓宽该院医务人员在临床诊治中的思维。

切合实际 提升整体医疗服务能力

根据该院现状与工作实际,广州市中西医结合医院制定了具体的帮扶计划,结对帮扶出实招。

一方面,发挥中医特色,调动医院针灸康复专业资源,将一些容易开展、效果明显的中医适宜技术带到当地,发挥中医药的特色作用。另一方面,根据当地靠近山林地的特点,急诊科副主任练志明为当地医护人员作了"抗蛇毒血清的应用策略"专题讲座,以蛇伤中心建设为出发点,深入浅出地讲解蛇伤治疗的新动向。

"我们希望给七拱镇中心卫生院提供实实在在的帮助,在下一步的合作当中,要加强合作,推动七拱镇中心卫生院稳固健康发展,希望我们在帮扶工作上能够取得应有的成效。"医院工会主席、办公室主任朱勇武如是说。

（通讯员：王晓彤）

西藏自治区

"选择援藏今生无悔！"

——记广州市中西医结合医院女护士黄靖辉参加医疗援藏的难忘经历

去年6月，广东省卫生计生委组派柔性援藏医疗队，广州市中西医结合医院的女护士黄靖晖荣幸地成为广东省第一批柔性援藏医疗队中的一员，赴林芝市人民医院进行医疗援藏任务。

在这期间她经历了林芝6.9级地震、抢救过波密隧道发生瓦斯爆炸重度烧伤者、攀山涉水远赴350多公里外的墨脱县及波密县义诊，帮扶林芝市人民医院在2017年年底前实现创建"三甲"。

从零到整：把经验转化为"创造力"

长期以来对西藏工作的高度重视，深入扎实推进医疗人才组团式援藏工作，2017年5月底，省卫健委发布通知，组织医疗团队帮扶西藏林芝市人民医院，提升技术、建设专科，在今年底完成"三甲"评审的工作目标。黄靖晖援藏期间，也正是林芝市人民医院三甲评审的重要时期。

2017年7月18日，黄靖晖正式上班，被分配到重症医学科（ICU）。她被分配的主要工作就是要协助医院重症医学科开科运行，结合过去三年的护理工作经验，从清洁到搬运，从整理床单位到组装仪器，一事一物都参与其中，一步一步把一个科室组建起来，从无到有，逐渐完善。去年7月24日，林芝市人民医院重症医学科正式开科运营。

"迎接三甲评审除了加班加点准备文书资料外，还对当地护士进行专科培训、操作训练等。"据受援单位介绍，黄靖晖在协助创建林芝市人民医院重症医学科和临床护理教学上做了大量工作，创造性地开展工作，使该院的三甲评审工作更加顺利进行。目前，该院已经正式通过了三甲评审。

亲历地震：睡梦中被惊醒

2017年11月18日06时34分林芝市发生6.9级地震，震源深度10千米，全市七县（区）均有明显震感。当时身处林芝的黄婧晖第一次经历地震，直接从睡梦中被惊醒。"（当时）整栋楼都在摇晃，醒后立即跟着队友们跑到楼下，穿着薄薄的睡衣在只有2、3度的大街上等待了近两个小时才敢回去。"得知地震消息后，婧晖家人以及医院领导都十分关心，立刻与她取得了联系，了解情况。

黄婧晖说："家人，领导，朋友，同事纷纷打电话了解情况，我只是简单说了一下，一切平安，因为怕他们过于紧张担心，而他们也不敢问太多，怕影响我的情绪，嘱咐我一切小心，之后的一段时间里，家里人每天视频，电话询问我的情况，领导朋友也隔三岔五地电话慰问。"

爱总能给予力量，尽管自己还是惊魂未定，勇敢的婧晖依然把阳关与微笑挂在嘴边，宛如高原上那朵明媚的格桑花。所幸这场地震没有造成重大灾祸但之后一段时间里，断断续续的余震还是此起彼伏。这也是黄婧晖以及柔性医疗团队共同经历的一场难忘的经历。

不负重托：成为我区首位援藏的医护人员

这是一支柔性的医疗队，主要由来自广东省各市各地区的三甲医院的医生及护士。据了解，本批医疗队共29人，医疗队员的选派，都是好中选优、优中选强。黄婧晖入选其中，同时，也成了花都区史上首位参加援藏工作的医护人员。

援藏期间，黄婧晖一直兢兢业业地完成一线护理任务，2017年9月3日，迎来了其所在的重症医学科建科以来最大的考验。当天，波密隧道发生瓦斯爆炸，三名重度烧伤患者历经6小时的车程，转送到林芝市人民医院ICU，黄婧晖参与了此次重大抢救。经过全院多科专家的协力抢救，患者病情较前稳定。9月6日，用飞机将病人安全转运到重庆西南医院进行进一步治疗，顺利交接。黄婧晖表示，虽然这一支年轻的团队，但是赢下了这场硬仗。

本职工作以外，她还积极参与了当地的义诊活动，远赴350多公里外的墨脱县及波密县，为当地人民送去健康。她说："当地医护人员非常友好，于病患之间，有时候会碰到沟通有障碍的，需要请当地的护士或医生翻译，而这些，都是一笔宝贵的财富。"

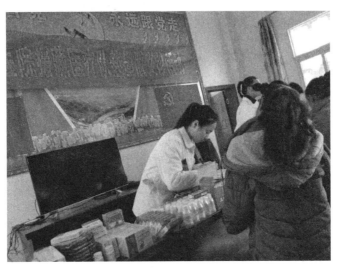

"授人以渔"：留下带不走的财富

从总体上看，部分地区医疗卫生事业发展相对滞后，主要是因为人才与技术的空缺。除了临床一线工作，柔性援藏团队的主要着重点在于技术帮扶。

黄靖晖在完成一线护理工作以外结合了林芝市重症监护医学专科的实际情况，努力发挥自身的技术所长，主动、积极、创造性地开展工作，尽可能将技术传授给当地护士，力争做到"授人以渔"。

到林芝市人民医院后，黄靖晖对该院重症医学科的护理人员进行多次授课几临床技能培训，她与重症医学科农凌波主任和普布央金护士长带领科室人员开展了深静脉护理、气管插管护理等护理技术，进行了呼吸机、除颤仪等抢救仪器的使用培训。

当地护理人员的专业理念、理论水平及临床技术均得到显著提升。通过技术支持、人员培训和管理指导等多种方式，夯实护理技术水平，真正推动了援藏模式从"输血"到"造血"的转变，留下带不走的财富。正是该院的准备充足，再加上黄靖晖团队的紧密协作单位，使林芝市人民医院在 2017 年年底前实现创建"三甲"。

黄靖晖带着对藏区的热爱，亲人朋友们的牵挂，离开家乡，开始了 5 个多月的援藏生涯。她说："巍峨的群山，洁白的云朵，漫山的羊群，黝黑而淳朴的笑脸，这是我们心中藏区的模样，然而对于我们援藏队员来说，却有着更深层次的理解：高寒缺氧，无尽的思念，艰难地翻越……在这里，走同样的路需要更多的体力；在这里，做同样的事需要更多的准备；在这里，生同样的病也许面临的就是死亡。"

在这短短的五个多月时间里，她在政治上注重政策理论学习，切实提高自身理论修养和政治觉悟，在工作中尽职尽责，力争做到"授人以渔"，变"输血"为"造血"。黄靖晖说："援藏期间的点点滴滴，日子过得忙碌、充实、有意义，感谢援藏工作给了我难忘的人生经历及宝贵的人生财富，选择援藏，奉献青春，今生无悔。"

（通讯员：王晓彤）

林芝第一个综合 ICU 有她的功劳

——花都首位援藏医护人员黄靖晖：援藏让我的青春无悔

"我觉得援藏这件事，就像当兵一样，是一件不去会后悔一辈子的事情。而这件事也是 2017 年我做过最不后悔的事情。"近日，广州市花都区中西医结合医院 ICU 科室护士黄靖晖，结束了为期半年的援藏工作，光荣归来。同时，她成了花都区史上首位援藏医护人员。

帮助建立林芝市第一个 ICU"授人以渔"留下带不走的财富

六个多月前，省卫健委组织了一支 29 人的医疗队伍前往帮扶西藏林芝市人民医院完成"三甲"评审工作，而黄靖晖成为其中一员。"当时很多人报名的，我能选上完全出乎自己的意料，当时很开心。"黄靖晖称，当时报名的目的是想找个机会历练一下自己，希望把自己所学的专业知识和这边的一些先进技术、中医特色理论带到西藏去，为当地的医疗工作和人民健康尽点力。

黄靖晖作为有重症医学科工作经验的护士，被分配到的任务是在该院建立起林芝市首个综合性 ICU。她结合自己三年的护理工作经验，从清洁到搬运，从整理床单位到组装仪器，一事一物都参与其中，一步步把一个科室组建起来，从无到有，逐渐完善。

据介绍，林芝市人民医院有国家资助的先进医疗设备，但因为技术和知识有限，这些仪器始终没有得到充分利用。黄靖晖说："创建起这个科室后，我们主要工作就是教会当地医护人员操作呼吸机、除颤仪等抢救设备的方法以及如何对重症病人进行术后护理等。"此外，她还与该院护士长等带领科室的人员开展了深静脉护理、气管插管护理等护理技术。

除了帮助林芝市人民医院建立 ICU，黄靖晖等人还到其他边远地区进行义诊。她们到波密、墨脱等地，为当地的村民诊断病情、配送药物。说起去义诊的经过，黄靖晖现在还心有余悸，她说："当时去墨脱的路特别崎岖、艰险，路的一边就是悬崖，我很害怕，甚至不敢打开窗户看一眼。"

睡梦中经历地震被惊醒被当地居民的淳朴打动

脱离原本的生活圈，去到一个完全陌生的地方，黄靖晖遇到很多的困难。她回忆说："刚到西藏时，因为高原反应，我们刚开始不能走太快，走快几步就会喘不过气来，这个情况大概两个月多后才慢慢缓过来。"此外，语言也是黄靖晖工作时的障碍。她表示，当地虽然大部分居民都会讲汉语，但每当她为居民们介绍病情要用到专业术语时，则需要当地的护士帮忙翻译。

而让她最印象深刻的，莫过于在睡梦中经历地震。11 月 18 日 06 时 34 分，林芝市发生 6.9 级地震，震源深度 10 千米，全市七县（区）均有明显震感。当时正在睡梦中黄靖晖直接从睡梦中被惊醒。"当时整栋楼都在摇晃，我醒后立即跟着队友们跑到楼下，穿着薄薄的睡衣在只有 3 度的大街上等待了近两个小时才敢回去。"黄靖晖称，所幸这场地震没有造成重大伤害，但断断续续的余震还是让她惊魂未定。对千她来说，这是一次终生难忘的经历。

即使面临诸多不适应，但黄靖晖坦言这次援藏经历很值得。"村民们都很热情，也很信任我们，他们到医院还专门问有没有广东来的医生，他想要广东的医生给他看病。"黄靖晖称，在当地，医患关系真的很融洽，居民特别淳朴。她补充说："记得 ICU 接到的第一个重症病人出院后，还经常回来医院看望、慰问我们。"当地居民信任让黄靖晖备受感动，因此，要离开的时候，她深感不舍。

稀薄的氧气、巍峨的群山，陌生的西藏或许会让人望而生畏。但黄靖晖在自己的青春年华里选择躬身前往，播种医护知识。回来后的她坦言"通过这次援藏的工作，我觉得我对自己、对他人的态度有了很大的变化，这次经历是我人生中一笔重要的财富。以后如果还有支援边远地区的工作，我肯定还会努力去争取。"

（通讯员：王晓彤，2018 年 2 月 2 日刊载于《广州日报社区报》）

"姑娘"，听说你去援藏了

"作为医疗援藏队的一员，我会努力克服困难，严格要求自己，自觉维护良好形象，为受援医院医疗发展服务，不负上级领导和全院员工的厚望……"

出生于 1993 年的花都姑娘黄靖晖，是广州市中西医结合医院 ICU（重症医学科）的一名护士。7 月 14 日，随着省卫健委组织的柔性援藏团队，黄靖晖开启了援藏之路。同时，她也成了花都区史上首位援藏医护人员。

90 后"美小护"的成长路

"其实护士是个很神圣的职业，作为一名救死扶伤的白衣天使，在自己细心的护理下，患者能康复出院，内心其实很开心很满足的。"

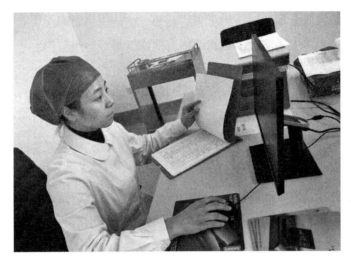

黄靖晖在援藏期间的工作照

近年来，医护类院校一直遇冷。今年高考志愿填报过后，就有媒体报道赫然在目："香港59.26%高考状元报读医科，而内地仅有1.31%。"不少考生及家长考虑到一些关于工作压力及学习成本的现实因素，望而却步。

黄靖晖家里有几位从事医疗行业的长辈，从小耳濡目染，给她心里种下了成为"白衣天使"的种子。高考后，毅然选择了护理专业。"报考这个专业之前我就知道干护理这行会很苦很累，但因为我家族里也有几个（亲人）是做医疗行业的，他们一路上给了我很多指导、鼓励、支持，这使我更加坚定要报考护理专业，医护工作是个受人尊敬的职业。"

毕业之后，黄靖晖就来到了广州市中西医结合医院实习。2014年6月，她正式成了医院重症医学科的一名护士。

做最好的护士：学会"慎独"

"我们得具备良好的沟通能力，还要学会慎独。"护理工作直接为人的生命和健康服务，护士的道德水准直接支配和影响护理行为。三年的护理工作实践中，黄靖晖认为，一名优秀的护士就必须学会慎独。"简单地说，在没人监管的时候情况下，也要严格要求自己把自己的事情做好。"

7月初，广州市中西医结合医院重症医学科收进来一名呼吸道结石的病人，这种案例病人实属少见。病人刚进科室一直咯血，随后病人因为血块阻塞了呼吸道，心率血压都明显下降，医护人员立刻进行心肺复苏术和气管插管，纤支镜下止血等一系列抢救措施，途中更因血块堵塞气管插管更换了三次。"抢救了近三个小时，值班的医生护士都没停歇过。"

在医护完美配合下，这位病人情况得到稳定。以这次抢救成功为例，做一名"好"的医护人员，除了要有过硬的医疗操作技术、良好的沟通交流能力，更重要的是要有一颗"慎独"的心。

实际工作中，护理人员经常处于独当一面、单独执行任务的状况。操作技术、沟通能力都可以通过反复练习、实践积累得以提高，唯有"慎独"不然。能否认真负责，一丝不苟，谨慎处置，在很大程度上是靠护士自己的道德修养信念。黄靖晖及其所在的医护团队，很好地代表医院展现了作为优秀医护人员应有的风范。

远赴"太阳的宝座"：西藏林芝

从繁华城市来到离家 3000 多公里、海拔 3100 多米的雪域高原，这是黄靖晖人生路上一次绝对勇敢的选择。"这次有机会参加援藏工作其实挺难得的，就是想找个机会历练一下自己，丰富人生经验，毕竟在临床护理岗位上也干了三年时间，希望把自己所学的专业知识和这边的一些先进技术、中医特色理论以及优良的作风带到西藏去，与林芝市的同行学习和交流，为当地的医疗工作和人民健康尽点力。"

今年 5 月底，广东省卫健委发布通知，组织医疗团队帮扶西藏林芝市人民医院，提升技术、建设专科，在今年底完成"三甲"评审的工作目标。据了解，本批医疗队共 30 人，广州市中西医结合医院黄靖晖护士入选其中，同时，也成了花都区史上首位参加援藏工作的医护人员。本次援藏工作于 7 月 15 日开始至今年年底结束，为期半年时间。

广东省长期以来对西藏工作的高度重视，深入扎实推进医疗人才组团式援藏工作。医疗人才组团式援藏是以习近平同志为核心的党中央立足治边稳藏现实需要做出的重大战略部署。这是一个真正造福西藏人民群众的民心工程、德政工程。

林芝市人民医院位于藏东南政治、经济、文化、交通中心一八一镇，是林芝市规模最大的一所医院，同时也是本次援藏工作的重点单位。林芝市一直没有一个正规的 ICU，黄靖晖被分配的主要工作就是要协助医院重症医学科开科运行，最终能达到"中病不出市"目标，推动林芝市医疗事业的发展，为林芝市民的身体健康保驾护航。

勇敢迈过"第一道坎"：高原反应

"有七八个，都感冒发烧了……"抬头望天，万里长空如洗，碧蓝的天幕纯净明亮。可还来不及感慨美景，高原反应便随之而来。对于援藏工作人员来讲，最艰苦的不过是高原反应的煎熬了。高海拔、高寒低氧的独特自然条件，让来自南部沿海的工作人员都有点吃不消了。

据黄靖晖介绍，本次援藏团队里面，有七八位工作人员都有轻度高原反应，出现感冒、发烧等症状。援藏方始，身体上的煎熬只是援藏团队第一道坎，之后会否出现更多的难题还是个未知数。不过，援藏团队都表现出医护人员优秀的职业素养。没等高原反应结束，黄靖晖及其所在的援藏团队就投入到了工作中。与当地工作人员进行沟通，了解当地的医疗卫生发展水平，互相交流工作经验，为下一步工作开展做好充分准备。

7 月 24 日，林芝市人民医院重症医学科正式开科运营。

（通讯员：王晓彤）

我区第二批援藏医疗队两位医护人员再启新征程

今日花都讯按照中组部、国家卫生计生委等部委对援藏工作的整体安排，着重解决西藏医疗人才紧缺瓶颈，帮扶林芝市人民医院快速提高医疗服务水平、实现"强三甲"的目标，今年 3 月，广东省卫健委决定开展 2018 年医疗柔性援工作，并招募医疗队员。

广州市中西医结合医院麻醉科医生刘礼胜、急诊科护士曾月玲通过层层考核、筛选、评优，最终在全省的众多报名者中脱颖而出，入选新一批广东省柔性援藏医疗队，于5月7日启程前往西藏林芝市，开展为期半年的支援帮扶工作。同时。他们也是我区仅有的两名入选者。

在5月5日的医疗援藏欢送会上，刘礼胜医生和曾月玲护士表示，在此次援藏医疗工作中，将拿出百分之百的干劲和付出，以创新奉献的精神为林芝市医疗事业发展贡献自己的一份力量，圆满完成组织交给的工作任务。

刘礼胜医生在发言时说："有些事情，如果不趁着年轻去做，我怕以后就没机会了。"现年40岁的刘礼胜毕业于贵阳医学院，18年的从医路上一直兢兢业业、锐意进取，积累了丰富的临床麻醉经验，始终把拯救患者的生命视为己任。他将以苦为乐的优良传统，将结合当地医院麻醉科实际情况充分发挥个人专业技术优势，积极主动、扎扎实实地做好各项工作，把广州市中西医结合医院优良的作风和先进的技术理念带到西藏林芝。

曾月玲是广州市中西医结合医院急诊科的一名护士，此次援藏，远离家人朋友，纵然心有不舍，但是脂怀白衣天使的初心与使命，毅然选择前行。她说："其实我之前去过云南与西藏边界旅行，会有一点点高原反应，但还是非常向往此行，希望把我所学的知识带去西藏，造福人民；同时也希望能够把那边好的东西带回来，真正做到文化和专业的沟通和运用。"

区卫计局相关负责人在出席活动时表示，市中西医结合医院首批援藏人员黄靖晖为我区卫生计生系统开了好头，增添了光彩。希望刘礼胜、曾月玲积极响应号召，加入援藏医疗队，充分显示我区卫计系统队伍积极向上的良好精神状态和奉献精神，再次绽放出新的光彩，同时要尽力做到情系西藏，坚决做汉藏友谊的推进者，从思想感情上与当地群众融为一体，以发展当地、造福当地群众为己任。把工作重心放在贯彻落实党的各项政策上，忠实履行职责，扎实开展工作，多为农牧民群众办实事、办好事。

（通讯员：黄力君，2018年5月9日刊载于《今日花都》）

曾月玲：援藏路上，根本没有犹豫的时间

"之前去过云南与西藏边界旅行，会有一点高原反应，但是我还是非常向往此行，希望把自己所学知识带去西藏，造福人民；同时也希望能够把那边好的东西带回来，真正做到文化和专业的沟通和运用。"

曾月玲是广州市中西医结合医院急诊科的一名护士，此次援藏，远离家人朋友，纵然心有不舍，但是胸怀白衣天使的初心与使命，毅然选择前行。

作为广东省第二批柔性援藏队队员，5月7日曾月玲随柔性援藏医疗队前往进林芝市人民医院，开始了人生中难忘的半年援藏之旅。

工作中尽职尽责努力奉献

"刚到西藏的时候，只要稍微走快一点，都会有明显的呼吸困难、气促、心跳加快的感觉，在西藏爬一层楼的楼梯，都感觉像在平原爬了三四层楼的感觉，在入藏后的第三天，高反最严重，心率一度达到120多次，需要吸氧15分钟来缓解。"

曾月玲援藏期间，正是林芝市人民医院创三甲后的第一年，是巩固三甲成绩的关键时期。进藏后经过短暂的调整和熟悉后，曾月玲马上扎身于临床一线值班中，与林芝市人民医院干部职工一起积极主动地参与迎接三甲复审准备工作。

曾月玲主动肩负起急诊科的护理质量管理工作，运用广东三甲医院的管理知识进一步规范及完善相关管理制度，促使科室护士养成日常工作三甲化，三甲工作日常化的良好习惯。使医院急诊科的强三甲工作更加顺利进行，使急诊科护士的护理记录书写能力及医嘱的执行能力显著提高，减少错漏，并协助科室获得医院护理书写第二名。在工作期间，曾月玲发挥急诊人吃苦耐劳、不畏艰辛的精神，度过了人员最短缺的七月，并且做到零差错、零投诉。协助护士长完成科室日常的管理工作，协助护士长迎接由国家卫健委组织相关专家来进行的"医疗人才组团式援藏——三年工作考核评估"的检查，并且顺利通过检查。

"作为一名医务人员，在危难时刻根本就没有犹豫的时间"

8月29日，急诊科接120通知到318国道抢救，曾月玲和另外一位医生迅速赶往现场。当时一辆油罐车侧翻在路边，司机被压驾驶舱内不能动弹。现场油罐车的汽油漏了一地，空气中掺杂着汽油的味道。看到司机面容痛苦并不断呻吟，曾月玲冒着生命危险马上给病人进行静脉输液、包扎伤口及心理护理。经过消防、武警、公安等两个多小时的通力合作，终于把病人救出，由于得到及时的救治，患者最终康复出院。

倾囊相授帮带成效明显

在林芝市人民医院的半年里，曾月玲发挥所长，在院内对医护人员进行心肺复苏培训及考核、呼吸球囊、吸痰机等的护理操作示范；在科室内，负责新入职人员、实习生的带教工作、仪器和心肺复苏操作的培训及考核工作，并负责开展的新技术的培训工作，使急诊科护士的抢救能力及应急能力得到一定的提高。除在院内及科室培训外，曾月玲还受邀到血透室对护士进行呼吸球囊及除颤仪的使用及注意事项的培训，得到了血透室护士及护士长的高度评价。

不忘技术援藏初心认真开展多项新技术

在援藏期间，曾月玲时刻铭记援藏的初心，除了把自己所掌握的技能教给急诊科同事外，还与急诊科柔性援藏的队友一起开展了POCT（在病人旁边进行的临床检测及床边检测）项目和狂犬疫苗接种项目、破伤风人免疫球蛋白注射项目，并负责培训科室人员相关操作、知识及注意事项和相关质控工作。POCT项目的开展以及开展网络会诊为胸痛病人的诊断缩短了时间，半年间，心梗病人的死亡率大大降低。

情系边疆居民健康积极参与公益活动

曾月玲在援藏期间多次利用休息时间参加公益活动、义诊及培训工作。曾月玲参加北京爱尔向日葵计划活动，重点筛查脑瘫患儿，共筛查脑瘫患儿68名，并从中挑选出 15 名进行手术，术后患儿恢复良好，由于表现优异，还获得了"优秀志愿者"称号。

曾月玲（左一）

到林芝市纪委监委、林芝市环保局对其员工进行心肺复苏培训及考核共约 45 人，效果显著。

在第十三个"世界卒中日"，曾月玲协助林芝市疾控中心和巴宜区疾控中心到百巴镇的色贡村进行义诊，现场为 60 名村民进行健康讲座、量血压、测血糖、做心电图及问卷调查等工作，并现场为村民解答相关问题，为高血压及糖尿病等疾病进行防治工作。

感受当地文化搭建友谊桥梁

在援藏期间，曾月玲会利用休息的时间，和同事们去过"林卡"，感受当地习俗；会到藏族同胞们的家中做客，参观他们的家，感受他们的热情好客和"三口一杯"；会和队友们一起去感受林芝的大好风景，深切体会林芝的一年四季；也会和队友们，参加高原上的竞技——西藏易贡越野挑战赛 40 公里赛，来一次挑战自我；更会去了解当地藏医文化，丰富人生阅历。在半年的援藏时间里，曾月玲尊重当地民族文化，与科室的少数民族职工相处得十分融洽，并且结下了深厚的友谊，为粤藏两地医疗工作者搭建了友谊之桥，大力促进了汉藏民族团结与和谐。

"感谢医院领导对我的支持和信任，因为有医院领导的支持和信任，我才能拥有这一次的援藏机会和宝贵经历，回顾这半年，其中有酸甜苦辣、五味杂陈，但更多的是骄傲和自豪，为自己能为西藏的医疗事业和藏族同胞的健康付出努力而感到骄傲，为自己能不负所托，完成援藏工作而感到自豪。"

（通讯员：王晓彤）

半年时间
185 天的援藏生活
185 个日日夜夜
踏雪而来
迎雪而归
一次援藏旅
一生西藏情
援藏光荣

他为藏族人民打造了一支带不走的麻醉队伍

从去年 11 月底回到广州市中西医结合医院，在不经不觉中麻醉科医生刘礼胜已回到自己工作岗位上有大半年的时间了，回想起半年时间的援藏经历，作为党员的刘医生觉得在做出了自己应有努力的同时，自己也得到了极大的锻炼，获得了巨大的收获。

为稳定团结作贡献

支拔西藏，建设西藏，发展西藏，是一项长期的政治任务。按照中组部、国家卫生计生委等部委对援藏工作的整体安排，着重解决西藏医疗人才紧缺瓶颈，帮扶林芝市人民医院快速提高医疗服务水平、实现"强三甲"的目标，在

2018 年 3 月。广东省卫健委决定开展 2018 年医疗柔性援藏工作，并招募医疗队员。广州市中西医结合医院麻醉科医生刘礼胜通过层层考核、筛选、评优，最终在全省的众多报名者中脱颖而出，入选新一批广东行柔性援藏医疗队，于当年的 5 月 7 日启程前往西藏林芝市，开展为期半年的支援帮扶工作。

刘医生说：我作为广东省第二批柔性援藏医疗队员于 2018 年 5 月进藏到林芝市人民医院工作，生活在世界屋脊上的藏族人民有着行独特的风俗禁忌，最初只能通过学习贯彻党和国家的各项民族政策，尊重藏族的民族传统，积极同藏族同胞友好交往，维护了藏汉民族的团结，经过半年来与医院的少数民族职工相处融洽，结下了深厚的友谊，为实现医院"强三甲"目标，完成传帮带培任务，刘礼胜在快速熟悉科室环境后迅速参与到科室的一线值班和日常麻醉工作中，解决了当地医院麻醉科人员严重不足的问题。整个援藏期间，一共完成了 162 例全身麻醉、48 例椎管内麻醉、28 例神经阻滞、152 例无痛胃肠镜麻醉手术工作，无一例发生麻醉并发症。

打造带不走的麻醉队伍

作为援藏的医生，刘礼胜知道总有一天自己会离开这里，怎么才能将所学的知识留给藏族人民这是他总想到的事情。刘礼胜牢记院领导在动员会上的教导，踏踏实实做事，不流于表面做面子工程，做好造血式援藏工作，打造一支带不走的麻醉队伍。

在麻醉科工作期间，在同事的帮助下，刘医生通过培训与示教完善了麻醉操作技术规范和各项规章制度。在科研方面通过指导科室同事填写、申报自治区科研基金《脑电监测下靶控输注全静脉麻醉在高原环境的安全性和可行性研究》，总结临床问题撰写临床论文《肝包虫外囊次全切除术中严重支气管痉挛一例》使科室的科教水平得到了很大提高。

半年来通过开展全静脉麻醉靶控输注技术，超声引导下区域神经阻滞麻醉技术等新项目在临床麻醉工作中应用，使当地麻醉医生不仅掌躲了一门麻醉新技能，并提高了患者麻醉过程的安全性和舒适性。

其间，刘礼胜还定期在科室进行教学讲课，一起和同事讨论麻醉新进展和工作心得，刘礼胜带教的当地年轻麻醉医师已能熟练掌握了临床多病种手术的全身麻醉、椎管内麻醉、神经阻滞麻醉等麻醉操作。

难忘与死神赛跑

半年来刘礼胜多次主持、参与老年患者骨折合并房颤、高龄妊高症孕妇合并高度贫血及心功能不全、肝脾破裂大出血等重大手术危重病人的抢救麻醉处理。在血液制品短缺的情况下使多名外伤失血性休克患者安全度过了手术麻醉期，并康复出院。

最让刘礼胜难忘的是国庆假日期间深夜前往 200 公里外的工布江达县与重症医学科一起参与抢救溺水的消防战士。病人在当地医院心搏骤停后行心肺复苏、效果不理想。刘礼胜和急诊科医生迅速从林芝市区经林拉高速以 180 公里／小时的车速一路飞驰赶往工布江达县医院。当时患者已昏迷、心搏骤停后经心肺复苏后已恢复自主心跳和呼吸，已行气管插管保持呼吸道通畅，但血压不稳定、自主呼吸费力，血氧合差，40％多，双肺重度湿锣音，全身皮肤紫黑。经评估认

为病人应转运到市人民疾院继续抢救治疗的生存率会更高些，一路护送也者迅速转运到林芝市人民医院 ICU。经过多学科合作抢救，患者于 15 天后康复出院。

刘医生说："这次是我作为麻醉科医生第一次参与院前出车急救，当救护车以 180 公里／小时飞奔在工布江达县高速公路上时，我深刻地感受到什么叫作与死神赛跑。"

援藏与公益相结合

刘礼胜说："有些事情，如果不趁着年轻去做，我怕以后就没机会了。"于是他就在此次援藏医疗工作中，拿出百分之百的干劲和付出，弘扬和发挥援藏干部求真务实、为林芝市医疗事业发展贡献自己的一份力量，在短短的半年里，刘礼胜多次参与公益活动，奔走于藏区为同胞赠送医药。

现年 10 岁的刘礼胜 18 年来在从医路上一直兢兢业业、锐意进取，积累

了丰富的临床麻醉经验,始终把拯救患者的生命视为己出。刘礼胜说:"这半年的工作,我为自己能为西藏医疗卫生事业做出的努力、为藏族同胞的健康所付出的辛苦和汗水而感到无比骄傲和自豪,感谢医院领导对我的信任和认可,给了我这次宝贵的援藏机会,让我有机会来到林芝,在西藏这片美丽的土地上为藏族同胞的健康贡献自己的一片心力,感谢医院各职能科室在这六个月的时间里对我的家庭的关心和照顾,让我在西藏工作的时间里踏实、坚定。"

（通讯员：刘礼胜，2019 年 7 月 22 日刊载于《今日花都》）

援藏医生刘礼胜：

他曾在以 180 公里／小时飞奔的救护车上与死神赛跑

有些事情要趁着年轻去做

今年 7 月,广州市中西医结合医院麻醉科副主任医师刘礼胜的援藏经历当选感动广州医患好故事一等奖。在援藏期间,他迅速熟悉和适应工作生活环境,一共完成了 390 例麻醉手术工作,他授人以渔致,致力为在林芝市人民医院打造一支带不走的"麻醉队伍"等等。今年 4 月,刘礼胜获林芝市卫生健康委员会党组授予优秀援藏干部荣誉称号。

一本《高原雪里红》让他立志援藏

刘礼胜的援藏故事,要从去年 3 月说起。那时,广东省卫健委决定开展 2018 年医疗柔性援藏工作,并招募医疗队员。经过层层考核、筛选、评优,刘礼胜最终在全省的众多报名者中脱颖而出,入选广东省柔性援藏医疗队,并于 2018 年 5 月 7 日前往西藏林芝市,开展为期半年的支援帮扶工作。

谈到报名参与援藏的原因，刘礼胜表示是源自一本书《高原雪里红》。几年前，刘礼胜曾收到一本同乡作家的小说《高原雪里红》，书中描述的是70年代一名江西援藏干部的故事。看完此书后，他对西藏产生了浓厚的遐想，当得知省卫健委再次征集援藏医疗队时，他就果断地报名了。"有些事情，如果不趁着年轻去做，我怕以后就没机会了。"他说道。

到了西藏，刘礼胜发现，与他在书中看到、在别人口中听到的相比，现在的西藏建设得更好，当地人更是对医生十分尊重。他说："现在藏民对医务人员的尊重感，就像我印象中内地八十年代的农民一样淳朴。"

西藏美丽干净，是令众多人神往的地方，但对于援藏医生来说，西藏地区高寒的气候、缺氧的环境、艰苦的生活，还有肆虐的疾病，才是他们真正要面临的工作、生活环境。

援藏过程中最让刘礼胜难忘的是，去年国庆假日期间的深夜，他前往200公里外的工布江达县参与抢救溺水的消防战士。该患者在当地医院心搏骤停，进行心肺复苏后，效果依然不理想。刘礼胜和急诊科医生迅速赶往工布江达县医院，一路护送患者迅速转运到林芝市人民医院ICU。

"这是我作为麻醉科医生第一次参与远程出车急救，当救护车以180公里每小时的速度飞奔在工布江达县高速公路上时，我深刻地感受到什么叫作与死神赛跑。"回想起当时的经历，刘礼胜依旧激动不已。而让他更为喜悦的是，经过多学科合作抢救，该患者于15天后康复出院。

致力打造一支带不走的麻醉队伍

正如刘礼胜出发前所说的："在此次援藏医疗工作中，我将拿出百分之百的干劲和付出，弘扬和发挥援藏干部求真务实、为林芝市医疗事业发展贡献自己的一份力量。"援藏过程中，他积极参与到科室的一线值班和日常麻醉工作中，整个援藏期间，一共完成了162例全身麻醉、48例椎管内麻醉、28例神经阻滞、152例无痛胃肠镜麻醉手术工作，无一例发生麻醉并发症。

此外，刘礼胜致力于为林芝市人民医院打造一支带不走的"麻醉队伍"，做好造血式援藏工作，解决该院麻醉科人员严重不足的问题。首先，他完善规章制度，通过培训与示教，他协助林芝市人民医院麻醉科完善了麻醉操作技术规范和各项规章制度。其次，他定期在科室进行教学讲课，他带教的当地年轻麻醉医师已能熟练掌握了临床多病种手术的全身麻醉、椎管内麻醉、神经阻滞麻醉等各项操作。然后，刘礼胜开展新项目应用，半年来，他通过开展全静脉麻醉靶控输注技术、超声引导下区域神经阻滞麻醉技术等新项目在临床工作中应用，不仅使林芝市人民医院麻醉医生掌握一门新技能，而且提高当地患者麻醉过程的安全性和舒适性。

同时，在刘礼胜指导下，林芝市人民医院的麻醉科医生申报自治区科研基金《脑电监测下靶控输注全静脉麻醉在高原环境的安全性和可行性研究》，总结临床问题撰写临床论文《肝包虫外囊次全切除术中严重支气管痉挛一例》，林芝市人民医院科教水平得到很大提高。

另外，在援藏期间，刘礼胜也多次参与公益义诊活动，奔走于藏区为同胞赠医送药，将满腔热情洒满雪域高原。在由红十字会基金会开展的"爱尔向日葵计划"中，刘礼胜和同事一起完成了林芝市15名脑瘫患儿的爱心手术麻醉，在慈善项目"母亲微笑行动"中，刘礼胜和同事在三天时间内圆满完成了108例唇腭裂患儿的手术麻醉工作，等等。

一位讲爱心与良心麻醉医生

工作之余，刘礼胜和同事前往朗县拉多乡昌巴村、洞嘎村、白露村等基层乡村义诊送温暖，为当地农牧民群众提供优质的医疗卫生服务。刘礼胜认为，作为一个医生最重要的是有良心和爱心。

"爱心可以是同情，也可以是帮忙，作为医生，应该用自己的能力去常常帮助别人。而讲良心是从自身做人底线来讲的，将心比心，己所不欲勿施于人，如果医生把每个病人当自己亲人来就医，就能从病人的切身利益来考虑问题。"刘礼胜如是说。

现年40岁的刘礼胜毕业于贵阳医学院，18年的从医路上他一直兢兢业业，积累了丰富的临床麻醉经验。谈起当初从医的经历，刘礼胜回忆称，当年他参加高考志愿填写时主要还是遵从父母的意愿。他笑说："我的父母亲都认为老师和医生这两个职业比较稳定，

一辈子不用考虑掉饭碗的事，想我们从事这两样职业。我哥选择了做教师，

我就只能选从医了。"

据介绍,当时刘礼胜报的志愿是临床医学专业,学校当时按成绩分数优先自动把他调剂到了麻醉系。就这样,他懵懂地进入了麻醉领域。与麻醉工作结缘后,他第一次了解到麻醉医生的内容、风险及责任。参加工作后,他虽然辗转几家工作单位,但始终选择麻醉工作。

刘礼胜认为,麻醉医生是无影灯下的生命守护者,每天忙碌在手术室内为手术的顺利"保驾护航",他们甘于坚守在幕后,却在患者复苏时有着发自肺腑的喜悦。因此,他从开始的懵懂到慢慢爱上了麻醉专业,后来读研究生他还是选择麻醉专业继续深造。

援藏经历让刘礼胜学会了感恩,他时刻提醒自己以后要怀着一颗感恩的心做人、做事。"援藏经历让我明白幸福感是比较出来的,与藏区人民比,与之前的援藏前辈比,我的幸福感油然而生,但同时我也发现我们的艰苦奋斗的精神少了很多。因此以后我得努力工作,苦学技能,争取在本职工作中再做一些实绩,服务健康,回馈社会。"

(通讯员:刘礼胜 2019 年 9 月 6 日刊载于《广州日报》广州日报大洋网等转载)

医师节系列报道 | 对话援藏医生刘礼胜: 有些事不趁着年轻去做,怕以后没机会了

2018 年 5 月,广州市中西医结合医院刘礼胜医生赴西藏林芝市人民医院开展为期半年的柔性援藏工作。援藏期间,刘礼胜同志以强烈的政治责任感,认真履行对口支援使命,积极主动与当地干部职工融合,迅速熟悉和适应工作生活环境,投身到工作当中。

今年 4 月,刘礼胜获林芝市卫生健康委员会党组授予"优秀援藏干部"荣

誉称号；7 月，其援藏经历当选感动广州医患好故事一等奖。

现年 40 岁的刘礼胜毕业于贵阳医学院，18 年的从医路上一直兢兢业业、锐意进取，积累了丰富的临床麻醉经验，始终把拯救患者的生命视为己任。

刘礼胜与当地居民合影

小编带你对话援藏医生刘礼胜："有些事情，如果不趁着年轻去做，我怕以后就没机会了。"

Q：为什么选择当一名麻醉科医生？

A：我哥选择了做教师，我就只能选医生了。

90 年代参加高考的刘礼胜谈到，当年高考志愿填写主要还是遵从父母的意愿。"我是从农村走出来的，父母亲认为老师和医生这两个职业比较稳定，一辈子不用考虑掉饭碗的事，而且我哥选择了做教师，我就只能选从医了。"刘礼胜如是说。

其实，当时刘礼胜报的志愿是临床医学专业，学校当时按成绩分数优先自动调剂到了麻醉系。就这样，刘礼胜懵懂地走进了麻醉领域。

麻醉医生是无影灯下的生命守护者，每天忙碌在手术室内为手术的顺利"保驾护航"，他们甘于坚守在"幕后"，却在患者复苏时有着发自肺腑的喜悦。

与麻醉工作结缘后，刘礼胜第一次了解到麻醉医生的内容、风险及责任。参加工作后，他虽然辗转几家工作单位，但始终选择的麻醉工作。

"从开始的懵懂到后来的慢慢爱上麻醉专业，所以后来读研究生还是选择麻醉专业继续深造。"

Q：当时为什么想去援藏呢？

A：读了同乡作家送的《高原雪里红》。

几年前，刘礼胜曾收到一本同乡作家的小说《高原雪里红》，书中描述的是 70 年代一名江西援藏干部的故事。看完此书后，刘礼胜对西藏产生了浓厚的遐想。当得知省卫健委再次征集援藏医疗队时，他就果断地报名了。"有些事情，如果不趁着年轻去做，我怕以后就没机会了。"

支援西藏，建设西藏，发展西藏，是一项长期的政治任务。今年 3 月，广东省卫健委决定开展 2018 年医疗柔性援藏工作，并招募医疗队员。通过层层考核、筛选、评优，刘礼胜最终在全省的众多报名者中脱颖而出，与急诊科护士曾月玲一同入选广东省柔性援藏医疗队，于 2018 年 5 月 7 日前往西藏林芝市，开展为期半年的支援帮扶工作。

"与书中描写的、与别人口述说以前的西藏相比，现在的西藏建设搞得非常好。现在藏民对医务人员的尊重感，就像我印象中内地八十年代的农民一样淳朴。"

Q：什么品质对医生来说最重要？

A：爱心，准确地说是良心。

刘礼胜认为，爱心可以是同情，也可以是帮忙，"但我认为往往还停留在较表浅的层面。"

"讲良心是从自身做人底线来讲的，将心比心，己所不欲勿施于人。如把每个病人当自己亲人来就医，考虑问题就能从病人的切身利益来考虑问题。"刘礼胜如是说。

本次采访过程中得知，刘礼胜正休假回老家，参加在粤吉安籍专家回乡义诊活动。他一直是一个富有爱心、热心公益的人。在短短半年的援藏期间，刘礼胜多次参与公益活动，奔走于藏区为同胞赠医送药。

Q：援藏工作中印象最深的事情是什么？

A：当救护车以 180 公里 / 小时飞奔在高速公路上，我深刻感受到什么叫作与死神赛跑。

最让刘礼胜难忘的是，国庆假日期间深夜前往 200 公里外的工布江达县参与抢救溺水的消防战士。患者在当地医院心搏骤停，行心肺复苏后，效果依然不理想。

　　刘礼胜和急诊科医生迅速赶往工布江达县医院，一路护送患者迅速转运到林芝市人民医院 ICU。

　　"这是我作为麻醉科医生第一次参与院前出车急救，当救护车以 180 公里 /小时飞奔在工布江达县高速公路上时，我深刻地感受到什么叫作与死神赛跑。"经过多学科合作抢救，该患者于 15 天后康复出院。

　　正如他出发前所说，"在此次援藏医疗工作中，我将拿出百分之百的干劲和付出，弘扬和发挥援藏干部求真务实、为林芝市医疗事业发展贡献自己的一份力量。"

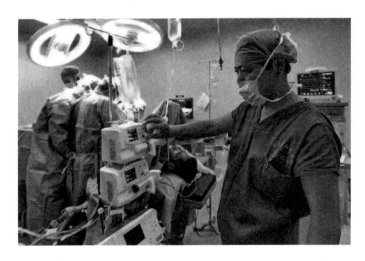

　　他积极参与到科室的一线值班和日常麻醉工作中，整个援藏期间，一共完成了 162 例全身麻醉、48 例椎管内麻醉、28 例神经阻滞、152 例无痛胃肠镜麻醉手术工作，无一例发生麻醉并发症。

　　Q：援藏工作最重要的是什么？

　　A：授人以鱼，不如授人以渔。

　　半年来，刘礼胜致力于打造一支带不走的"麻醉队伍"，做好造血式援藏工作，解决当地医院麻醉科人员严重不足的问题。

　　首先，完善规章制度。通过培训与示教，刘礼胜协助该院麻醉科完善了麻醉操作技术规范和各项规章制度。其次，定期在科室进行教学讲课，刘礼胜带教的当地年轻麻醉医师已能熟练掌握了临床多病种手术的全身麻醉、椎管内麻醉、神经阻滞麻醉等各项操作。

然后，开展新项目应用。半年来，通过开展全静脉麻醉靶控输注技术、超声引导下区域神经阻滞麻醉技术等新项目在临床工作中应用，不仅使当地麻醉医生掌握一门新技能，而且提高患者麻醉过程的安全性和舒适性。

最后，在科研方面也有所作为。刘礼胜指导下，该院麻醉科医生申报自治区科研基金《脑电监测下靶控输注全静脉麻醉在高原环境的安全性和可行性研究》，总结临床问题撰写临床论文"肝包虫外囊次全切除术中严重支气管痉挛一例"，该科科教水平得到很大提高。

Q：援藏后，最大的收获是什么？

A：援藏经历让我明白，幸福感是比较出来的。

西藏，美丽干净、令人神往的地方，但对绝大多数人而言，这又是一片充满挑战和未知的地方。

对于援藏医生来说，西藏地区高寒的气候、缺氧的环境、艰苦的生活，才是他们真正要面临的工作、生活环境。

"援藏经历也让我让明白幸福感是比较出来的，与藏区人民比，与之前的援藏前辈比，我现在的生活幸福感油然而生，但同时也发现我们这种艰苦奋斗的精神少了很多。"

刘礼胜介绍道，很多援藏干部一待就是多年，有的在西藏结婚生子就留下来了。"可以这样说：他们在西藏那里帮助藏民搞经济建设的同时，也是在那里为祖国守卫边疆。在这种条件下坚持在那里长期工作，靠的是什么信念？我想应是我们党长期保持的艰苦奋斗的精神。"

"援藏经历让我更学会了感恩。感谢国家感谢党给了我们一个好的发展时代，感谢家乡养育了我，感谢父母养育培养了我，感谢之前经历的人和事，它们磨炼了我。也时刻提醒我以后要怀着一颗感恩的心做人、做事。我以后还是得多努力工作，苦学技能，争取在本职工作中再做一些实绩，服务健康，回馈社会。"

（新华网、《广州日报》、大洋网、《今日花都》等多方媒体对其事迹进行报道）

延伸故事

援黔随记

故乡的味道——水豆豉

随着到贵州对口帮扶的次数增多，对贵州人民的饮食习惯有了一定的了解，也品尝了贵州各民族的饮食风味。

每次到贵州返回广州总是要在机场购买一些贵州的特产，常规的特产买过后总是想再采购一些独特的物品，2017年年底的一次在贵阳机场寻找特产，在一个柜台里的一个角落发现有水豆豉，我采购了二瓶，到达候机位，正好有同事询问采购了什么，我推荐了它，并说我小时候曾喜欢吃这个，味道不错，到广州后基本上很少有机会吃了。吃面食或稀饭时是很好的调味品。大家得知后，纷纷询问在何处买，我指出商店处，大家接二连三去采购，当天就买了十多瓶，后来每次到贵州机场总是有同事和我自己仍然采购，甚至连广州花都人也爱吃这个，真神奇。

贵州的水豆豉与我老家江西的还是有点区别，贵州的豆子略小一些，也可能是规模化生产，豆子应该不是完全霉化了的，但还是有小时候的味道。水豆豉也钩起了我们的乡情。

自制辣椒酱

第二次应该是我带队由我们医院专家组织巡回医疗队到瓮安县中医院，记得当时还带了医院的几个科主任，当时在医院举办了义诊活动，反响不错。受到瓮安同行和百姓的欢迎。

杨超院长在我们返回广州后，还特意亲自制作了两瓶他们自己爱吃的辣椒酱，很有辣味，委托当时我院的帮扶干部休假时给我带回。我虽然吃辣，但对这种辣椒酱，我还是有些不习惯，每次都放的很少，大半年才吃半瓶，我妹夫到我家串门，他是重庆人，在吃饭时，我向他推荐了这个辣椒酱，他感觉味道很对他的口味，很正宗，我就送给他另外尚未开瓶的杨院做的辣椒酱。

烙锅

到贵州毕节织金、黔西，饮食风情留下最深是贵州小吃——烙锅，晚餐后都会被邀请去吃夜宵——烙锅，这也是当地晚间大家相互交流的最常见的形式。一群人围着中间呈凸状的黑砂烙锅，这种带沿的中间高边沿低的烙锅，可以让多余的油脂自动流向锅边，且随时都可以将它往原料上面浇。几乎所有的食材都可用，食用蔬菜（如芹菜等）、肉类（猪肉、牛肉、鸡肉、鱼肉等）半成品、碱豆腐、魔芋豆腐等等，以纯天然菜籽油、辣椒面、花椒、盐、味精、酱油、胡椒面等作为调料，拌蘸水或腌制需要吃烙锅的食材，大家在一起天南海北砍起来，很有意思。

（通讯员：刘瑞华）

跨越 400 公里，重建"六指男孩"健康成长路
——重建"六指男孩"健康成长路

近日，在花都区卫健局、驻村书记及广州市中西医结合医院的多方协调努力下，"六指男孩"小宇（化名）顺利完成多指畸形矫正及掌骨再造手术，踏上了平安回家路，重燃了对生活的希望。

来自贫困户的"六指男孩"

小宇家是贫困户，母亲是聋哑残疾人，父亲常年在深圳打工。

2016年6月出生的小宇，左手拇指多指（在大拇指旁边多长了一只手指）、右手拇指、第一掌骨发育不良，右拇指没有活动功能，平时只能用食指和中指夹持物品，随着患儿逐渐成长，对手部的功能影响日渐加重。

早在前两年精准帮扶的时候，了解到小宇双手情况，区卫健局领导便提出愿意帮忙安排小孩到区内的医院进行手术治疗。当时小宇父亲考虑到小孩年龄尚小，怕不配合治疗，也考虑到自己在外务工，妻子是聋哑残疾人，就一直没有带小孩做手术。

经过这两年的对口帮扶，镇里有了产业支撑，经济好转，目前小宇父亲已经回到村里做务工，又开始为小宇的健康发愁。

医院伸出援手免费为其手术

今年4月23日，花都区卫生健康局副局长任伟俱到村入户慰问贫困户，到了一对一结对口帮扶的小宇家，其父亲介绍了孩子的病情。

广州市中西医结合医院得知消息后，广州市中西医结合医院决定为小宇提供医疗救助，主动承担小孩的治疗费用。在院长刘瑞华主持下，医院领导班子组织专题会议研究方案，认为手术不但可以矫正畸形，还可帮助小孩树立生活的信心，增加自信心，为确保小孩安全及手术效果，最后选定到广州做，医院提供免费治疗及食宿。

广州市中西医结合医院骨一科是广东省少有的上肢骨科专科之一，其上肢创伤、骨病诊疗水平在广州北地区处于领先地位。

经过骨伤科医疗专家远程会诊并进行病例讨论，认为双手拇指矫形手术时机的选择影响因素较多，主要受患儿本身疾病情况、耐受性等因素影响。

医生介绍，3岁是儿童心理发育的分水岭，3岁以后患儿机体对手术耐受性相对增加，患儿对生理缺陷的认识不断加深，为畸形矫正的较佳时机。

手术顺利获完整手掌

5月10日，花都区派专人驱车400公里，把小宇及其父亲接到医院，并协助办理了住院手术。

医院十分重视该帮扶项目，积极扛起健康扶贫大旗，由副院长焦锋总负责，骨一科主任曾洁明负责组织落实，护士长安排患儿及其父亲的日常生活。

经院内专家会诊，完善相关检查，制定了手术方案；术前，麻醉科主任阮洛阳会诊，评估手术麻醉风险，决定麻醉方案。

5月12日，由曾洁明主任主刀，黄住、刘显信副主任医师担任助手，为小宇实施左拇指多指畸形多指切除矫形、右拇指第一掌骨发育不良植骨再造、石膏托外固定术，手术过程顺利，出血少量。

曾洁明主任介绍，先天性多拇畸形，又称桡侧多指、复拇畸形，是常见的手部先天性畸形之一。

新生儿发生率为0.08%~0.14%，男性患病率较高；确切病因目前尚不明确，一般认为在胚胎发育过程中，由于遗传或致畸因素（如部分药物、病毒性感染外伤、放射性物质或环境污染）的影响，肢芽胚基分化早期受到损害，外胚层顶脊发育异常而致多指畸形。

重建"六指男孩"健康成长路

多拇畸形矫正的目的主要是恢复良好的关节稳定性、关节活动度，良好的肌腱、肌肉功能以及美观外形。

目前，小宇一期手术已完成，经骨一科医护团队的悉心换药和精心护理，小宇双手伤口愈合情况良好，术后左拇指外观及功能恢复；右手第一掌骨先天性发育不良，拇指伸肌腱、屈肌腱、外展肌腱腱鞘缺失，二期手术会在其生长发育基本完成后实施。

5月18日，驻村干部将他们送回了丰顺县。据小宇父亲介绍，现在小宇的手已经慢慢康复，能够逐渐活动起来，脸上的笑容也多了起来。这个贫困的家庭在爱的温暖下，重新燃起了对生活的希望。

（通讯员：王晓彤）

贵州扶贫慰问贫困户有感

2021年1月16日，阴天，雨夹雪，气温 -3℃~2℃。早上9点，我和广州驻织金帮扶临时党支部的同志们一起乘车出发，今天的目的地是织金县大平苗族彝族乡前丰村和群建村。

贵州这边冬天的天气湿冷，夜间和早上路面容易结冰，山间雾气较大，"天无三日晴，地无三尺平"是对这里天气和交通最形象的描述。从县城出发到前丰村大约30公里，因为路面湿滑，我们足足走了一个半小时。

来到前丰村村委会和当地村干部简单交流后，我们就来到了第一家贫困户进行慰问。小薇和小颜是孪生姐妹，今年9岁了，上小学三年级，他们的父亲因早年吸毒入狱，母亲离家出走至今未回，年迈的爷爷因早年髋关节骨折未得到及时治疗，畸形愈合，至今仍无法正常走路，常年忍受病痛的折磨；奶奶今年八十岁了，三个月前我们来的时候还热情地招呼我们，让我们品尝她自家种的玉米，但是今天她因为腹痛难忍已卧床不起。老人家常年患有肝硬化、胆囊炎、胃溃疡等慢性疾病，反复发作。姐姐小薇性格开朗，是一个很懂事的孩子，搬椅子、拿凳子，招呼我们赶紧进屋坐下。

贵州农村基本上都在山区，冬天湿冷，每家都有烧煤取暖的炉子，既可以取暖也可以煮水做饭。刚一进屋，就闻到一股刺鼻的煤气味，可能是煤炭没有完全燃烧散发的气味。小薇的爷爷因为腿脚不方便，坐在火炉边取暖，奶奶因为腹痛躺在床上，看到我们进屋，两位老人脸上挂满了笑容。桌子上的木桶里装着大米饭，旁边是一瓶已经打开的辣椒酱，当问到早餐吃的什么时，姐姐小薇低着头小声地答："还没有吃早餐，但是我会切菜、烧火、煮饭……等一下我把昨天煮好的米饭热一下，蘸着辣椒酱就可以吃了。"我顺手打开旁边的冰箱，里面空空的，连一棵青菜也没有。

我们把带来的大米、菜籽油还有慰问金交到两位老人家手里，看得出来她们全家人很开心。看到小薇奶奶腹痛得厉害，我和同行的内科专家毕学志主任一起为她进行了详细的体格检查，并询问了最近的病情变化和用药情况。经过讨论我们初步判断老人家的肝硬化病情进展很快，目前肝功能可能已经严重受损，需要尽快检查治疗。我们将情况向当地的乡镇及村干部详细说明后，决定第二天早上由乡卫生院出车安排专人负责接老人家到卫生院进行全面检查治疗，必要时可以直接送到县中医院住院治疗。老奶奶对我们的安排很满意，但是却很无奈地说道："感谢党和国家对我们的照顾，感谢大家的关心，到县医院住院就不用了，虽然看病不用钱，但是需要有人照顾，吃饭也要花钱，主要是两个孙女儿太小，没有人照顾，不行啊，还是先到卫生院看看吧，吃点药应该就好了。"

小薇和小颜两姐妹听说奶奶要住院治疗，也紧张了起来，爷爷在一边低头抽着旱烟，没有说话。我来到小薇爷爷身边，询问老人家大腿骨还疼不疼，走路怎么样。老爷爷抬起头说："好多了，现在已经不疼了，虽然走路有点跛，但还可以。"姐姐小薇看着我笑了笑，我随口问道："小薇，家里多久没有吃肉了？"小姑娘马上低下头，双手捏着衣角，低声地说道："不记得了……""如果家里有肉，你会自己做着吃吗？""我会的，我还会切肉、炒肉、洋芋炒肉、白菜炒肉……我都会做！"小姑娘突然抬起头激动地说道。当听到小薇的回答时，我的眼睛突然湿润了，不知道该说什么，心里很难受，莫名的难受……

按照计划，我们紧接着又慰问了几家贫困户，他们的情况要相对好一些，有些家里的孩子靠着精准扶贫、教育扶贫的政策，马上就要大学毕业了，日子有了盼头儿。有些家里虽然有病人，但在精准扶贫政策的照顾下，看病基本不需要花钱，日子也逐渐好起来了，终于摆脱了因病致贫的苦恼；有些靠着"广黔对口帮扶"的政策，家里装上了电视机、配备了冰箱、饮水机，生活有了保障。有些偏远的村庄，比如群建村，因为全村都被大山围绕，交通极为不便，以往出来都要翻过大山，根本没有道路，交通工具无法通行，一切基本全靠人扛马驮。几年前政府投入大量资金，开山修路，彻底打通了群建村的交通命脉，现在村子里通了公路，依靠乌江源头、百里画廊等风景名胜乡亲们搞起了农家乐，日子越来越好。

下午返程的路上，同行中花都驻织金县政府的江县长突然对大家说："我们还是到最近的乡镇市场上买些猪肉、鸡蛋送到小薇家吧，要不今晚我肯定睡不着……"是的，我相信每个人都因为小薇家的生活揪心，于是我们在最近的龙场镇市场买了些猪肉和鸡蛋，又返回了小薇家。

刚到门口，姐姐小薇就开心的来迎接我们，进屋后，大家将鸡蛋和肉帮忙放到冰箱里面，告诉姐姐小薇，一定要记得吃，每天给爷爷奶奶还有妹妹煮一些鸡蛋，炒点肉吃，这样才有营养。小姑娘不停地点头。后来大家一起切菜、煮肉，给她们全家煮了一锅排骨汤，希望她们今天晚上就可以吃到肉。

我们大家一起围在火炉边，一边炖肉一边聊天。当得知两姐妹现在上学不用钱、在学校吃饭也不用钱时，心里面稍微得到些许安慰。村长在一边说道："现在像小薇她们家的情况，我们村里面早已经建档立卡了，现在政策也好了，像她们家这种情况，老人看病、小孩子上学都不用花钱的，不管有什么困难，村里都会帮助解决的"。

肉汤煮好了，爷爷、奶奶、小薇、小颜每人都盛了一碗。"天冷，赶紧趁热喝吧，喝了汤一会儿再煮些肉和菜。""叔叔，不用了，喝点汤就行了，我和妹妹一会儿还要去洗碗呢！"小薇看着我们说道。这时我才注意到，小薇和妹妹小颜都带着橡胶袖套，双手被冻得通红。小薇奶奶说道："邻居家里前两天有老人去世了，村里面都要互相帮助，她爷爷和我也帮不上忙，就让两个孙女儿去帮人家洗洗碗吧。我昨天晚上也不知怎么地就晕过去了，她爷爷和两个孙女还以为我不行了，在床边哭了四十分钟，要不是邻居帮忙，我估计早就不行了……"

临走时，我们掏出了两支钢笔，送给了小薇和小颜两姐妹，希望她们能够好好学习。我当时顺口说了一句："记得到学校旁边的小商店买一瓶墨水就可以写钢笔字了"。姐姐小薇说道："叔叔，我们从来没有用过钢笔，学校旁边小商店也没有墨水卖……"。我不知道该怎么回答，但我答应她们下次来我一定会给她们带一瓶墨水。

结束了一天的行程，回到县城天已经黑了。对于这次的慰问，给我感触很深。全国脱贫攻坚战已经取得全面胜利，尤其是贵州全省66个贫困县全部脱贫，这场史无前例的脱贫攻坚战，让贵州撕掉旧标签、一步跨千年。但是，作为一名中国共产党党员，我们更应该清醒地认识到，如何守住这胜利的果实，如何让广大人民群众尽快致富，是我们要努力的方向。作为一名医务工作者，更应该以身作则，充分发挥作为共产党员的先锋模范作用，时刻牢记作为一名医务人员的使命，发挥自己的专业特长，坚守为人民群众生命健康保驾护航的初心。

（骨伤科秦丰伟）

我们这一代打仗，是为了下一代不打仗

——记普定帮扶前传

2020 年 3 月 6 日，在决战决胜脱贫攻坚座谈会上，习近平对东西部扶贫协作进一步做出长远谋划："要立足国家区域发展总体战略，深化区域合作，推进东部产业向西部梯度转移，实现产业互补、人员互动、技术互学、观念互通、作风互鉴，共同发展。"

2021 年 2 月，在举行的全国脱贫攻坚总结表彰大会上，习近平庄严宣告，我国脱贫攻坚战取得了全面胜利。"东西部扶贫协作"改称"东西部协作"，和驻村第一书记、对口支援等成为下一步乡村振兴战略中要继续坚持和完善的制度之一。

我有幸成为帮扶的一分子。清楚地记得接到科里通知，准备抽调我去贵州普定帮扶，王主任亲切说回去和家里说一下，看有没有什么困难。家里的情况我深知怎么样：同为医生的老婆身兼临床工作、疫苗注射、核酸采集几大任务，忙得亦不可开交：两岁的儿子因为感冒没顾得上看，现在已经发烧，哭闹不止，需要人抱才能勉强睡觉。记得我忙完回家，已经晚上 7 点多。带着泪迹的儿子睡着了，丈母娘抱着儿子心疼地说，你们也太狠了，孩子都烧成这样了，你们俩一个都不回。匆匆带着儿子看完病后，老婆终于忙完回家了，男子汉的我却扭扭捏捏不知道怎么开口。在她的发问下，我才告知了详情。"你去吧，家里有我呢！"她声音不高，却异常坚定。也许这是一名党员的觉悟。

很快出发的时间就到了，早上 6 点收到了老婆的短信（她在上夜班）："不能送你了，让儿子送吧。"看着熟睡的儿子，我蹑手蹑脚地下了床，昨晚儿子还在发烧，希望他能多睡一会儿。"爸爸，爸爸！"推着行李箱刚要出门，发现儿子赤脚站在我的身后，"爸爸，抱，爸爸，班（上班）……"发音不全的他仿佛知道了什么，执意要穿鞋，穿鞋后用小手推着我的行李箱一起走。"爸爸，爸爸……呜呜呜……"滴滴车外他撕心裂肺地哭着，可我却没有勇气回头看。

爸爸，我送送你　　　　　刚刚退烧，终于可以睡一会儿了

正如朋友圈所感，新的使命，新的征程。舍小家为大家。

四渡赤水让我们红军跳出了包围圈，遵义会议确立了正确的领导，为中国革命指明了方向，这是个见证历史的地方。虽然激情满满，却还是要面临现实问题。第一关，饮食问题。贵州的辣全国出名，无辣不欢，与广州的清淡形成了鲜明对比。肚子开始不争气，所有的美食在肠道里"大跃进"，1小时内必定一泻千里，同行的几个帮扶同事也出现了同样的问题。大家相互鼓励，笑谈可以减肥了。克服困难也是我们党员的一贯作风，大家以泡面为先行，开始尝试抽时间自己动手做饭炒菜，从矿泉水逐步过渡到当地水（借此来开始水土不服），厨艺从小白逐步向粤菜厨师发展。第二关是气候，过山车断崖式降温让老广们措手不及，夏装和秋装在这里瑟瑟发抖，这里的医院领导积极给我们购置棉被，广州市驻安顺市和花都区工作组积极给予帮助，真可谓天冻心不冻。第三关是环境和语言。新的环境有些不习惯，刚开始一段时间一晚上只能睡着几个小时甚至失眠成了常态，连续的睡眠不足，让心态有些泄气。大家积极采取措施，第一，睡前运动让身体累，第二，睡前学习复杂心电图让脑子累，第三，一起去看《长津湖》，我志愿军的坚强意志也让我们深受鼓舞。措施初见成效，睡眠也逐步好转。为了更好地为普定县老百姓服务，我们还努力学习当地话，更好拉近与患者的距离，虽然发音不准，但还是"要得"！

在克服困难的同时，也不忘初心牢记使命。和科室领导一起沟通，结合科室情况制定了适宜的帮扶计划。心内科采用"基础先行，手术后进，逐步推广，解决急需，病不出县，造福百姓"的方针，三管齐下，通过讲课梳理知识框架，查房理论应用实践，科间科内讨论，解决疑难，让学科间网络化。成功帮患者解决了许久的水肿、咳嗽、抗栓问题，也让休克患者重获新生。同来的骨科同事也开展第一例根骨维持手术，同来的神经内科护士也在深静脉置管，多重耐药方面给予了积极指导。

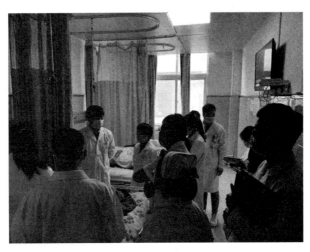

李幸洲在普定中医院

帮扶工作慢慢走上正轨，晚上我和同事都不约而同地给家里发了微信视频，"爸爸，爸爸！"，儿子现在发烧好了，似乎更懂事了。

"妈妈，你和爸爸离婚了？怎么分开这么久？""妈妈，你几时回来？""妈妈，我梦到你了。"同事的小孩也在呼唤，可我听到的却是低沉的抽泣声。

稚嫩的喊声从手机里面传来，在客厅里久久回荡，三个孩子——一个儿子三岁，一个儿子两岁，一个女儿一岁半，坚信他们长大后会理解的，也会以我们为荣。正如电影《长津湖》里面所说，我们这代打仗，是保证下一代不再打仗，我们则是希望我们这一代努力帮扶，让下一代生活更加美好，让东西部协调发展，实现共同富裕，让下一代不再吃苦。

雄关漫道真如铁，而今迈步从头越，我们坚定地在党旗下，不忘初心，不辱使命，大踏步前进……

（通讯员：李幸洲）

刘礼胜援藏经历当选感动广州医患好故事一等奖

今年 5 月，广州市卫生健康委员会牵头发起"以匠心致仁心——第二届寻找广州最美医护暨'仁心·仁术·仁义'感动广州医患好故事征集"系列主题宣传活动。广州市中西医结合医院刘礼胜医生援藏经历当选"仁义"项目一等奖。

广东医患好故事获奖名单

评议奖项	数量	单位	故事名称
一等奖	3 篇	广州市红十字会医院	守初心、修医道、精术业
		广州市增城区人民医院	看不见的医生
		广州市中西医结合医院	时速 180 公里 援藏路上的速度与激情
二等奖	10 篇	广州医科大学附属第三医院	30 年后，广东首例试管婴儿回出生医院探望 89 岁"爸爸"
		广州医科大学附属第二医院	10 楼护栏外拉回轻生女患者
		广州市第一人民医院	燃烧青春 守护生命
		广州市红十字会医院	做一滴水珠，汇聚医者仁心
		广州医科大学附属第二医院	心脏停跳三小时 生命接力创奇迹
		广州市红十字会医院	异国他乡的志愿之旅
		广州市海珠区昌岗街社区卫生服务中心	守护到生命的最后一刻
		广州市增城区妇幼保健院	与死神抗争到底
		广州市中医医院	市中医医院白衣天使救急扶危 获街坊点赞
		广州市花都区人民医院	与死神拼速度 22 分钟创造生命奇迹

本次活动通过线上展示评选五星级家庭医生、征集感动广州医患好故事、广州最美医师和最美护士展示点赞以及线下主题分享会形式联动展开。据了解，活动主办方收到近百篇来自市内各大医疗卫生机构及社会投稿医患感人故事，最终甄选出 63 篇。活动启动网上展示以来，上线仅五天，收到网友点赞 64 万余次。厚德济世，医者仁心，一个个医患故事里跌宕起伏的剧情，人间温情与生命思考牵动了许多观众的心弦。活动最终结果，按网络展示点赞（占比 60%）与线下专家评审（占比 40%）的结果产生，三个主题综合评选出一等奖 3 篇。其中，广州市中西医结合医院刘礼胜医生援藏经历"时速 180 公里援藏路上的速度与激情"以 21768 个赞的高票数，当选"仁义"项目的一等奖。

2018 年 5 月，刘礼胜医生赴西藏林芝市人民医院开展为期半年的柔性援藏工作。在援藏期间，刘礼胜等同志以强烈的政治责任感，认真履行对口支援使命，积极主动与当地干部职工融合，迅速熟悉和适应工作生活环境，投身到工作当中。

在工作中，他恪尽职守、扎实工作。整个援藏期间，刘礼胜一共完成了162例全身麻醉、48例椎管内麻醉、28例神经阻滞、152例无痛胃肠镜麻醉手术工作，无一例发生麻醉并发症；同时，充分发挥"传、帮、带"作用，通过开展各类培训、业务指导，在提高西藏林芝市医疗卫生水平和服务能力方面做了大量工作，成效显著。在生活上，他维护稳定、促进团结。通过学习贯彻党和国家的各项民族政策，尊重藏族的民族传统，刘礼胜积极同藏族同胞友好交往，维护了藏汉民族的团结，半年来与医院的少数民族职工相处得融洽，结下了深厚的友谊。今年4月，刘礼胜医生获林芝市卫生健康委员会党组授予"优秀援藏干部"荣誉称号。

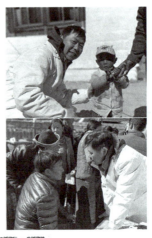

刘礼胜帮扶事迹被多家媒体转载

近年来，《人间世》《生门》《急诊室故事》等医疗纪实节目以真实的医患故事为原型，深度聚焦现实，以人文关怀的视角，记录时代的关切和温暖，促进和谐医患关系的构建，以真实的力量打动人心。广大医务工作者"以匠心"铸就医者"仁心"，以筚路蓝缕的精神为医学发展开路架桥、以临渊履薄的态度为患者生命托举希望。他们用奉献和坚守践行着"敬佑生命、救死扶伤、甘于奉献、大爱无疆"的崇高精神，他们值得全社会的高度赞誉。

医院获贵州省优秀帮扶集体及先进个人称号，
岳慧雅医生获得优秀个人称号

2021 年 1 月在贵州省卫生健康委员《关于对 2016—2020 年援黔医疗卫生对口帮扶工作表现突出的优秀集体和个人给予表扬的通报》中，广州市花都区卫生健康局及广州市中西医结合医院荣获优秀帮扶集体称号，儿科岳慧雅医生获得优秀个人称号。

为深入落实贯彻习近平总书记关于深入推进东西部扶贫协作系列重要指示精神，坚决贯彻落实党中央、国务院重大决策部署，坚决打赢健康扶贫攻坚战，广州市中西医结合医院于 2016 年至 2020 年期间，积极响应政策，深入贵州贫困山区驻点帮扶，从医院管理、人才培养、技术拓展等多方帮扶，推动贵州医疗卫生工作的深入发展，切实解决当地人民群众看病难的问题，做到小病不出村、大病不出县，惠及当地广大的百姓。

援黔干部合影

此次获得先进个人的广州市中西医结合医院岳慧雅医生，在初到织金中医院挂职儿科主任时，该院还没有儿科住院部，岳慧雅从零开始，在科室规划、建章立制、培养人才及医疗技术开展等多方指导，新建成了儿科住院部。随后李吉平医生到织金中医院驻院帮扶，在他与岳慧雅联合之下，织金县中医院的新生儿科也逐步建立越来，填补了该院的技术空白，为产科带来扎实的安全保障，惠及当地的产妇及患儿。岳慧雅同志对口帮扶工作取得的成绩背后是她家人默默地付出和支持，在寻找广东"最美家庭"活动中，岳慧雅家庭获2020年广东白户"最美家庭"称号。

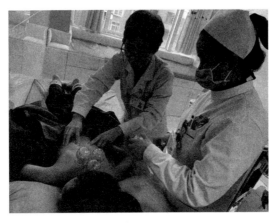

岳慧雅医生在指导中医操作

岳慧雅家庭获 2020 年广东百户"最美家庭"称号

附录

对口帮扶医师统计表

姓名	科室	职称	帮扶单位	帮扶时间
夏盛	外科学	主治医师	织金县中医院	2020.09.19 至 2021.03.19
叶少强	临床医学	副主任医师	广州市花都区炭埗医院	2019.02.18 至 2019.08.18
耿娟娟	耳鼻喉科学	主治医师	佛冈县中医院	2019.02.22 至 2020.02.21
杨帆	中医学	中医师	平远县中医院	2018.12.25 至 2019.06.30
陈帅	外科学	主治医师	平远县中医院	2018.12.25 至 2019.06.30
何冬华	中医临床	副主任中医师	佛冈县中医院	2018.11.01 至 2019.10.31
王水纯	耳鼻喉科	副主任医师	广州市花都区炭埗医院	2018.06.15 至 2018.12.15
利国添	中医学	主治中医师	平远县中医院	2018.07.06 至 2019.01.06
谢卓君	针灸推拿	主治中医师	平远县中医院	2018.07.06 至 2019.01.06
杨桥榕	中医学	副主任中医师	兴宁市中医院	2018.07.06 至 2019.07.06
石曦雯	病理学 病理生理学	副主任医师	兴宁市中医院	2018.07.06 至 2019.07.06
李仲文	临床医学	主治医师	佛冈县中医院	2018.05.02 至 2018.11.02
黄天开	中医学	中医师	平远县中医院	2018.01.01 至 2018.06.30
李常威	中医骨伤	主治中医师	平远县中医院	2018.01.01 至 2018.06.30
曾伟	耳鼻喉科	副主任医师	佛冈县中医院	2018.01.11 至 2019.01.10
龙艳	中医内科学	副主任中医师	兴宁市中医院	2017.07.01 至 2018.06.30
张树涌	中医内科学	副主任中医师	兴宁市中医院	2017.07.01 至 2018.06.30
危国通	针灸推拿学	主治中医师	平远县中医院	2017.07.01 至 2017.12.31
陈封明	外科学	主治医师	平远县中医院	2017.07.01 至 2017.12.31
马艳辉	中医骨伤科学	副主任中医师	佛冈县中医院	2017.05.01 至 2018.04.30
李天翔	临床医学	主治医师	花都区花东镇花侨卫生院	2017.04.01 至 2017.09.30
李宜真	中西医结合	副主任中医师	兴宁市中医院	2017.01.01 至 2017.06.30
贾翔	中医内科学	主治中医师	兴宁市中医院	2017.01.01 至 2017.06.30
汤永南	临床	副主任医师	平远县中医院	2017.01.01 至 2017.06.30

黄大成	针灸推拿	副主任中医师	平远县中医院	2017.01.01 至 2017.06.30
姜殷	针灸推拿学	副主任中医师	花都区花东镇花侨卫生院	2017.01.01 至 2017.06.30
黄春华	外科学	副主任医师	花都区花东镇花侨卫生院	2017.01.01 至 2017.06.30
陈仁山	中西医结合临床	副主任中医师	兴宁市中医院	2016.03.11 至 2016.09.11
刘天福	内科学	副主任医师	兴宁市中医院	2016.03.11 至 2016.09.11
李天翔	临床医学	主治医师	佛冈县中医院	2016.10.01 至 2017.03.31
郭雄图	临床	副主任医师	佛冈县中医院	2016.07.11 至 2016.10.07
陈元岩	普通外科	主任医师	佛冈县中医院	2016.03.28 至 2016.07.10
江敏时	临床	副主任医师	花都区花东镇花侨卫生院	2016.07.01 至 2017.06.30
吴昌敬	口腔医学	副主任医师	花都区花东镇花侨卫生院	2016.07.01 至 2017.06.30
肖惠珍	中西医结合临床	副主任中医师	花都区花东镇花侨卫生院	2016.07.01 至 2016.12.31
张智敏	临床	副主任医师	花都区花东镇花侨卫生院	2016.07.01 至 2017.06.30
黄大成	针灸推拿	副主任中医师	花都区花东镇花侨卫生院	2016.07.01 至 2016.12.31
李婷	中医外科学	副主任中医师	广州市花都区炭埗医院	2016.07.01 至 2017.06.30
李强盛	临床医学	主治医师	广州市花都区炭埗医院	2016.07.01 至 2017.06.30
徐晓芳	主治医师	主治医师	广州市花都区炭埗医院	2016.07.01 至 2017.06.30
袁林	中医内科	副主任中医师	广州市花都区炭埗医院	2016.07.01 至 2017.06.30
赵影	中西医结合临床	副主任中医师	广州市花都区炭埗医院	2016.07.01 至 2017.06.30
徐彦钢	外科学	副主任医师	广州市花都区炭埗医院	2016.07.01 至 2017.06.30
徐彦钢	外科学	副主任医师	广州市花都区炭埗医院	2016.07.01 至 2016.12.31
黄春华	外科学	副主任医师	平远县中医院	2016.07.01 至 2016.12.31
王向前	内科临床	副主任医师	兴宁市中医院	2016.07.01 至 2016.12.31
王栋范	中西医结合	副主任中医师	兴宁市中医院	2016.07.01 至 2016.12.31
姜殷	针灸推拿学	副主任中医师	平远县中医院	2016.07.01 至 2016.12.31
罗志恩	中医学	副主任中医师	平远县中医院	2016.01.01 至 2016.06.30
白艳甫	中医学	副主任中医师	平远县中医院	2016.01.01 至 2016.06.30
刘显信	临床医学	副主任医师	花都区花东镇花侨卫生院	2016.01.01 至 2016.06.30
罗水浓	影像	副主任医师	广州市花都区炭埗医院	2016.01.01 至 2016.06.30
罗水浓	影像	副主任医师	平远县中医院	2015.07.01 至 2015.12.31
刘显信	临床医学	副主任医师	平远县中医院	2015.07.01 至 2015.12.31
毕倩波	临床医学	副主任医师	花都区花东镇花侨卫生院	2015.07.01 至 2016.06.30
陈珂	临床医疗	副主任医师	花都区花东镇花侨卫生院	2015.07.01 至 2016.06.30
罗仁惠	口腔	主治医师	花都区花东镇花侨卫生院	2015.07.01 至 2016.06.30
毕小丽	中医临床基础	副主任中医师	花都区花东镇花侨卫生院	2015.07.01 至 2015.12.31
卢志坚	临床医学	主治中医师	广州市花都区炭埗医院	2015.07.01 至 2016.06.30
贾晓威	口腔临床医学	副主任医师	广州市花都区炭埗医院	2015.07.01 至 2016.06.30
王娜	中医临床	副主任中医师	广州市花都区炭埗医院	2015.07.01 至 2016.06.30
庄康保	中医骨伤	副主任中医师	花都区花东镇花侨卫生院	2015.01.01 至 2015.12.31

汤永南	临床	副主任医师	广州市花都区炭埗医院	2015.01.01 至 2015.12.31
刘礼胜	麻醉学	副主任医师	广州市花都区炭埗医院	2015.01.01 至 2015.12.31
汤秋贤	中医学	副主任中医师	平远县中医院	2015.01.01 至 2015.06.30
丘文军	中医	副主任中医师	平远县中医院	2015.01.01 至 2015.06.30
刘素玲	影像	副主任医师	花都区花东镇花侨卫生院	2014.07.01 至 2015.06.30
袁亚娣	口腔	副主任医师	花都区花东镇花侨卫生院	2014.07.01 至 2015.06.30
张妙玉	中医	副主任中医师	花都区花东镇花侨卫生院	2014.07.01 至 2015.06.30
侯卫武	影像	副主任医师	花都区花东镇花侨卫生院	2014.07.01 至 2015.06.30
颜立军	临床医学	医师	花都区花东镇花侨卫生院	2014.07.01 至 2014.12.31
唐东鸣	骨科	副主任中医师	广州市花都区炭埗医院	2014.07.01 至 2014.12.31
朱云利	中西医结合	副主任中医师	广州市花都区炭埗医院	2014.07.01 至 2014.12.31
王栋范	中西医结合	副主任中医师	广州市花都区炭埗医院	2014.07.01 至 2015.06.30
赵翠青	耳鼻喉科	副主任中医师	广州市花都区炭埗医院	2014.07.01 至 2015.06.30
杜金刚	皮肤性病专业	副主任中医师	广州市花都区炭埗医院	2014.07.01 至 2015.06.30
刘嫒	中医学	副主任中医师	花都区花东镇花侨卫生院	2014.07.01 至 2015.06.30
丘文军	中医	副主任中医师	广州市花都区炭埗医院	2014.07.01 至 2014.12.31
王帅	中医内科	副主任中医师	平远县中医院	2014.07.01 至 2014.12.31

外出支援护士统计表

姓名	地区	帮扶单位	帮扶时间
黄靖晖	林芝	林芝市人民医院	2017.07.15 至 2017.12.29
曾月玲	林芝	林芝市人民医院	2018.05.07 至 2018.11.10
杜敏	毕节市	织金县中医院	2020.06.21 至 2020.06.28
吴宝霞	毕节市	织金县中医院	2020.10.18 至 2020.11.17
陈婉婷	贵州	普定县中医医院	2021.09.16 至 2021.12.16

对口帮扶人员统计表

姓名	性别	单位	进修时间	进修月数	进修科室	专业
陈露露	女	兴宁中医院	2017.6.1 至 2017.8.31	3	针灸科	针灸科
张颖娟	女	平远县中医药	2017.2.8 至 2017.4.15	2	B超室	b超诊断技术
姚书展	男	平远县中医药	2017.2.8 至 2017.4.16	2	B超室	b超诊断技术

犹菊	女	瓮安县中医院	2017.10.9 至 2018.4.9	6	临床药学部	中药学
邱密	女	贵州省织金县中医院	2017.10.19 至 2018.4.20	6	针康康复科	中医学
金祖敏	女	贵州省织金县中医院	2017.10.19 至 2018.4.21	6	针康康复科	针灸推拿学
张磊	男	贵州省织金县中医院	2017.10.19 至 2018.1.15	3		中西医临床医学
李东虎	男	贵州省织金县中医院	2017.10.19 至 2018.1.16	3		临床医学
陈果	女	贵州省织金县中医院	2017.10.19 至 2018.1.17	3	药剂科	中药学
李旭梅	女	贵州省织金县中医院	2017.10.19 至 2018.1.18	3	药剂科	中药学
包娟	女	贵州省织金县中医院	2017.10.19 至 2018.1.19	3	护理部	护理
杨正英	女	贵州省织金县中医院	2017.10.19 至 2018.1.20	3	护理部	护理
刘芳	女	贵州省织金县中医院	2017.10.19 至 2018.1.21	3	护理部	中医护理
刘艳	女	贵州省织金县中医院	2017.10.19 至 2018.1.22	3	护理部	中医护理
肖丽娜	女	瓮安县中医院	2017.11.6 至 2018.5.6	6	心内科	中医学

广州市中西医结合医院 2017 年对口帮扶进修人员汇总表

姓名	性别	单位	进修时间	进修月数	进修科室	专业
陈阳	男	瓮安县中医院	2018.2 至 2018.8	6	脑病科	中医专业
姜玲	女	黔西县中医院	2018.3 至 2018.5	3	微生物	
王桥敏	女	黔西县中医院	2018.3 至 2018.5	6	护理	
辛玉堂	男	黔西县中医院	2018.3 至 2018.5	6	B超室	超声科
向文艳	女	织金县中医院	2018.3 至 2018.6	3	康复科	针灸科
袁愈梅	女	织金县中医院	2018.3 至 2018.6	3	内科	内二科
郭太娥	女	织金县中医院	2018.3 至 2018.6	3	内科	内一科
刘法君	女	织金县中医院	2018.3 至 2018.6	3	内分泌科	急诊科
孙小洁	女	织金县中医院	2018.3 至 2018.6	3	儿科	急诊科
朱维维	女	织金县中医院	2018.3 至 2018.6	3	骨伤科	骨伤科
王芳	女	织金县中医院	2018.3 至 2018.6	3	手术室	手术室
段婷	女	织金县中医院	2018.3 至 2018.6	3	妇产科	妇产科
李青	女	织金县中医院	2018.3 至 2018.9	3	儿科	儿科
高倩	女	织金县中医院	2018.3 至 2018.9	3	儿科	儿科
李娟	女	织金县中医院	2018.3 至 2018.9	3	儿科	儿科
周春燕	女	织金县中医院	2018.3 至 2018.9	3	儿科	儿科

张秀红	女	平远中医院	2018.3 至 2018.6	3	心电图	心电图
邱路丹	女	平远中医院	2018.3 至 2018.9	6	妇科	妇科
雏旺霞	女	平远中医院	2018.3 至 2018.9	6	针灸康复科	针灸康复科
林海苑	女	平远中医院	2018.3 至 2018.9	6	b超室	b超室
丘秀玲	女	阳山县七拱镇中心卫生院	2018.9 至 2018.12	3	康复科	康复医学
姚秀友	女	平远县中医院	2018.10 至 2018.1	3	麻醉科	
丘苹	女	平远县中医院	2018.10 至 2018.1	3	心电图室	
熊云峰	男	瓮安县中医	2018.10 至 2019.1	3	骨科	临床医学
邝炜坚	男	清远佛冈中医院	2018.12 至 2019.6	6	普外科	主治医师

广州市中西医结合医院 2019 年对口帮扶进修人员汇总表

姓名	性别	单位	进修月数	进修时间	进修科室	专业
赖学明	男	阳山县七拱镇中心卫生院	3	2019.1.2 至 2019.3.31	针灸康复科	中医学
冯从林	女	黔西县中医院	5	2019.2.26 至 2019.5.26	B超室	中西医结合
丘映清	女	兴宁市中医药	3	2019.3 至 2019.6	康复科	针灸学
张龙	男	平远中医院	3	2019.4.1 至 2019.6.30	骨伤科	中医骨伤
张教飞	男	平远中医院	3	2019.4.1 至 2019.6.30	脑病科	内科
王燕霞	女	平远中医院	3	2019.4.1 至 2019.6.30	院感科	护理
曾桂英	女	平远中医院	3	2019.4.1 至 2019.6.30	手术室护理	护理
伍志辉	男	兴宁中医院	3	2019.6.1 至 2019.8.31	针灸康复科	针康
谢满平	男	平远中医院	3	2019.7.5 至 2019.10.	麻醉科	麻醉学
马志强	男	平远中医院	3	2019.7.5 至 2019.10.	药剂科	药学
姚春燕	女	平远中医院	3	2019.7.5 至 2019.10.	护理	护理
陈利华	女	平远中医院	3	2019.7.5 至 2019.10.	护理	护理
陈先江	男	织金县中医院	1	2019.8.1 至 2019.8.30	ICU	临床医学
罗太华	男	织金县中医院	1	2019.8.1 至 2019.8.30	ICU	临床医学
杨永萍	女	织金县中医院	1	2019.8.1 至 2019.8.30	ICU	临床医学
陈鹏	男	织金县中医院	6	2019.11.1 至 2020.4.30	肛肠科	肛肠科
金开敏	女	织金县中医院	3	2019.11.1 至 2020.1.17	病案管理	病案室
陈义丹	女	黔西县中医院	12	2019.12.16 至 2020.12.15	呼吸内科	中医学

广州市中西医结合医院 2020 年对口帮扶进修人员汇总表

姓名	性别	单位	进修月数	进修时间	进修科室	专业
高学雪	女	黔西中医院	1 周	2020.4.8 至 2020.4.14	药剂科	中药学
王治英	女	黔西中医院	1 周	2020.4.8 至 2020.4.14	药剂科	中药学
颜兴明	男	黔西中医院	6	2020.4.8 至 2020.10.6	麻醉科	临床医学
杨青艳	女	黔西中医院	3	2020.4	超声科	超声医学
徐明进	男	瓮安中医院	6	2020.6.2 至 2020.11.30	肾病科	临床医学
黄霞	女	瓮安中医院	3	2020.6.2 至 8.30	脑病科	临床医学
张青芬	女	黔西中医院	3	2020.6.18 至 2020.9.17	重症医学科	临床医学
陈圣宇	男	黔西中医院	3	2020.6.18 至 2020.9.17	重症医学科	临床医学
宋江	男	黔西中医院	3	2020.6.18 至 2020.9.17	重症医学科	临床医学
郝琴	女	黔西中医院	3	2020.6.18 至 2020.9.17	重症医学科	临床医学
周玲	女	黔西中医院	12	2020.6.18 至 2021.6.17	肿瘤科	临床医学
秦宇环	男	黔西中医院	3	2020.8.3 至 2020.11.2	ICU	临床医学
尹春梅	女	黔西中医院	6	2020.11.2 至 2021.5.1	儿科	临床医学
缪富鹏	男	黔西中医院	6	2020.11.2 至 2021.5.1	儿科	临床医学
刘霞	女	黔西中医院	6	2020.11.2 至 2021.5.1	麻醉科	临床医学
陈晓敏	女	织金县中医院	12	2020.11.25 至 2021.11.19	病理科	病理技术
郭泽锐	男	织金县中医院	6	2020.11.25 至 2021.5.25	神经内科	中医学
雷婧	女	黔西县中医院	12	2020.12.7 至 2021.12.6	心内科	中医学

广州市中西医结合医院 2021 年对口帮扶进修人员汇总表

姓名	性别	单位	进修月数	进修时间	进修科室	专业
王娟	女	黔西县中医院	6	2021.1.1 至 2021.5.31	麻醉科	临床医学
赵词	男	黔西县中医院	6	2021.3.1 至 2021.8.31	儿科	临床医学
代红	女	黔西县中医院	6	2021.3.1 至 2021.8.31	消化内科	临床医学
雷鹏	男	瓮安县中医院	3	2021.3.18 至 2021.6.17	ICU	临床医学
王青明	男	织金县中医院	6	2021.3.22 至 2021.9.14	ICU	临床医学
秦正坤	男	瓮安县中医院	3	2021.4.20 至 2021.5.14	病案室	病案管理
李正刚	男	瓮安县中医院	6	2021.7.26 至 2022.1.26	肿瘤科	临床医学
张攀	男	普定县中医院	3	2021.9.20 至 2021.12.20	康复科	康复治疗学
高学雪	女	黔西县中医院	12	2021.10.11 至 2022.10.10	临床药学	中药学

结语

我的脱贫攻坚战

我们这一代经历十分丰富，我们的青壮年正好参与和感受了改革开放四十年的巨变，也走过了我们前辈们所未敢想象的跳跃式的发展。

脱贫攻坚战却又是我担任主官后一次非凡的经历，正好也与我的任期紧密相连。能够亲身加入这个国家战略，在近八年的时间内以不同身份（医院、行政、学会等）往返贵州近二十次，虽然有些艰辛，但回过头来看，却也是我们人生经历的宝贵财富。亲身加入对口帮扶，使我的视野领域得到了前所未有的拓展，极大地发挥了我们的潜能，也极大地提升了对国家战略的认识。中国在脱贫攻坚战中所表现出来的勇气和干劲为世界敬佩，其成绩也得到世界的广泛认可，成为众多国家学习的榜样。我院也借助这股东风，为脱贫攻坚战贡献了我们的力量。

脱贫攻坚战中医疗卫生系统是采用对口帮扶的方式，正是由于对口帮扶，意外地使我们医院在一个全新的领域得到了公立医院公益性的最大弘扬，也使我的管理范围得到大大延伸，甚至有些内容在我自己管理的医院无法实现，而在县中医院中得到彰显。

这些年来的对口帮扶，也使我有幸结识了一批奋斗在边缘地区的县中医院管理者，也看见了他们的成长。甚至有一家县中医院的三任院长都与我们的帮扶有关。当然我们也看到了他们都做出了突出的成绩。超过一半的帮扶医院业务收入增长了三至四倍，而我自己的医院也翻了番。大家共同成长，这一成绩也是其他行业不可比拟的。

在对口支援的过程中，实际上对我院也有了诸多的提升，首先是我院专业的一批骨干在基层得到锻炼，有一大批担任县中医院的副院长、科主任等，这在本院可能难以有这样的机会。其次，通过长时间的对口帮扶双方有了更深层次的了解与沟通，许多对口支援干部都与当地建立了深厚的友谊及长期协作关系。其三，通过对当地的深入了解，对扶贫干部的思想认识也有了新的变化，特别是对习近平为首的党中央有关脱贫攻坚战有了更深刻的认识，对当地扶贫干部更加了解和敬佩。其四，随着双方的深入了解，也使干部们对贵州、梅州等地的风土人情有更深的了解，也带动了相关旅行、消费等发展。

刘瑞华

2021 年 8 月